アムリタ

甘露

BANANA
YOSHIMOTO

[日]
吉本芭娜娜 ——— 著

李重民 ——— 译

上海译文出版社

目录

忧　郁

我是个典型的夜猫子，一般总要到天快亮时才上床，而且一上午都酣畅大睡，过了中午才会醒来。

因此，那天真是例外之中的例外。说"那天"，就是第一次收到龙一郎寄来的快件的那天。

对了，那天早晨，我年幼的弟弟突然撞开我的房门，冲进来将我摇醒。

"快起来，阿朔姐，有你的快递！"

我迷迷糊糊地探起身子。

"什么事？"我问。

"有人寄给你一个大箱子！"

他又蹦又跳欢闹着，如果我不理他又要睡下去的话，他肯定会立刻跳上床，骑到我的身上来。我只好努力醒来，起床下楼去看个究竟。弟弟也缠着我一起跟着下楼去。

我推开厨房的门，看见母亲正坐在餐桌边吃面包。咖啡的馨香扑鼻而来。

"早。"我向母亲问候道。

"早。今天怎么起得这么早啊？"母亲一脸诧异地望着我。

"被阿由硬拖起来的。这孩子今天怎么没去幼儿园？"

"我有些发烧啊。"弟弟一屁股坐到椅子上，边说边伸手取面包。

"所以才闹个不停？"我这才总算明白弟弟为什么如此欢闹。

"你小时候也是这样啊，看见你又蹦又跳的，我还在想是什么事情让你闹成这样，后来才发现原来发烧了。"母亲说道。

"他们呢？"

"还在睡觉呢。"

"是啊。才九点半呢。"我叹了一口气说道。

我睡下时已经五点，又突然被弟弟喊醒，脑袋还沉甸甸的。

"阿朔，你要不要也来喝杯咖啡？"

"好吧。"我在椅子上坐下。阳光从正对面的窗户直射进来，暖洋洋地渗透到我的体内。我已经很久没有享受过朝阳的温馨了。母亲清晨在厨房里忙碌着的娇小身影，看上去仿佛是正在做新婚游戏的高中生。

其实母亲还很年轻。她十九岁时生下我，到我这样的年龄已经是两个孩子的母亲了。真恐怖啊。

"咖啡来了。要不要来点面包？"

母亲端着咖啡杯的手也很漂亮，怎么也想不到那是一双已经做了二十多年家务的手。我喜欢母亲那副娇弱的样子，又有些发怵，总觉得她暗中在做着比别人更滑头的事，所以才不见老。

母亲的容貌并不惊艳，却清秀而又妩媚，这种在年长男性面前颇有人缘的女孩子，每个班级里至少会有一个。看来母亲以前就是这种类型的人。她十九岁时结婚，那时父亲四十岁。在母亲生下我和妹妹真由以后，父亲因脑溢血猝然去世。

六年前母亲第二次结婚，生下弟弟，一年前离了婚。

自从失去丈夫、妻子、孩子这一稳定的家庭形式之后，我们家就成了提供食宿的"旅馆"。

如今住在这家里的，除了母亲、我和弟弟之外，还有吃住都在我家的表妹干子，以及因为某种原因而住在我家的纯子，共五个人。纯子是母亲的孩提之交。

家里有一种奇怪的和谐，像女儿国一般相处得非常融洽，我很喜欢这样的形式。弟弟还年幼，简直是个宠物，能使家里充满欢乐，让大家的心聚在一起，一家人其乐融融。

母亲这次很罕见地找了一个年龄比她小的男朋友，但弟弟还太小，加上母亲害怕在婚姻上重蹈覆辙，所以眼下还不打算结婚。那个男朋友常常来我家玩，和弟弟十分投缘，我觉得他以后也许会和我们住在一起。这种感觉古怪的平衡也许会持续到母亲再婚的那一天。

大家生活在一起，却毫无血缘之类的联系。

第二个父亲住到我家的时候，我就有过这样的想法。他性格内向、待人随和，是个好人，所以他离开这个家时，我甚至感到有些落寞。家里有一个人离开以后，会留下无可名状的忧郁和沉闷，我怎么也不能从那样的惆怅中摆脱出来。

因此，我开始觉得：在某一人物出现而打破了原有的平衡时，如果有一个人（在我们家是母亲）能在所有成员之间保持平衡，那么生活在同一个屋檐下的人就会不知不觉地变成一家人。

然而，还有另一种可能。

如果不能在同一个屋檐下长久生活，即使有血缘上的关联，那个人也会像令人怀恋的风景那样渐渐远去。

就如妹妹真由那样。

我喝着咖啡，啃着有些发硬的面包，脑袋里如此胡思乱想着。

我想，是餐桌与晨光的组合令我对家庭这个命题想入非非起来。

"呃，阿由，你再去睡一会儿吧。不好好休息，感冒会越来越严重的！"母亲将弟弟往房间里推。

"话说，真的有快递到了？"我问。

"是呀，在玄关那里。"母亲关上弟弟的房门，回过头来回答。

我站起身，向玄关走去。

阳光照在白木地板上，地上突兀地放着一个长方形的大纸箱，像白色雕塑一样。

起初我还以为是花。

我试着提了提纸箱，沉甸甸的。上面写着寄件人是"山崎龙一郎"，寄出地址是千叶县的一家旅馆。是龙一郎在旅途中寄来的。

是什么呢？我忍不住当即就麻利地打开了纸箱。

里面没有附信。

纸箱里出现了一只用塑料膜裹得严严实实的小狗尼帕，显得很沉。即使隔着塑料膜，看上去也令人不由得感到亲切。

我小心翼翼地将塑料膜一层一层剥去，里面的狗就像从大海里浮现一样跃入我的眼帘，色彩光滑而古雅，以令人怅然的角度歪着脖子。

"哇，好可爱啊！"我惊呼道。

我把小狗尼帕放在一堆破烂的塑料膜和纸箱中间，睡眼惺忪地站在那里，久久地望着它。

在晨光和尘埃的气息中，小狗尼帕如置身于雪景中一般洁净。

我不知道龙一郎为什么会寄来小狗尼帕。但是，我仿佛真切地感受到了龙一郎在旅途中的情思。可以想象，龙一郎在旧家具店的店铺橱窗里一发现它便爱不释手了。

而且，寄来小狗尼帕，这显然是在诉说着什么。

这正是我渴望听懂的某种含义。

我像小狗尼帕那样歪着脖子侧耳细听，却一无所获。

龙一郎是妹妹真由的恋人。

真由已经死去。

半年前，真由开车撞在电线杆上去世了。她是酒后驾车，而且还服用了大量的安眠药。

真由天生一副如花似玉的容貌，既不像父母，也不像我。这并不是说我们长得就特别难看，但不知为什么，唯独她长得丝毫没有我们三人共通的、说得好听些是"酷"、说得不好听是"不怀好意"的味道，孩提时简直像天使娃娃一般可爱。

她的姿色令她不可能顺利地走完一条普通的人生道路，还懵懵懂懂的时候就被星探挖掘去当儿童模特，在电视剧里当配角，成年以后当上了电影演员。因为这些经历，真由很早就离开了家，生活在演艺圈，在演艺圈里长大。

因此，平时她工作繁忙，我们很少与她见面。她患神经衰弱突然引退的时候，我们都大吃了一惊。因为此前我们从来没有看到她流露出工作不顺利的神情，每次见到她，她也总是快快乐乐的。

演艺圈对成长期的少女的影响是不可低估的。在引退以前，真由的打扮还很古怪，不管是容貌、身段、妆容还是服饰，打扮得简直就像是凝聚着单身男人对女人的所有幻想。

有许多艺人在演艺圈里混了很久，也没有变成那副模样，所以我想真由也许原本就不适合干那一行。她现学现卖，临时抱佛脚，不断掩饰自己的弱点，形成了东拼西凑的自我。神经衰弱是她生命力的呐喊。

引退以后，真由与所有男朋友中断了关系，突然与龙一郎同居。这时我想，真由是打算重新规划自己的人生了。

龙一郎是作家，听说和真由认识时还是电影编剧的捉刀人。真由喜欢龙一郎写的剧本，无论他为谁代笔，真由都能发现是他。因此，两人的关系密切起来。

说是作家，其实他只在三年前出版过一部长篇小说，以后再没有出过书。但令人称奇的是，这本书对某些人来说简直是经典之作，至今还在悄无声息地畅销着。

这部小说极度抽象，内容精致，描写了一群玩世不恭的年轻人。在去见作家本人之前，真由推荐我先读这本书。读过之后，我对这样的作者感到害怕，我不想和他认识，甚至怀疑他是一个疯子。

但是，见面以后我才发现，他是一位极其普通的青年。而且我心想，这个人能够编织出如此精致的小说，他的大脑一定经常进行时间的整合和浓缩。他竟然有那样的才华。

真由引退后没有固定的职业，和龙一郎住在一起，同时外出打打工。他们同居的时间太长了，以致我和母亲甚至忘了他们还没有结婚。我经常去他们居住的公寓里玩，他们也常常回家来，而且总是一副快快乐乐的样子。说实话，我们并不知道她为什么会陷入酗酒、服药的泥沼里不可自拔。

她因为睡不着觉而喝酒、服药，或者在阳光灿烂的下午从冰箱里取出啤酒时，我们丝毫没有觉察到她的举动是一种反常。但是，听说她有这样的习惯以后，我们才觉得她确实经常在服用那些东西。因为太自然了，以致我们都没有察觉。

如今，回想起真由幼年时那天使般的睡容、紧锁着的长长的睫毛、洁白娇嫩得无与伦比的皮肤，我觉得她在和龙一郎邂逅之前，甚至在进入演艺圈之前，在很早的时候就已经有了变成今天这样的征兆。

但是，实际上没有人能够知道那是从何时何地开始的，今后会怎么样。她自己还是谈笑自若，唯独心灵非常愚陋，正在渐渐腐蚀着。

"会不会只是服错药呢？"真由被送到医院时，龙一郎在医院的走廊里说道。她已经没救了。

"是啊，她还那么年轻……"我附和着答道。

但是，我和龙一郎以及在边上听着我们交谈的母亲其实都不相信真由会服错药。这是明摆着的，我们谁也不会冒冒失失地说出口来。

她真的会服错药吗？

真由平时做事非常细致，出门旅游总是将常用药按每天服用的量分别装在不同的小袋子里。这样的人难道会服错药？

何况，那时她已经显得比实际年龄苍老了许多，好像风烛残年一般，虽然人还年轻，却已经不可能看见未来和希望了。

不要抢救了，她自己也不会希望医生抢救她的……

我们都是她的亲人，都爱着她，然而这样的想法却笼罩在我们坐等着的冰冷的沙发周围，喧嚣着似的撞击着我们的内心，回响在医院里那清冷而苍白的墙壁上。

很长一段时间里，母亲几乎每天都哭红眼睛，然而我却没有痛痛快快地哭过。

我为妹妹的死只哭过一次。

那是小狗尼帕送来几天后的一个夜里，弟弟陪同表妹干子去录像带店租回一盘《龙猫》。

两人来我的房间叫我一起看，于是我走下楼去。他们没有丝毫恶意，我也不知道那是什么样的录像。我将双脚伸进温暖的被炉，和他们两人一起观看录像。被炉上已经备好了小甜饼干和茶水。

播放了约有五分钟后，我感到不妙。

这是一部描述姐妹两个生活的影片，极其普通的形象，却勾起我内心所有的怀念。那种怀念超越了个人的经历，如梦初醒般的感觉像波浪一样不断冲击着我的胸膛。影片原原本本地描绘出姐妹两人在短暂的童稚年代所看到的风光，那是无比幸福的色彩。

其实，那时我压根儿就没有想起真由。

年幼时一家三口去高原玩，躲在蚊帐里讲鬼怪故事，害怕得挤在一起睡着，真由那褐色的秀发散发着婴儿一般的乳香味……我绝不会在头脑里具体描绘出这样的情景。但是，我沉浸在这些情景所拥有的、简直像强力冲击钻一样的怀念里不可自拔，思绪偏离了录像，我感到眼前渐渐暗淡下来。

当然，有着如此感受的，只有我一个人。

弟弟全神贯注地盯视着画面不说话，干子一边写报告，一边用眼角也过来看，还不时用漫不经心的口吻攀谈着。

"呃，阿朔姐，系井重里演的那个父亲的角色很差劲啊。"

"是啊。但是，不是演得恰到好处吗?"

"你说对了，这就是'味'啊!"

弟弟冷不防插进话来。

因此，尽管我们是三个人在一起观看同一部电影，东拉西扯地交谈着，当时唯独我一个人体会到一种奇异的感觉，我感到自己正在离开他们，孤独地朝着超现实主义的虚幻空间渐渐走去。

那种感觉在视觉上非常明晰，而不是情绪上的忧闷。我想这一定是和家人一起观看，而不是我独自观看的缘故。

影片结束以后，我走出房间去卫生间。刚开始时的感动已经消失，我一边打开卫生间的门，一边极其平常地想：

"这是一部好电影啊。"

小狗尼帕就放在卫生间，我的房间里已经没地方放东西了，所以一楼的卫生间成了我存放东西的地方。

我坐在马桶上，望着小狗尼帕那令人怅然的倾斜角度，忽然忍不住想哭。等到回过神来，我已经在流泪了。事情发生得很突然，最多不超过五分钟。但是，我哀切地痛哭着，哭得无缘无故，哭得昏天黑地。那是一种悲痛欲绝的感觉。我幽幽地哭着。真由平时总是喝得醉醺醺的，要不就是懒懒散散的，连喜怒哀乐都麻木了，到后来整天都涂着浓妆。我不是为真由哭的，而是为了这世上所有的姐妹失去的年华。

我从卫生间里出来，回到被炉边。

"阿朔姐，你怎么去了这么长时间，在大便吧？"弟弟问我。

"是啊，不行吗？"我没好气地回答。

干子笑了。

总算哭了个痛快，就这么一次，从此我再也没有哭。

难道这就是小狗尼帕对我的倾诉？

龙一郎出门旅行之前，我只和他见过一次，是在一个临近春天的夜晚。

我原来一直是白领，不久前因为与上司发生争执被解雇了，暂时在一家我常去的开了有些年头的酒吧打工，每周上班五天。

那是一个神秘而漫长的夜晚，漫长得可以分割成几块，却又始终有一种氛围连贯着，给我留下了深刻的印象。

眼看上班就要迟到了。我甚至来不及打扮，在黄昏的街道上急急地朝打工的酒吧赶去。雨后的站前广场如同黑夜的水滨一样流光四溢。我匆匆地走着，地上反射出耀眼的光亮，不断刺激着我的眼眸。

路边不断有人拦住过路人，拼命询问"你认为幸福是什么"。我也被拦住了好几次。我不耐烦地回答说"我不知道"，那些人便很优雅地向后退去。

但是，因为他们的提问，有关幸福的残影在我焦急的内心骤然曳出一条长长的缤纷的思绪。我仿佛觉得，几首歌唱幸福的名曲的旋律不断在我内心流淌着。

我陷入了沉思。

在一个可望而不可即的地方，有一个更强烈的、金碧辉煌的图像。我仿佛觉得那才是人们真正希望得到的。那是一个比汇集所有希望或光芒更加令人心醉的图像。

当车站前有人询问何为幸福时，那个图像顿时消失得无影无踪，当喝酒喝得醉醺醺时，它便陡然浮现在眼前，好像唾手可得。

难怪如此吧，我幡然醒悟。这么说来，真由是对幸福贪得无厌，懒惰，一事无成，虚伪，禀性受到了扭曲。

令人称奇之处只有一个。

她有一种能让人忘掉一切、肃然起敬的才能，那就是她的笑脸。

虽然她的笑脸已经变形，完全成为一种职业性的笑，但当她冷不防流露出天真无邪的笑容时，她的笑脸就能打动别人的心，掩盖她所有的缺点。

那张灿烂甜美的笑脸在唇角上翘、眼角温柔地下弯的一瞬间，会同时猛然拨开云雾，映现出蓝天和阳光。

那是一张健康而天然的笑脸，清纯夺目，让人难受得想哭。

即使肝脏全部损坏，脸色憔悴，皮肤变得极其粗糙，她的笑脸的威力也依然不会受到任何损伤。

她已经把自己的笑脸带进了坟墓。

要是当初告诉她的话该多好。在她活着的时候，每次看到她那张笑脸时，我就应该把自己内心的感动告诉她的。要是说出来该多好，而不只是屏息望着她。

我拼命地赶到打工的酒吧，却连一个客人也没有。柜台里，老板和另一名打工的女孩正在百无聊赖地埋头挑选音乐。酒吧一旦没有了音乐，简直就像海底一样寂静，讲话声显得特别刺耳。

"怎么会这样冷清，今天是星期五？"我感到意外。

"因为刚下过雨吧。"老板满不在乎地说道。

于是，我穿上围裙和他们一起瞎忙乎起来。在来这里打工之前，作为客人，我很喜欢来这家酒吧。

总之，灯光暗淡，足以让人静下心来。黑咕隆咚的，简直看不见自己的手。已是傍晚，酒吧里却好像故意不开灯在等候客人光顾一样。即使没有客人，空闲时也是很有情趣的。形状各异的桌子和椅子随意摆放着，每一个都散发着古雅的情趣。像从前中学教室那样散发着油漆味的木地板，以茶褐色为基调的古典式装潢，不小心靠上去时会发出"嘎吱"响声的柜台。

　　酒吧里人多嘈杂的时候，和像现在这样闲静的时候，有着两种截然不同的面貌，非常神奇。我茫然地打量着酒吧。

　　突然，店门"砰"的一下打开了。

　　"嘿！"龙一郎大步走进店里。我们大家都吓了一大跳。

　　我怔怔地愣了老半天，才向他打招呼："欢迎光临。"

　　"怎么回事，你们这家酒吧，有客人上门反而会很吃惊？"龙一郎开着玩笑在吧台边坐下。

　　"大家都以为今天不会有人来了呢。"我回答。

　　"这么宽敞的店铺，太可惜了吧。"龙一郎环顾着店内。

　　"偶尔也会客满的，而且这里人一多，就没有情趣了。"我笑着说。

　　"你可以到柜台外面去，等来了客人再进来嘛。"老板说道。

　　老板四十岁不到，是一个性情中人，他最喜欢店里清闲一些，那样可以不停地播放自己喜欢的音乐。

　　我走出吧台，把围裙放在边上，做出随时都能够捧场的模样（结果那天夜里再也没有客人来过）。

总之，那天夜里，我就是以那种懒散的状态开始喝酒，同时没完没了地听着同一首爵士乐曲。

闲聊时，龙一郎忽然问我："幸福，究竟是什么呢？"

这也是我们闲聊中的一句玩笑话，但我瞬间愣住了。

"今天晚上，你也在车站广场前被人拦下询问了？"我问。

"我问你，它是什么？"

"'幸福'这个词，人们不是经常使用吗？"我回答。

杯子里，冷色调的冰块透过清澈的茶水正在缓缓地融化着。

我默默凝视着冰块。有的时候，夜晚的气氛很奇妙，心中思考的焦点能够与任何事物都吻合。那天夜里就是这样。我已经有了醉意，但心中思考的焦点丝毫没有散乱的迹象。幽暗的店堂，和从远处传来的像脚步声一般铿锵有力的钢琴旋律，更加快了那样的吻合。

"我觉得你们姐妹俩使用这个词的频率比普通人高。"龙一郎说道，"来我们家的时候，你们两人总是把头凑在一起，像小鸟似的叽叽喳喳尽说些与幸福有关的事情啊。"

"不愧是个作家，讲起话来也是作家的风格。"我说道。

"首先，你们家现在的组合已经像美国电影里那样了，年轻的母亲，加上年幼的弟弟，还有表妹？还有……"

"妈妈的朋友。"

"我没说错吧。看来你们考虑幸福的机会比别人多嘛。到了这样的年龄，有一个才上幼儿园的弟弟，真是太难得了。"

"不过，家里有孩子是很快乐的，大家都会变得年轻。尽管很烦人，但每天看着他一点点长大，是很有意思的呀！"

"他的周围整天围着上了年纪的女人，长大后会变成一个古怪的男人吧。"

"男孩子只要长得英俊就行，如果长得英俊，到了读高中的时候……我就要三十多岁了？真讨厌！不过，到了那时，我要穿着高跟鞋，戴着太阳镜，一副充满青春活力的样子去和他约会，让年轻的女孩子吃吃醋。"

"那不行。那样的人长大后会有恋母情结，没有出息。"

"不管怎么样，总是有盼头的。小孩真好。小孩本身就代表着一种可塑性。"

"是啊，回想起来，一切都还没有开始呢。入学仪式，初恋，性觉醒，集体旅行……"

"集体旅行？"

"你感到奇怪？我在读高中时因为发高烧错过了去集体旅行的机会，一直都耿耿于怀。"

"你不出去旅行？"我问。

我自己也不知道为什么会问出这样的话，只是将浮动在内心里的话冷不防脱口说了出来。

"旅行……是啊，随时都可以去吧。"

龙一郎流露出一副非常向往的神情，仿佛在玩味着一个自出生以后从来没有听说过的甜蜜的词语。

　　"现在旅行可以不用像以前那样勒紧腰带了。"

　　"勒紧腰带旅行，持续几个月，身体会垮的。"

　　我心不在焉地点着头。龙一郎好像忽然发现了什么，变得兴致盎然。

　　"我因为工作关系，常常去九州、关西这些地方。比如副业写游记，就是和编辑、摄影记者一起出去的。一般都是工作上的伙伴，彼此之间哼哼哈哈，敷衍一下。不过，这和一个人独自漫无目的地出去旅行完全不一样，一边旅行一边收集数据、写笔记，这样连续旅行几天，头脑就会变得非常清醒，连家也不想回了。奇怪的是，内心会认真思考是不是应该一直这样走下去。既不需要承担什么责任，房租之类的花费又无论从什么地方都可以汇过去。为了证明自己的身份，还随身带着护照，所以必要时甚至能去国外。存款又不缺。在回家的飞机上或新干线列车里，内心充满着期待，怎么也平静不下来。真想就这样一直乘下去，在某个地方再换乘交通工具，然后就可以远走高飞。那时我会产生一种感觉，全新的人生将要从这里开始。必需的用品都可以买到，可以在旅馆的浴室里洗衣物，稿子可以用传真发送。如此说来，人的想象力也会变得越来越细腻，比如谁说过某个地方的某处最棒啦，或者某座城市里的节日是什么时候啦……我心想，既然如此快乐，为什么不出去旅行？我一路上还不断地责怪着自己，却不知不觉走到了家门口。还是想要回家吧。"

"是因为真由在家里？"

"现在没有了呀！"

"是啊。"

当时，我忽然感到怅然若失，仿佛在为一个即将远行、从此不会再见面的人开欢送会，地点是在我平时打工的酒吧里。酒吧里飘荡着一抹令人魂不守舍的昏暗。

我害怕气氛变得沉闷或忧伤起来，于是打量着柜台里面，犹豫着是否要向他们求助。老板和打工的女孩已经在认真交谈了，不太可能以调侃的语气加入我们的谈话里。

"提起真由，她是一个漂泊的人。"龙一郎冷不防说道。

这是这天夜里他第一次主动提起真由。

"你说漂泊，这是什么意思，是作家使用的形容词吗？"我笑了。

"接下来我正准备好好解释。"龙一郎也笑了，"我是说，这孩子离开工作以后对一切都相当冷漠，但她非常清纯。她的清纯就是古怪，古怪得让人琢磨不透。这也是她的魅力所在……旅行这东西的确很神秘……不过，我不是指'人生似旅途''旅途中的伴侣'之类的话，和同一伙人搭档一起旅行几天，尽管没有男女之别，也没有工作的拖累，也许是疲惫的缘故，会让人变得很兴奋吧，在回家的列车里，大家难舍难分，兴高采烈欢闹不停，说什么话都感到很有趣，眉飞色舞，快乐得忘乎所以，以为这样的生活才是真正的人生。就着那样的兴头，即使回到家里，旅伴的形象也会像残片一样伴随在自己身边，第二天早晨独自醒来时，还迷迷糊糊地想：怎么了，那些人到哪里去了？在晨曦下怅然若失。不过，成熟的人会将它当作过眼烟云，只是刻骨铭心地记着它的美丽。难道不是吗？真由就不同。她有时很幼稚，那样的感觉哪怕只经历过一次，就认定自己有责任将它保持下去。而且她认为在所有的好感中，唯独那样的感觉才是真正的恋情。我没有固定的职业，她为我操心，以致把很多心思都放在与外界打交道上，她认为这就是恋爱。要不要结婚，或者两人今后打算做些什么，这些与将来有关的盘算，她从来就没有提起过。对她来说没有将来，只有旅行。这反而让人感到可怕……她的生活模式好像是长生不老的，连我自己都觉得好像已经卷进她的生活模式里了。”

“那是因为真由当过电影演员呀。”我说道。

关于这一类事情，在真由死去的时候，我就已经想得很多了。

“导演、摄制人员、演员，在某一个特定的时期，为了一个共同的目标，大家天天都相处在一起吧。不分昼夜地工作，累得筋疲力尽，大家聚在一起，比家人、恋人的关系更深沉也更亲密。无论在精神上还是在时间上，都是那样。不过，那种聚合只是为了一个电影剧本，拍摄完毕，大家各奔东西，各自回到自己的生活里。最后存在记忆里的，只是那段日子里的残片和映象。只有在试片的时候，面对着那一个个场景的时候，才会追忆起那些共同度过的日子。但是，那段时光绝不会再有第二次。想必那是人生的缩影吧，如果过着普通人的生活，就不会有那样的多愁善感。真由不会是因为喝酒或吃药才中毒的，是那种悲欢离合带给她强烈的感受才使她不能自拔的。"

"是吗？你们这对姐妹对中毒很有研究啊。"龙一郎笑了。

"我可不一样。"我连忙说道，"我不相信这能够到要寻死的地步。"

"是吗，看起来真是如此。你们两人的类型相差得很远啊。"他说道。

但是，我陷入了沉思。

我真的能断言自己与真由不一样吗？

我真的不是那种将松糕蘸着红茶吃、自以为沉浸在无比的幸福里不能自拔的人吗？

我真的没有把眼前的生活当作是一种短途旅行，没有把那些住在一起的人当作萍水相逢的短途旅伴吗？

不过，我不太清楚。我觉得想要弄清楚这些是很危险的。我害怕。

如果弄得太清楚，无论是谁也许都会变成真由。

到凌晨两点，酒吧关门，我们打扫完以后离开了酒吧。

雨已经完全停了，星星在天空中闪烁，那是一个寒意料峭的夜晚，天空中微微地飘荡着春天的气息。温馨的夜风透过大衣纤薄的布料，包容着我的身体。

　　"辛苦了！"

　　大家相互打着招呼分别以后，只剩下龙一郎和我两个人。

　　我问他："坐出租车回去？"

　　"只能这样了吧。"

　　"那么，你带我一段吧。"

　　"行啊，是顺道……对了，你们那里有没有我的书？"

　　"什么书？"

　　"我昨天就在找了，但没有找到。突然想读那本书，去附近的书店里找过，但没有买到。我记得一定是混在真由的书里送到你们那里去了，书的标题是《警察说他泪流满面》，是菲利浦·K.迪克①写的。因为是口袋本，所以没有也没关系。不过，如果在你们那里的话，我能不能现在就去取一趟？"

　　"你能把故事情节告诉我吗？"我吃惊地问。

　　黑夜，街道化作一个剪影沉寂在黑暗里，出租车宛如一条光的河流描绘着弧形飞驰而去。晦暝之中沉淀着季节变化

---

① Philip K. Dick（1928—1982），美国著名畅销书作家，美国科幻文学界的传奇人物。

时特有的清新，吸入肺腑的空气里满溢着梦境一般的芳香。

出乎我的意料，龙一郎的回答很干脆："我已经记不得了，那本书很早以前读过，记忆中和他的其他作品混在一起了。你知道情节吗？"

"我不知道啊。"我说道。

他说了声"是嘛"，拦住了一辆出租车。

家里一片漆黑。我带着龙一郎蹑手蹑脚登上楼梯，径直去我的房间。

真由的书暂时都放在我这里，还没有经过整理。口袋本都集中在床边上，垒成四堆，几乎都有书套。

"你等一下，我要把它彻底翻一遍。"

"需要我帮忙吗？"

"不用了，你在那边坐着。"

我转过身去，背对龙一郎，面对着堆积如山的书。

"可以听听什么音乐吗？"

"行啊，CD 和磁带都堆在那里，你自己选吧。"

"好的。"

他在我身后大模大样地开始挑选音乐。我静下心来，开始翻开书套一本本寻找着。

其实我也读过那本书，它的故事情节我还记得很清楚，但我不想说。

那本书里说一位警察有个长得很漂亮的妹妹，因为药物成瘾而服用了不明来历的药品，结果出了事故，死得很惨。书中的人物形象与真由一模一样。

他如果不是佯装不知（我知道他不是这样），那一定是想哭一场。

我心里思忖着。

他是想哭却哭不出来，于是在下意识地寻找和挑选着能够痛哭一场的机会。

多么心酸啊。

因为那本书的内容十分露骨，我心里很不舒服，寻思着是不是该把那本书找出来给他。我正这样烦恼着的时候，身后的扩音器里突然传出喧闹声。

混杂着琴弦的声响，人们的嘈杂声，跑了调的背景音乐，玻璃杯的碰撞声。

"这是什么？"我一边找书，一边大声问他。

他漫不经心地读着磁带盒上的标题。

"嗯……上面只是写着'八八年四月，公共马车乐队'呀。是现场录音吧。那次我很想去，结果有事没去成，那次演奏会以后不久，这支乐队就解散了。我很喜欢这支乐队，它叫……"

他还在东拉西扯地说着，但我这时陡然沉浸到感慨里，已经听不见他的说话声。

"赞同，或者是领会。"

这时，磁带仍在不停地转动着，我内心里慌乱的声音使我胸膛里的疑问不断膨胀起来。怎么会？怎么会找到的？家里有这样的磁带，连我自己都已经忘得一干二净。

我大概能够说清楚接下来发生在我内心里的因犹豫而产生的微妙的波澜，和充满着万千感慨的决断上的断层吧？我内心里想着：不行！如果现在马上停止播放，还能够掩饰过去；同时又觉得：无论是在寻找的那本书，还是从那么多的磁带中特地选中的、恰好是绝无仅有的这一盘磁带，如果是他潜伏在内心深处的叹息在发出这样的呐喊的话，那么也许真的应该让他听一听。这样的两种心情，在我内心深处像闪电似的交织在一起。

我心乱如麻，既充满着温情，又想要弄他一下。内心里更幽深的温情和挑逗、通俗剧和纪录片，各种事物纠合在一起，难以取舍，令我感到茫然，无所适从。感情是浪漫的情愫，使我的思绪朝着让他听听的方向倾斜。

这是一个令人窒息的决断，就好像在天上俯视着一对情侣将要结束生命的圣母马利亚一样。

那盘磁带播放了没多久，在嘈杂声中突然冒出一个熟悉的声音。

"姐姐，这东西怎么弄才能录音啊，这样可以吗？"

是真由的声音。

那天真由突然喊我出去，说龙一郎原本应该来的，但他有事没来，要向我借录音机。我没有办法，只好跟着她去演出现场。两年前真由还很活跃，至少她还希望把自己喜欢的音乐录下来。而且，那是唯一一盘录入真由的声音的磁带。

开演前那一刻，真由这样和我说着话。场子里的照明暗下来，灯光将舞台照得通亮。人们低声说着话，等着开演。

接着，是我的声音。

"可以了，录音的红灯不是亮了吗？让它亮着。"

"亮着呢，多亏你啊。"真由说道。

令人怀念的声音，高亢而清脆，余音缭绕，颇为珍贵。

"姐姐，磁带真的在转？"

"没关系，你不要再去碰它了。"

"我不放心呢。"

真由低下头望着磁带微微一笑。她的面容在昏暗中已经成为一个剪影，但我知道她那笑脸正因为是微笑，所以才变得特别灿烂。

"你这么容易担心，是母亲遗传给你的吧。"我说道。

真由依然低伏着脸。

"妈妈最近身体怎么样？"她问。

突然响起一阵剧烈的掌声和欢呼声。

"哇，要开始了！"

当时，真由抬着头如痴如醉地望着舞台，显得非常宁静。

她抬头的角度比以前出演任何一部电影时都动人。

只有她的脸在黑暗中浮现出来，就像沐浴着阳光的月亮一样，泛着苍白的光芒。她的瞳子像在梦境中似的瞪得溜圆，两边的鬓发披着银光，尖尖的小耳朵竖起，充满着期盼，好像想要听清所有的声音……

不久，音乐响起，我猛然回过神来。

龙一郎说道："竟然能听到她的声音。"

我回过头去，他没有哭，只是眯着眼睛温情地苦笑。

"我不知道啊。"

这是我在那天夜里第二次说谎。接着，心中的紧张情绪终于霍然化解，时间的流逝回到了老地方。我又转过身去，开始找书。

那天夜里，他独自一人的时候，会不会痛哭呢？

书很快找到了，我劝他不用急着回去，先下楼喝一杯茶。我们又轻轻地走下楼梯。我悄悄打开厨房的门，不料却发现母亲和纯子坐在桌边，在灯光下喝着啤酒。

我吓了一跳："怎么回事，你们一直没有睡？"

"我们一直在这里聊天呀。"纯子笑了。

纯子是母亲的老朋友，但性格与母亲截然相反。她温文尔雅，悠闲自得，从容不迫。半夜在厨房灯光的照射下，她的圆脸总是透着一种孩提时听过的童话故事里的气氛。

"你们偷偷摸摸地溜进来，我们都听到了。一看还有男人的皮鞋，我们还在说呢，说如果再过两个小时还不下来的话，你就要托付终身了呢。不料你们十五分钟就下来，对方还是阿龙。真是没有情趣啊。"母亲摆出一副长辈的样子笑了，"你们两人都到这里来坐一会儿，喝杯啤酒吧？"

于是，我们四人围着桌子开始喝啤酒。一种怪异的感觉。

龙一郎说："我是来取一本书的，马上要出去旅行了。"

"旅行？"母亲问，她非常清楚是因为他失去了真由的缘故。

"是的。没有目标，只是想出去走走，旅行一段时间。"龙一郎故意装作一副很快活的样子。

"不愧是写小说的，喜欢一个人出去旅行，随处走走，还能采访到不少东西。"纯子很钦佩地赞叹着。

"正是这样。"龙一郎答道。

为了不让她们刨根究底，我接过话头："不提这些了，还是说说你们自己吧。我们更感兴趣的是，深更半夜里，你们在聊些什么？"

"你不要开我们的玩笑啊。我们在谈论将来，谈得很严肃呢！"纯子平静地微笑着。

纯子正在打离婚官司。她有一个年幼的女儿，现在住在丈夫那里，而丈夫与情人住在一起。纯子十分想念女儿，希望和女儿一起生活，眼下正为此事闹得不可开交。丈夫不愿意放弃女儿，纯子自己的经济收入又很不稳定，所以女儿就夹在了两人之间。

在这样的状况下，母亲生怕纯子单独居住会想不开，情绪越变越郁闷，于是把纯子请来住在我们家里。

当然，龙一郎应该知道这些事。

"是啊。我们聊着聊着，不知不觉地讲到了恋爱，说如果有那种理想中的男人就好了，最后还说想和理想中的男人白头到老呢，真是老糊涂了。你们来时，我们正好在说，到了这样的年龄，竟然还像高中生一样，一点儿也没有变啊。"母亲羞涩地笑着。

"是啊。那个时候，我们常常留宿在对方的家里通宵达旦地聊天，那情景和现在一模一样，谈论的也是同样的话题啊。"纯子也古怪地笑着。

"这么说来，你们两人都还很年轻呢。"龙一郎由衷地说道。

两人又哧哧地笑着说，不要拍马屁。

我非常钦佩地打量着龙一郎，心想这才是作家的感想，又打量着两个笑得很开怀的中年女人。

在灯光的照射下，两人的表情颇有光泽，截然不同于平时流露的笑脸，真的是超越了时空一般的年轻，充满着希望。

女人们半夜躲在厨房里说着知心的话语，悄悄地交谈，灿烂地笑着，诉说着理想，感觉回到了年轻的时代。

如今我和她们住在一起，我的位置在哪里呢？我不知道这是美好的童话，还是噩梦。

"那么，我就告辞了。"龙一郎在门口告别。

我们三人送他到门外。

"路上要小心。"

"以后常来玩啊。"

"不要太伤心了。"

我们各自挥动着手向他道别。

龙一郎也转身向我们挥动着手，他手上戴着一副蓝色棉纱手套，在黑暗里像萤火虫一样浮现出来。

从龙一郎那里望过来，我们家门口就像有三朵摇动的花儿一般充满着光明。不久，他就去旅行了。

我打电话去，电话里只是有录音告诉我："正在旅行中，请留言。"

这个电话号码，以前每次打来，都让真由露出金子般灿烂的笑脸，说着："呃，阿朔姐，是我的？"然后以一副掩饰不住欢乐的、异常神秘的表情跑去接电话。

医院，药品。有的药品在药房里可以买到，有的买不到。酒，只要去酒店，全世界所有国家所有品牌的酒都能够买到，要多少有多少。

我们对真由那样的生活习惯不知不觉地习以为常了。

她喝酒、服药，显得无比陶醉。

一副漂亮的面孔，还用她那纤细的喉咙打着饱嗝，在花朵一般的年龄里，简直就像故意向你演示她是如何摄取能量似的，美滋滋地喝着酒，仿佛在说这太平常了。

三天前，龙一郎寄来了苹果。这是他寄来的第二份快递。

我回到家打开房门，不料看见弟弟正在吃苹果。弟弟的身边放着一个沉甸甸的绿色纸箱，里面装满了鲜红的苹果和茶叶末，一派令人眼花缭乱的色彩，房间里弥漫着甜甜的清香味。

"这是从哪里弄来的？"我问。

"是从东北寄来的呀。"弟弟回答。

母亲和纯子从楼上兴冲冲地走下来。纯子还抱着一个很大的筐。

"我在找筐，想把客厅装饰一下呢。寄来了这么多苹果。"纯子满脸微笑。

"阿龙现在在青森呢。"母亲说道。

"青森……"我感到很意外。

现在这个时候，龙一郎也许正带着那本伤感的口袋本，流落在哪一方的天空下吧。

下一次，他又会从什么地方，送来什么东西呢？

同时还会带来远方的风的喃语和大海的潮味。

这时，我有着一种预感。

他这样旅行下去，早晚会将无法用物品表示的什么东西写在信上，因为他是作家。而且我觉得，经过那天晚上，眼下对他来说，收件人的名字只能是我。

我在等待他的作品。

这感觉和儿时的圣诞节早晨非常相似。

早晨醒来的一刹那，心中有着一份纯洁而崭新的期待，紧接着发现枕边放着父母送的、扎着五色彩带的圣诞礼物。房间里充满温馨，寒假来临。

这绝不是浪漫，而是赦免的象征。

作品里使用的语言会像答案一样，以恰如其分的形式填补失去妹妹后的失落。语言的表现一定会和小狗尼帕以及装满箱子的苹果非常相似。

那样的语言，只能由他来编织。

看到他的信以后我一定会得到解脱。我期盼着他的作品，心中充满渴望。

甘　露

1. 慈雨

经常听人说，经历过十分惨烈的体验，眼中看出去的景色就会迥然不同。我常常觉得，我所经历的就是这样一种体验。

我有那样的体会。现在我能回忆起所有的一切，像故事一样回想起自我出生以后的二十八年间，身为若林朔美的所有插曲，以及家庭成员、我爱吃的食物、我讨厌的事情、我之所以是我的种种要素。

已经过去的往事，只能像故事一样回顾。

因此，实际上我没有办法知道，在发生那起不足挂齿的小事故之前，我对自己的人生怀有什么样的感想。也许我在很早以前就已经在这样想了。这是怎么回事呢？

难道就像堆积在地上的雪一样，仅仅是度过的岁月吗？

我是怎样使现在的自己和以前的自己妥协的呢？

我常常听人说，突然将自己的头发剪短，别人对自己的态度会稍有变化，由此导致自己的性格也会产生微妙的变化。我在接受手术时还剃了光头，如今已经是冬天，总算养成了这样一个体面的短发发型。

家人和朋友都异口同声地对我说："还从来没有见到过朔美这样的发型，非常新颖，好像换了一个人。"

是吗？我微微一笑。之后，我偷偷翻开影集。里面的确有我留着长发的笑容。所有的旅途，所有的场面，我还都记得。当时的天气是这样的，其实那时我因为痛经好不容易才站稳……诸如此类的情景，我都还记得。因此，照片里的就是我，不是其他什么人。

但是，我的思绪怎么也集中不起来。

我莫可名状地有一种飘游的感觉。

即使在这种虚无的精神状态里，我也始终在努力营造自我，我简直想为不知疲倦地不停打转的自己鼓掌喝彩。

如今住在我家里的，有母亲、我、读小学四年级的弟弟，还有母亲童年的朋友——吃闲饭的纯子和读大学的表妹干子。我的父亲很早就去世了，母亲再婚后又离婚了。

就是说，我和弟弟由男是同母异父的姐弟。在我们姐弟中间还有一个妹妹真由，和我是同一个父亲所生。她混迹在演艺圈里，引退后和一名作家同居，不久患了心病，类似于自杀，自暴自弃地死了。这已经是很久以前的事了。

我现在在当女服务员，每周上五天班。夜晚的工作，虽然平时也卖酒，但那是一家非常正派而古雅的小酒吧。老板以前一度是嬉皮士，酒吧内部装饰就像学校校庆的装饰一样常见。白天有空闲，就去朋友的公司里帮忙，或者办一些杂事。

父亲已经去世了，本来他还算得上是一个有钱人。我有段时间一直在考虑钱的事情，思索着什么样的生存方式才能使如此悠闲的生活变得更充实。尽管是无意识的，但我一直这样思索着。而且，我忽然发现自己处在一个奇特的位置，既不是淑女，也没有延续青春反抗期的任性。我很喜欢自己的人生，喜欢到无以复加的地步。因为感觉如此之好，所以我偶尔会在内心里由衷地希望大家也和我一样。

一天夜里，我打完工回到家时已经是凌晨三点钟，母亲独自愁眉不展地坐在厨房的桌边。

每次有话要对我说时，母亲总是这样愣愣地坐在厨房里。以前她决定再婚时就是这样。我想起那天母亲明明乐不可支，却又强忍着装作很深沉的模样。最近她什么事都和纯子商量，所以我已经很久没有看见她这样的神情了。

我凭直觉感到准是因为弟弟的事。弟弟有些古怪，在学校里常常成为人们谈论的话题。真由去世以后，对母亲来说，养育孩子似乎已经成了一个永远无法解脱的紧箍咒。一想到母亲，我就有些伤怀，因为母亲经常对自己的人生感到不太满意。

住在同一个屋檐下，我过得如此清闲，母亲却十分辛劳。我为此感到很哀伤。

"出了什么事?"我问。

全家都已经睡下,房间里非常安静,厨房里只是水龙头边上亮着一盏小荧光灯,显得很幽暗。灯光里,母亲就像是一幅黑白肖像画。

她那紧锁着的眉头和嘴唇凝聚着浓浓的阴影。

"你过来坐一会儿。"母亲对我说道。

"哦。你喝咖啡吗?"我问。

"我来帮你冲。"

母亲赶忙站起身来。我大大咧咧地拉过椅子,一屁股坐了下去。上班是站着的,所以一坐下,我顿时感到浑身乏力,腰部的疲惫猛然间向全身扩散开来。

在夜深人静的时候,喝一杯热咖啡,我非常喜欢这样的氛围。不知为何,这会令我想起我的童年时代。孩提时自然是不喝咖啡的,然而这种感觉却像冬天下第一场雪的早晨或台风来临的夜里一样,每次都令人颇感眷恋。

"是由男的事啊。"母亲开口说道。

"什么事?"

"他说,他想当小说家。"

我是第一次听说。

"怎么又出新花样了?"我问。

弟弟完全是在现代社会的蜜糖里泡大的孩子,是个令人讨厌的淘气包,甚至不知天高地厚,大言不惭地说长大后要当公司职员，说在电视剧里看到过，感觉很好，还说什么收入还可以。

"说什么……上帝托梦给他了。"母亲说。

我忍俊不禁。

"是吗？现在正流行这一套呢。"我笑着打圆场，"孩子说的话，你不要当真。"

"他的样子也有些古怪呀。"母亲一副忧心忡忡的样子。

于是，我劝她道："不要着急，还是先观察一段时间再说吧。"

"你不管管他？"

"他当不了小说家的。"

"我总是不放心啊。"

"他是我们家第一个男孩啊，我会看着他长大的。"我说。

"真由去世以后，你摔了一跤，接下来就是他，我总觉得家里从来就没有太平过。"母亲说道，"这孩子，好像被什么东西迷住了，正在埋头写稿子呢。"

"真是个奇怪的孩子。"

我点着头，本能地体会到这句话的含义："母亲好比是灯塔，因为亮得过分耀眼，所以过往的船只都产生了混乱，各种奇妙的命运都聚到一起来了。"我觉得某种魅力依靠它本身存在的能量，会一味地寻求变化。母亲对此隐隐有所察觉，并受到了伤害。因此，我不知道说什么才好。

"家里肯定发生了什么事，会变成像三岛由纪夫的《美丽的星星》里那样的情节。这不是很好吗？应该高兴才是。"我这么说道。

以后我才知道，这话在某种意义上来说被我说中了。

母亲听了我的话，笑了。

"明后天我去试探一下由男吧。"

"你一定要问问他。我知道你会理解我的苦心的。"

"有那么可怕？"

"简直像变了一个人啊。"

母亲还有些放心不下，但脸上的表情比刚才舒展了许多。我想看来没有问题了。

深夜独自待在厨房里，会让人的思绪永远闭塞。在厨房里，时间不能待得太久，也不能将母亲和妻子封闭在厨房里，那里是掌管家庭的重要场所，大开杀戒的地方，同时也出产美味佳肴和酗酒的家庭主妇。

我最近才深切感受到，人是那么一个肉球，看上去很结实，其实非常脆弱，被什么东西稍稍扎一下或者碰一下，就轻而易举地被毁了。

脆弱得好比是一个鲜鸡蛋，今天还安然无事地发挥着自己的能力，营造着生活。我认识的人，我热爱的人，大家直到今天都还操持着各种能轻易毁灭自己的工具，却安然无恙地结束一天的生活。这真是一种奇迹呀……

头脑里一旦浮现出这样的想法，便思绪联翩，怎么也无法止住。

直至今日，每次有熟人去世的时候，每次看见周围的人悲痛欲绝的时候，我心里就会暗暗地想：这世上真会有如此残酷的事情吗？同时我又会觉得：现在还活着，这真是一种奇迹，相比之下，死亡是无可奈何的事。于是，我便会有一种眼看就要窒息的感觉。

宇宙啦，熟人啦，熟人的父母，还有他们爱着的熟人。无数的命运中有着无数的生与死。令人毛骨悚然的数值。我在这里凝视着永无止境地接近永恒的种种命运。

我坐在厨房里，头脑一片混乱。

那天，初秋时节的九月二十三日。朋友之间称之为我"坠下石阶的日子"。

我匆匆地赶去打工。想抄近道，便沿着后街那段陡峭的石阶奔跑下去。我平时很少走那条路。那段石阶因为陡直而闻名，又宽又长，地处一所中学的背后，因为危险，下雪天时还被禁止通行。

傍晚，天已经全黑了，四周沉淀着浓浓的暮色。我留意着昏暗的街灯灯光和悬挂在天空中的金黄色的残月，不料脚底下踩空，我摔了下去，脑袋狠狠地撞了一下。

我昏迷过去，被抬进了医院。

刚醒来时，我还不知道是怎么一回事，脑袋疼痛难忍，像被牵拉着似的。我伸手去摸，头部绑着包扎带，于是石阶上的情景、摔倒时的疼痛和惊吓，在我的脑海里苏醒过来。

有一位漂亮的中年女性站在我的面前。

"朔美。"

中年女性喊我。她的年龄已经不小，何况又是到这样的地方来陪我，所以我猜想大概是我的母亲。

这是我唯一的感觉。我认识她，但不知道她是谁，我的头脑一片空白，怎么也想不起与此有关的信息。她之所以在这里，是因为她是我的母亲，或是与我非常亲近的人……这个人很像我吗？我即使这么想，也无法回想起自己的面容。

如果因为她是我的亲人所以才在这里的话，我不能让她伤心。

我正这么想着，感到不知所措的时候，一个记忆忽然闪现在我的脑海里。

是母亲在家里哭泣时的记忆（我努力回想着我的家在哪里，是哪个角落里的什么样的建筑物）。记忆如一泓透明的湖水，有关眼泪的记忆，电影的回顾场面，像过滤器一样从记忆的水面浮现出来。祖父死的时候的确是那样的，人的眼泪真的会源源不断地涌出来，打湿我的面颊，滚落在地上……

然后，我想到了妹妹。

妹妹的名字，我已经想不起来了，但一个非常可爱的孩子的形象，和"妹妹"这个概念一起浮现在我的头脑里，所以我认定这个孩子是我自己想象出来的妹妹。然而那的确是真由的身影，是妹妹在整理父亲遗物时的背影。

我在独自生活的时候，因为恋爱失败，在打电话时忍不住哭了。当时，母亲惊讶地喊道："不得了了，朔美哭了！"

因为我是一个不大爱哭的孩子。

对了，看来没错啊，她真是我的母亲……我不能伤害她。

我告诫着自己不能伤害她，脑海里唯有这样的想法。这一念头昏昏沉沉地像咒语一样折磨着我疼痛的大脑。

她以为我还没有从麻醉中清醒过来，见我安然无恙地睁开了眼睛，她那眼圈已黑的柔润的瞳子里便充满了欢欣的水分。

我明白了。因为她如此为我操心，我才总算捡了一条命。我想起了另一位我不太熟悉的"朔美"这个人的人生。然而，我醒悟到这里也只是在今天才想起来，以后只能是走一步算一步。

"妈妈。"我喊道。

母亲缓缓地点点头。她喜不自禁地、由衷地点着头，像出嫁的新娘一般灿烂地笑了。我如今只是说了一个人们在降临到这个世界上以后最先知道的，也是这人世间最感温馨的单词，却总觉得像是骗婚的小流氓一样，心里感到虚怯。我的头很痛，痛得就好像"母亲"这个概念经过极度浓缩变成浓汁渗透到我的脑汁里一样。但同时，"妈妈"这个词的发音，在我的左胸下部微微形成了一个发烫的热团。这是什么呢？

我睁眼望去，看得见明亮的病房和窗外耀眼的天空，就像我的记忆一样空空荡荡的，一片透彻的湛蓝。

记忆渐渐苏醒过来，就像用药水在烤墨纸上涂抹出来的字画，用火一烤便慢慢显现出来一样。这种感觉好比在以前的我和现在的我之间隔着一层透明的玻璃，玻璃上就像手表玻璃罩蒙上了水汽一样沾着水珠。尽管并无大碍，尽管我并不在乎。

翌日，我白天打工，傍晚下班回到家，兴冲冲地敲响弟弟的房门。家里竟然发生了这么有趣的事，我只能去拜访他。

"请进。"传来由男的声音。我打开房门走进屋里，弟弟正躬着腰趴在写字桌上。我凑上前去一看，弟弟正用细笔在B5大小的稿纸上奋力地写着。

"听说你想当作家？"我问。

"嗯。"弟弟心不在焉地答道。

"像赤川次郎那样？"我问。我知道不久以前弟弟还在拼命地读着推理小说家赤川次郎的书。

"不，要像芥川龙之介那样。"他说，眼中流露出执着的目光。我觉得他是迷上了什么，和我一样内心悄悄地潜伏着以前未曾有过的崭新的冲动。

"像真由的那个男朋友阿龙那样不行吗？他也是纯文学作家呀。"我说。我指的是妹妹活着时与她同居的龙一郎，要说作家，我们只认识他一个人。

"是啊，我很崇拜他，他才是真正的作家。"

提起龙一郎，我忽然想起那些抽象性的难以理解的作品。

"那些作品，你看得懂它的意思吗？"我问。

"不太懂，但全神贯注地阅读就会产生一种很美好的感觉。可以说，整本书里都散发着幸福的气息吧。"

"呃？"我从来没有这么想过。我只感觉到文体晦涩，简直不知道作家在追求什么。

"很像真由的笑脸。"弟弟说道。

对了，这么说我就能够理解。我点点头。作品里有着一种完美无缺而孤傲的美，隐含着非常复杂的含义。它包容着一切，语义精微，文辞奥博，因此有着一种不同寻常的哀伤。某种纯朴的东西包含着天然的水分，还散发着一种甜蜜。

我怀恋着妹妹的那副笑脸。

直到现在，我还常常梦见她。

我很想能够看一眼她那副笑着的面容。

"那你就写点好的小说，让姐姐看看。"我说。

"嗯。"由男点着头，露出成人般的表情。

"不过呀，我……"我说，"我还是希望你能够成为一个很棒的男子汉。我更希望你能成为一个有人缘、体面又会写文章的人，不要成为那种落魄的人，虽然能写一手好文章，生活状况却很糟糕。"

"我会注意的呀！"

"不过，到底是怎么回事？你怎么突然像大人一样聪明起来，想要写东西了？对我，你要说实话呀，我会对母亲保密的。"

我笑了。他露出一副认真的表情。

"是我的头脑里发生了什么。"

"发生了什么？"

"有个神仙似的全身发光的人出现在我的梦里，对我说了什么，然后就感觉有什么地方变了，脑子里的东西就怎么也停不下来。人每天要吃喝拉撒睡，毛发会自然生长，几乎绝对不可能停止，是只能活在当下的存在。然而，不知道为什么人会记住发生过的事，还要为今后的事担心。我觉得不可思议，并且开始思考，要把那样的想法讲出来，就只有创作故事。在写着各种人身边发生的各种事情的时候，我才能领悟到自己感受到的事情。"

他的想法实在是无可非议，我很钦佩。

"我非常理解你，我会支持你的。不过，我们两人的年龄相差很大。我把我的理想告诉你，你先要记住啊。那就是，到你读高中的时候，我攒一些钱，陪你去日比谷的专卖店为你的女朋友挑选一件礼物，然后在赛利纳咖啡店里喝咖啡。姐姐很细心吧。你出生的那天早晨还下着雪，当时我就在心里想，那样的理想如果能够实现该有多好啊。"

"我记住了。"弟弟说道。

我放下心来，在地上坐下，顺手拿起一本书，是《世界真实推理一百》。

"这是本什么书？"

"这本书很有意思的！"弟弟终于露出了孩子般的神情。

"嗯……"我随意地翻着那本书，无意中发现有这样一段。

——拥有两份记忆的妇女——

居住在得克萨斯州的玛莉·黑格特（四十二岁）自从遇上车祸以后，便拥有了两份记忆。她有两个孩子，丈夫在高中当老师，原本过着平静的生活。一天，她在驾车去接丈夫的途中，与迎面开来的汽车相撞，负了重伤，但脑部没有受损。

然而，两个月以后出院时，玛莉·黑格特发现自己拥有了与以前的记忆截然不同的另一份记忆。那份记忆是居住在俄亥俄州一位十七岁时患肺炎死去的玛莉·索顿的。

因为记忆中有玛莉·索顿上学的学校名字和她母亲

的名字以及所有琐碎的细节，所以玛莉·黑格特下决心将此事告诉了丈夫。

丈夫见她的另一份记忆十分合理，于是对此进行了调查，证实在俄亥俄州确实有一个叫"玛莉·索顿"的人，在玛莉·黑格特遇上车祸的三年前就因肺炎去世了。

据说，拥有前世记忆的人极其罕见，像这样拥有一份他人记忆的情况更是闻所未闻。两者之间的关联只有"玛莉"这个名字，但"玛莉"这个共同的名字并不足以说明这一现象。

"这本书很有趣啊。"我说。

"是吗？"由男沾沾自喜道。

我合上了书。

"走了。"我离开了房间。

我心想，这孩子还没有变得乖僻，看来没什么问题。冬天的走廊里十分幽静，到处弥漫着夜的气息。他的房间离我的房间有两米远，这之间的窗玻璃有着一种光泽，幽幽地映出我的面容和所有已经忘却的一切。

那天夜里，我做了一个怪异的梦。

我坐着观赏风景。天空蓝得可怕，深邃得眼看就要把人吸进去似的，以一种井然有序的浓淡层次从天顶一直伸向一无遮拦的地平线。那浓淡层次活像湛蓝的果冻一般，整齐得让人忍不住想伸手去摸一下。干燥的空气，干旱的大地。稀稀落落的建筑物在这浩瀚的景色底下轮廓清晰，像是模型。

我出生以来从没见过这样的景色，令我感到震悚。坐在木凳上，带着沙尘的风儿尽情地吹拂着我，我默默地遥望着这样的景色。一位女性坐在我的身边，梦中的我对她非常熟悉。

莫非是得克萨斯州？

不，那地方什么也不是，只是寥廓的天际和旷寂的大地相接之处，梦幻与梦幻相遇的地方，刮着香甜而干燥的风。

"玛莉小姐，关于你的记忆，你如果想到什么，请告诉我。我好像真的很牵挂呢。"我说道。

她的瞳仁呈蓝色，是眼看就要融化在蓝天里的颜色。四周弥漫着同样的色彩，我感到悲怆起来。难道是因为那种颜色包容着两个人的人生？那样的颜色宛如记忆的海洋，往事如拍打着岸边的涛声一般汹涌地向我涌来。

"我想不起来那个只有我一个人的我是一个什么样的我，这好像是在做文字游戏。"她用很轻的声音说道。

我望着她那深深刻进眼角里的皱纹。

"在厨房里准备着晚餐，或者呆呆地眺望着晚霞，或者像这样无所事事的时候，我常常会莫名其妙地伤感起来，好比无法排解的伤感突然闯进我的胸膛一样。那样的时候，我总是会想，这也许是另一个玛莉的记忆。就是说，如今她的记忆已经如此这般融入我的人生了。她早已对人生没有依恋，与她相比，我还是更加珍惜自己的人生。因为某种缘分，她突然闯进了我的体内，我绝不想疏远她。"

"何况你根本还没有体会到有没有'只有我一个人的我'这种感受呢。"

我望着远方，用商量的语气继续这样交谈下去。

"我知道这样的想法是不会有任何收获的，只是常常会难受得要死。无论眺望着天上的星星，还是凝望着自己的弟弟，我都非常爱，我爱一切。我总觉得自己是一个已经死过一次的人。"

玛莉默默点头，凝视着我微笑。

我突然醒悟，与我这样的人相比，眼前这个人算是有着死亡瞬间的记忆。我想象着那是一种什么样的心情，并感到害怕。就连我眼前的景色都因为过分深邃而令人无法释怀，何况是早晚会再一次降临的死亡体验。

"也许会这样，然而我……开始的时候非常烦恼，有一种很奇妙的感觉吧。但是，我觉得两个灵魂依偎在一起，正通过我的眼睛眺望着这壮观的景色。"

她一副很幸福的模样。

天空中突然落下了水滴。

"是太阳雨。"我说。

雨从碧蓝天空的那片洁白得像要融化的云层中，随着阳光倾注下来。我还以为是阳光的碎片呢。

雨水不断地打湿大地，也倾注在我们的头发上，倾注在我们两个人黑色和金色的头发上。

雨在温暖的空气中倾泻着，艳丽夺目地落下冰凉的影子。它静静地下着，像用探照灯照射这美丽的景色似的，在光的领域里一闪而过。

一切都闪烁着光芒，显得非常柔美，风景被滋润着，我还以为自己面对着这份感动和耀眼的美景在流泪呢，其实只是天上掉下的雨滴打湿了我的面颊。

"也许现在总共有四个人在注视着天空、地面、云层和太阳雨。"我说道。

玛莉平静地点点头。

醒来后，我久久地怀恋着梦中的景色和从无垠的天空落下来的闪光的雨。那是一个非常美丽的梦。我不知道梦境意味着什么，但我看见了令我感动的东西。

我这么想着。

2. 幽灵日

朋友举行婚礼的那天，老天从一大清早就下起了大雨。

为了去参加朋友的婚礼，我不得不在八点钟就起床作准备。清晨，我穿着睡衣，沿着被雨声包围的幽暗的走廊下楼去厨房。

我还以为今天是星期天，家里人都没有起床呢。推开厨房的门，不料干子在里面。

她是我表妹，寄宿在我家里的大学生。

大概是天亮才回家的吧，她刚洗完澡，头发湿漉漉的，一副困倦的神态，背靠着模糊的窗玻璃坐着，肘部支着桌子。

"你起得这么早啊。"干子招呼道。

"你什么时候回来的?"我问。

"七点钟。我正想睡觉呢。"她回答。

我喜欢她的面容。她的眼睛、鼻子和嘴，都长得小巧而秀整。她是母亲的妹妹的女儿，母系家族中凡是我喜欢的那种感觉，她全都具备。血缘的延续竟会如此显著，真是神妙莫测。

我打开了电视。

电视里正好在播放天气预报，主持人轻描淡写地谈论着这场大雨。我听着电视里的播报，听着窗外传来的淅沥的雨声，总有一种被封闭的感觉，仿佛是在地底深处看着秘密的节目一样。我感到很厌倦，全身懒洋洋的，觉得自己在这里已经待了很久，雨会永远地持续下去。

"朔美，你怎么又这么早起床了？"干子问。

"要去参加洋子的婚礼呀。"我回答。

"哦，对了。是洋子吧，她是和长谷川君结婚？"干子问。

"是啊，拖了一个漫长的春天呢。"

"哦，她现在还在上班？"

"是啊，是服饰方面的工作，所以听说婚纱都是她自己缝制的。"

"真了不起！"

"她在电话里说，为了缝制结婚礼服，差不多每天都在熬夜，说自己是一个非常放得开的新娘，还说丝毫也感觉不到新婚的甜蜜气氛，在婚礼的前一天甚至还要去看 Moon Riders① 的演唱会呢。交往的时间长了，就会不当一回事吧。"我说道。

"真厉害，她还是这么让人猜不透啊。"干子感慨万分。

---

① 日本的传奇性乐团，是"日文摇滚乐运动"的先锋之一。

洋子和我是高中同学，我们两人曾经因为喜欢上同一个男孩而闹过别扭（最后是我赢得了那个男孩的感情），也曾住在她家里通宵聊天。她家里养着一条名字古怪的大狗，我时常抚摸那条狗的肚子。回家时，她弟弟常开车送我。她母亲制作的咸鳕鱼子意大利面非常爽口，可以说是极品。

我每次到她家去玩的时候，洋子总是坐在桌边做针线活，她的手非常灵巧，真正是巧夺天工。无论她有多么烦恼或多么无聊，她的手总是洁净而柔美，按照一定的节奏像变戏法似的活动着，就像在教堂里常常见到的圣母马利亚的手那样洁白光滑。不高兴时，她总是毫不掩饰地紧绷着脸。在家里时，因为用不着与外人接触，总是戴着一副旧的银框眼镜。就连那种蛮干时的愤恨表情，都显得格外可爱。在那样的情景中，有着一股永远不会失去的强大力量。呆呆地望着这情景，就会感到无比幸福，尽管我绝不会对她本人提起。

"洋子那一段趣闻是什么？"干子回想着说。

"什么时候的事？"

"那个呀，就是她和那个醋味十足的男子交往的事啊……我们一起喝茶时，她不是一副心事重重的样子吗？"

"噢，我知道了，是大猩猩吧。"我笑了。

干子也回想起来，哈哈大笑。

"她一副凝重的表情说：'他只是想把我像笼子里的大猩猩一样关起来呀。'"

"不能这样比喻吧。"

"她自己肯定是想说'笼中小鸟'的。"

我们笑了一会儿。虽然事隔久远，但这样的记忆总让人感到很甜蜜。因为困倦和雨声，回忆变得很迟缓，所以片刻间我和另一个我融成了一体，我已经很久没有这样的感觉了。

干子笑着，给水壶点上火，茉莉花茶那种浓浓的香味在厨房里荡漾开来。

在一个雨天的早晨，我和另一个我在这里，有现在，有过去。房间里弥漫着醇厚的茶香，我感觉非常沉静。

"外面很暗啊。"我说。

"说现在是凌晨三点钟，我也会相信的。"干子说道。

"有没有什么吃的东西？"我问。

"小甜饼干和味噌汤吧，还有昨晚吃剩的糖醋里脊。"

"那么我把 B 和 C 当作饭吃，把 A 当作餐后点心。"

"不是说要去喝喜酒吗？"

"喝喜酒之前还要举行婚礼啊。"

"这么说肚子会饿的，吃点东西再去不是很好吗？陪我一起吃一点。"

"那好吧。"我回答。

干子从冰箱里取出盖有保鲜薄膜的器具，放进微波炉。

每次看见有女人在厨房里忙碌，我总会产生像要回忆起什么的感觉，会莫可名状地悲伤起来，胸口阵阵紧缩。那种感觉一定与死亡有关，与以往的生活有关。

"杀人的事，你听说了吗?"干子背对着我，忽然问。

"呃，你说什么?"我很吃惊。

"昨天附近的人都在谈论那起杀人事件。"她一边回答，一边给味噌汤锅点上火。这件事太突然，我感觉就像在噩梦里听到的一样。

"我打工回到家里，大家都已经睡了，没有听说啊。"我说。

"住在拐角的那个宫本，杀了一个男人。"干子说。

"是她?"

我认识那个女人。经常在附近的路上遇见她，感觉极其朴素，却长得非常漂亮。我每次和她打招呼，她总是嫣然一笑，说"你好"。平时她总穿藏青色毛衣，胳膊上镶有两条白色线条，令我想起江户时代罪犯的墨刑。

"她又怎么了?"我问。

干子在我前面的椅子上坐下，神秘地探出身子。

"好像是说她有点精神病，和她交往的男人为此向她提出分手，她就用刀捅了人家。她父亲几年前就去世了，好像当过什么镇长。父亲去世以后，她和母亲两人一起生活。宫本自己也想割手腕自杀，但还没来得及死，她的母亲就回来了。"

"你怎么知道得这么清楚。"我忍不住笑了。

"是姨妈告诉我的。"干子说道。

"果然是她。"

我母亲最喜欢打听这一类事情。

微波炉发出"叮"的声音，我站起身来，一边掀去盖在糖醋里脊上那烫烫的保鲜薄膜，一边问："那男人有多大？"

我自己也不知道为什么会脱口提出这样的问题。但是，干子的回答却正确地领会了我提问的含义。

"你猜有多大啊？才二十一岁呀！宫本快四十岁了。"干子说道。

"这事听了真让人受不了。"我说。

早餐端上桌子以后，我们两人默默地吃着，久久不说话。我有一会儿还回想着宫本的事情，思考着宫本的人生。

即使是同样一个街角，她看在眼里的感觉也一定与我这个轻佻的人不一样吧。

"最近没有看到她啊。"

"干子，你不知道，这位大姐以前是附近一带公认的美人呢。"

"准是哪里出了什么差错。"

"人生真是叵测。"

仔细回想起来，在我小时候，我头脑中典型的"邻家漂亮的大姐姐"形象，是漫画书里的田螺姑娘那样的人，那自然就是宫本。在我的脑海里还有另一个图像，就是以前经常看到宫本和她父亲挽着手臂一起走路的身影。我的父亲已经去世，但当时我还是一个小孩，心里悄悄地想，如果我长到像宫本那么大，父亲会和我一起出去吗？

我想起当时我一边这么想着，一边还抬起头来望着父亲的下巴。那时我还不知道这样的向往会那么快就从这世上消失，就像宫本也不知道今天会发生这种事一样。

真是不可思议。

"在下雨的日子里，你会不会有一种孩提时的感觉？"干子冷不防改变了话题。

"啊，我知道那种感觉。"

她的问话与我的内心不谋而合，我不住地点头。在还是孩子的时候，有一段时期我并不讨厌下雨。那时觉得下雨非常新鲜，总是以喜悦的心情注视着这个与平时截然不同的世界。

"会感到很怀恋吧。"干子说道。

而且，"怀恋"这个词本身就含有令人陶醉的情愫。

"呃，你是朔美？给人的感觉完全变了呀！"

"真的？"

"不仔细看，都快认不出来了！"

"我还以为是新郎那边的亲戚呢。"

金碧辉煌的婚宴会场里，衣着飘逸、涂脂抹粉的女人们都异口同声这么说，我的感觉也变得怪怪的。

就好像天界的仙女们都对我羡慕得不能自已一样。

"变化真的有那么大吗？"我很惊讶。于是大家都摆出一副同样的表情不住地点头。

"你们是说我变得漂亮了吧?"我开玩笑道。

"不是这个意思啊。"大家又异口同声地说道。

于是,我闷闷不乐起来。

"是感觉变了呀。"

"是嘛。"我没有再说话。

我打量着圆桌旁那些老朋友神采飞扬充满希望的表情。美丽和年轻只有在那样的地方才显示出它的未来。他们如陌生人般举止优雅、超然物外,但如果熟知他们平素落拓不羁、大大咧咧的模样,又觉得比任何人都亲近。

新娘已经入席,神情显得非常乖巧。新郎注视着自己的手,也是一副相当老实的样子。我非常了解他们两个人,知道太多并非一本正经的一面,所以感觉很奇怪。他们就好像那些在旅游胜地拍摄的纪念照片一样,只有脑袋出现在画面上。

但是,我还是觉得很了不起,她身上的婚纱是手工制作的呢。

多半是她带着愤恨的表情,坐在那张小桌边缝制的。

想到这里,我今天才第一次突然被感动了。

在第一次干杯之前,会场里一片肃静,因为正在宣读冗长的致词。肚子饿得快要叫起来,穿在身上的衣服又过于正式,我感到兴味索然。正在走神时,我忽然好像要想起什么。

是什么呢？我凝神思索着。

　　是当时无聊得简直怀疑自己会死去、后来回想起来又喜欢得要发疯的记忆。

　　我马上就想起来了。是和今天在这里参加婚礼的人同窗共读的时候，上课打瞌睡的事。

　　伯父正在宣读那乏味的致词。他的致词和窃窃私语声在高高的天花板底下回响的情景，使我的脑海中回想起某天下午的课堂。

　　在阳光明媚的教室里熟睡着的我猛然睁开眼睛，一下子不知道自己身在何处，然后才发现老师仍在继续讲课，老师讲课时的音量就和刚才从脑海里渐渐消失的声音音量完全一样。除此之外，没有一丁点儿声响，就好像事先集体商定要体验这无声的场景似的，只能感觉到干燥的木头气味、灿烂四射的阳光和窗外的绿色。学校里的同学，相处和睦的同龄挚友，下课时猛然颤动的空气。笔套上反射出来的光点在天花板上跃动着，大家期待着十分钟后响起的铃声。

　　这样的奇迹是大家共享的，一旦离开学校就一辈子不可能再拥有了。这个空间里包含着的那些信息就像微微散发的清香一样。这种感觉，仿佛渗透在内心里的光的记忆。

　　不久后便开始用餐，因为混着喝香槟、啤酒、红葡萄酒，我完全醉了。新娘穿着礼服，在客人间不停地穿梭往来，我只是呆呆地望着屡次在我眼前的地板上拖曳过去的婚纱下摆。婚纱非常漂亮，无数的珠片闪着光芒，还有细腻的刺绣。

新娘的父亲一副微妙的表情。

那副面容既不像是哭，也不是阴沉，而是凝视着远方。

这时，宫本的影子又掠过我的心头，其实我与她并不熟悉。

我已经没有父亲了。

如果父亲还活着，对我从石阶上摔下来和真由夭折的事，他会怎么想，会作出一副什么样的表情？

我冥思苦索，但依然一无所知，于是我没有再去想它。

只有死者那和善的面影，在我的心里荡漾开来。

但是，那不是本人的面影。虽说是以前的事，却更加遥远了。极其遥远，遥远得已经快要看不见了。我挥动着手，笑着，然而却看不分明。

我回到家里，睡了片刻。

醒来时，雨已停，天已黑，昏暗的房间里有些凄凉。

这样的时候，我的心情总会变得怪怪的。不知不觉已是黑夜。我觉得自己做了一个梦，可在梦中对什么人讲过什么，却都忘了。

我躺了很久，好像被浪尖打到岸上的鱼一样，直挺挺地躺着望着窗户。接着，我起床打开房门，不料撞上了弟弟。

"今天晚上吃的是纯子大妈做的拌饭，大家先吃了。"弟弟说。

"最近小说写得怎么样了，还在写吗？"

"现在我在写日记。"弟弟说。

"今天的主题是什么？"我问。

"今天我一直在回忆以前的事。"

"是很小的时候的事情？"

"嗯。我在回忆父亲，还有阿朔姐头部撞伤以前的事。"

"你怎么又想起这些事了？"我感到很惊讶。

"可能是因为下雨吧。"弟弟说。

"你虽然还是个孩子，却很善感啊。"我笑了，"你的这个主题和我今天的主题完全一样啊。"

弟弟有些害羞，却很高兴。

"不过，脑袋受伤以前的我和现在的我，你喜欢哪一个？"

我知道向孩子提出这样的问题不会有答案，然而我依旧认真提问。我想我能够格外轻易地得到答案，可我并非要得到弟弟的答案，而是要通过弟弟得到什么。

"那时我还很小，没记住。"弟弟回答得很干脆，我颇感失望。

"说的也是。"我说。

"我一直和现在的阿朔姐在一起。"弟弟说。

是啊，果然如此。

我觉得我们的思路是同步的。

信息像电波一样以某种形式通过我的睡眠，从某一个地方闯进他的头脑里，急不可待地将这孩子幼稚的思考当作工具使用。也许我和弟弟，还有那些陌生的人，以及宫本，全都连在一起，不是在同一个房间里，而是在雨中，在一个睡眠的宇宙里往来穿梭着。

"我明白了，我应该把由男看作大人了，下次我们一起去夏特喝茶吧。"

"太棒了！"弟弟喜不自禁。

我说"走吧"，便走下楼去。

作息时间没了规律，所以感觉有些奇怪。早晨应该是睡得迷迷糊糊的时候，却唯独清晨厨房里的场面会使我的头脑变得异常清醒。婚礼是一个喜庆的场合，所以思绪才有些走神。

总之，早晨是纯子在厨房里。感觉和干子在时一样。

"哎，现在就起床了？"她亲切地问。

"我是来吃拌饭的。"我说。

"还剩很多呢。"纯子说。

"妈妈呢？"

"去约会了呀！"

"是吗？"

我点点头。纯子开始为我准备饭。我漫不经心地从电视机下面的书架里取出影集。

在记忆最混乱的时候，我常常深夜来这里，独自在厨房里翻看影集。

越是翻看那些影集，怀念和焦急的情绪越是忽近忽远地变成焦躁向我袭来。我心想，这样的感觉就像是拜访前世的故乡。

长着我的面容的另一个我，笑得比我自己更像我，或者是已经去世的妹妹拉着我的裙子下摆：就是那样的感觉。

我感到惆怅，简直就像有个无形的世界在现世间遥不可及的地方悄悄地喘息着。

前不久，我还用那样的目光注视着这本影集。然而，今天夜里有些不同。

我在寻找我的父亲。

我和真由的父亲因脑溢血猝然倒下，他昏迷以后就再也没有醒来，在我的眼前咽气了。这是一种比较让人接受的离世方式，尽管这样的说法有些奇怪。总之，父亲非常忙碌，而且充满爱心，在感觉上是一个离"后悔"这个词最远的人。父亲留在我脑海里的全是好印象。

我望着在公园的沙池里做游戏的父亲和我，回想起那天空气里潮湿的气味。我还看到了父亲和母亲，以及我和真由一起在阳光明媚的沙滩上玩耍的照片。

已经属于过去的往事一切都没有变，然而在那些往事里弥漫着的空间的色彩，却栩栩如生地向我逼来。

我想起今天夜里也许在用和我同样的心情翻阅着影集的宫本。往事留下清晰的痕迹，"现在"沾满往事的痕迹在半空中飘浮着。在这一点上，我也与她很相似。

照片上留有父亲的笔迹。

还有真由的涂鸦。

这些，全都是幽灵。

此时此刻，我在这里注视着它们。

"好了，快来。"纯子将热腾腾的拌饭和味噌汤放在我的面前，于是我合上了影集。

"真香啊。"我赞叹道。

纯子笑了："做拌饭我是最拿手的呀。"

纯子因为婚外情而失去了家庭。她和丈夫的朋友陷入了恋情，那段恋情结束后，纯子离婚了。她有一个女儿，现在住在丈夫家里。据说，她朝思暮想着有朝一日可以将女儿领来一起生活。

"你在看影集?"纯子问。

"是啊，今天不知为什么又想起了父亲。"

"是啊。"纯子点点头，"影集只会勾起人的悲伤吧。他们去世时都还很年轻。"

"是啊。"我说道。

"我和你的母亲她们读女子高中时留下了很多照片呢，半夜里偷偷地溜到外面喝酒时的照片，还有修学旅行时睡着的照片。我现在想起就感到不可思议，我怎么会这副模样在这里? 有时会忽然感到很惊讶，我不是指离开家这一类的事情。你母亲一旦用以前那副清纯的表情露出笑脸，我心里就会咯噔一下，不得不感觉到岁月的沉重。"

"我觉得我能理解你。"我说道。

简直就像旗帜在风中呼啦呼啦地飘扬着一样，过去与未来在母亲的面容里重叠在一起，有时相互掺杂着让人分不出过去与未来。

嘿，你瞧，我还在这里呢！

这日子过得很奇怪。

我只要一睡着，往事就会在我脑海中浮现。

也许是因为这街上有人死了，空间有些倾斜的缘故吧。

也许不是。

今天晚上，全世界又会有多少人死去，多少人在哭泣。

到了深夜，我依然毫无睡意。我不知道怎么办才好，因为傍晚已经睡过了。

心想去买一本书回来看看吧，便起床走出家门。

这时是凌晨两点。附近有一家书店会开到三点钟。书店里有一半的货架已经变成出租录像带的了。

我买了几本杂志和新出的书，便离开了书店。

外面弥漫着隆冬的气息。

冰冷的空气里混杂着冬天的寒意，预示着真正的寒冷即将来临。这种寒意渗透到我的体内。枯萎的树木在昏暗的天空下衬映出骨架似的剪影，渐渐缺损的月亮在遥远的天际发出明亮的光。

我哼着歌在小巷里走着。有个人迎面走来。我漫不经心地正要擦肩而过，却不由得猛然停住了脚步。

是宫本的母亲。

她那显而易见的沉重表情在路灯的照射下显露出来的时候，我不知为什么突然觉得避之不及。我不知道这种时候该怎样做才能表现出我的"诚意"之类的情感。

结果，我像平时那样，然而却以与平时截然不同的复杂情感招呼道："您早。"

宫本的母亲已经年迈，她静静地鞠了一躬，习惯性地摆出一张微笑的脸，与宫本一模一样。

这让我想起真由去世时母亲的模样。同样的苦涩。

我们没有交谈就分别走开了。

我转过身去，久久地望着宫本的母亲用同样的速度在黑暗里平静地、平静地走去。平静得就好像根本没有察觉到和我擦肩而过。我不知道在这个时候她会去哪里。难道是因为家里徘徊着往事的幽灵，她为了换口气才从家里逃出来的？

"今天是从谈论宫本开始，又以宫本结束的。"

我在月亮、街灯、黑暗、穿过小巷的猫、住宅区的黑影中，忽然产生这样的感慨，虽然很不礼貌，但的确是这样的。

我觉得，事情就是这样被封进记忆的数据库里永久保存的。

3. 母亲和苦恼的健康

母亲是一个不可思议的人。

我和母亲一起生活了二十多年，却还不太了解她。

她皮肤微黑，眼角上翘，身材小巧。如果说她像是缩小了一圈的松冈吉子，母亲准会发火的，但的确是那样的感觉。

母亲是个极普通的有点清高的女性，平时容易恼火，一碰到什么不愉快的事情，马上就乱发脾气，有时也会直言不讳地发表自己的见解，反应极其敏捷。

但是，这恰恰是母亲令人信服的优点。

每当母亲发表高见时，她目光率直，发音清晰，声音中没有一丝浑浊，充满自信。这是一种财富，是在充满着爱的环境里长大的姑娘所拥有的财产。她的神情既不是傲慢的，也绝不软弱，有着一种宽容的心所拥有的伟大的力量。

比如，我到国外去了几个星期，在异国他乡的天空下回忆着母亲的面容时，不知为什么，母亲既不温和，也没有笑容。母亲一生坎坷，她生下我，生下真由，又失去丈夫，然后再婚，又生下由男，再离婚，又失去真由，经历得比别人更多。对此，她既没有怨天怨地，也丝毫没有流露出悲悲戚戚的样子。然而，她的眼里却透着不甘服输的发奋的目光，有着女人特有的幽幽的宇宙，是遭受命运捉弄的愤懑和战胜命运的骄傲混杂在一起的宇宙，用一副像站在佛坛上的印度神那样的神情注视着远方。

我对母亲，就是这样的感觉。

其实我回到国内，一看到母亲，母亲便絮絮叨叨地说着什么礼物啦、我出门时发生过的那些无聊的事情啦，一边还哈哈大笑着。母亲实际上是很随和的，但是一离开母亲的身边，我的内心里就是那样的印象。

她让我觉得，母亲在内心里有一块秘密的领地。

兴许父亲也是这么感觉的。爱过母亲的男人，兴许都会是那样的感觉。

在晨曦中，我睡意蒙眬的脑袋之所以会耽溺于这样的遐想，是因为看见母亲穿着高跟鞋在家门口那条笔直的小道上"噔噔"地远去的背影。她那一头棕色的头发在阳光下飘动着。

母亲是因为弟弟由男无故旷课好几天而被学校喊去的。

上周的周四。

"呃，他还没有去过？"母亲在接电话，对着话筒失声喊道。

这时是下午两点左右。我刚刚起床，还在睡眼惺忪地看着电视，听到母亲的话吓了一跳，顿时完全清醒了。我听了一会儿，才知道是在说由男的事。

这小子真笨！我心里想。我没有想到他竟会笨得明目张胆地逃学，一旷课就败露。

我有意无意地听着母亲轻声地打电话，某个在我头脑里已经忘却的情景突然非常清晰地浮现出来。

那是我在读中学的时候，我第一次向学校请假只为和一个年长的男人约会。此事我已经几乎忘得一干二净，所以对方的面容我怎么也想不起来。

以前我也有过请假不去上学的情况，但像这样有着明确的目的故意逃学，那是第一次。

我们看电影时相互牵着手，趁着放预告片的昏暗接吻，大白天旁若无人地逛街，在落地玻璃窗的咖啡馆里喝茶。

雅致的桌子，精巧的银勺，微微散发着柠檬香味的透明的饮料。

意大利浓咖啡和西式甜点。

我们闲聊着，眼望窗外。大街对面有家娱乐中心，大白天里也开着霓虹灯，隐隐地传来娱乐中心的喧嚣。

我打心眼里感到后悔，觉得自己的年龄还这么小，与其和他约会，还不如去游戏厅玩呢。

在游戏厅玩，要比接吻、躲在厕所里偷偷换校服有趣得多。

我猛然回想起来了。

原本都已经忘得一干二净。

我不太记得以前的往事，所以有时会回想起昨天的事情，却体会不到昨天的感情，有时非常遥远的事情，却会像现在正在发生一样突然映现在我的眼前，并能够非常清晰地感受到当时的气氛、心情和场景。

那是一种非常痛苦的感觉，甚至只能认定那些遥远的往事此时此刻就发生在我的眼前。

回忆十分逼真和生动，致使我的头脑会产生混乱。

每次与人见面，我都会有一种恍如隔世的感觉，会回想起与对方交往的历史，从中感觉到自己的以前，而且在这些点滴的信息中，我会感到欣慰。

也许正是因为这样的原因，与对方分手时，我常常会感到一种莫名的不安，有时觉得自己简直快要发疯了。

甚至有一次傍晚时分，与一位很久没有见面的女友见面，谈起了往事，结果我因为害怕分开后自己会很孤独而不愿意与她分开，她就一直把我送到家。

我正要与她分别时，忽然无意识地打量了一下街道，夕阳如火，披着霞光的大楼高高耸立着，喧杂的人流在商店的橱窗前不停地流淌，我竟然一瞬间不知道自己身在何处，该回到哪里去。

我想要回去的地方，难道真会是我现在头脑里想着的地方吗？我打工的地方在哪里？家里有几个人？今天早晨刚刚离开家，然而总觉得是那么的遥远。我的头脑里产生了混乱，我感到很惊慌。感觉中一切都离我遥不可及，就像是什么时候在梦中看见的一样。而且，只有我自己一个人被孤零零地抛在那个空间，所有的一切都同样地离我非常遥远，我伶仃孤苦、顾影自怜。

这样的情形经常发生，而且只有几秒钟。片刻以后，这种犹豫便霍然消失，我又沿着回家的路走去。

当时就好像依依不舍的恋人一样，我忍不住眼泪汪汪的。女友颇感意外，吃惊地问我出了什么事。我说出自己的感觉，女友便义不容辞地把我送回了家。

女友劝我应该再到医院去检查一次。

我们在我房间里说着话，吃着干酪点心，喝着咖啡，感觉很轻松。

在这样放松的时候，我会有一种现实的感觉，因此我也由衷地想，也许应该去检查一次。但是，我害怕检查以后医生说不定会对我这种奇异的感受作出某种定论，所以没敢去。

我不愿意回到头部撞伤之前的状态，那会很寂寞，也很无聊。

我喜欢现在的我，永远喜欢。

我绝不会去羡慕那些完美无缺的人。我觉得我的孤独是我的宇宙的一部分，而不是应该祛除的病灶。

就好像我母亲那样。母亲的命运被扭曲着，但她依然很欢快。

母亲在打电话时还看了看时间，估计学校要她去一次。我害怕她打完电话后会找我商量，我觉得麻烦，于是趁她还没有打完电话，我便悄悄地离开了家。

这条街不算大，我马上就能猜出弟弟可能在什么地方。

果然不出所料，在车站前商业街的游戏厅里，由男在昏暗中玩着游戏机，显示屏的光照射着那张入迷的脸。

"不合适吧，年龄这么小就对宝石感兴趣，不行啊！"我招呼他道。

弟弟吃惊地停下手，抬起头来。

"阿朔姐，你怎么来了？"他惊讶地问。

"你们学校来电话了。"我笑笑。他结束了游戏。

"这里的画面很漂亮，我很喜欢。"弟弟看着从形似弥勒佛的布袋里倾倒出来的色彩缤纷的假宝石，"妈妈发火了？"

"我不太清楚。"

"朔美姐，你现在去打工？"

"是啊。"

"带我一起去，行吗？"

"不行，连我都会被母亲骂的。"

"我不想回去嘛。"由男央求道。

他这种郁闷的心情我也经历过，所以我非常理解，而且还感到有些怀恋。我切身地感受到培育孩子是一种全新的体验，尽管我还没有生过孩子。

"算了，我们先去吃点什么吧。对了，去吃烧烤？"

"好啊。"

我们离开游戏厅，走进商业街耀眼的阳光里。不远处就有一家烧烤老铺。我们打开磨砂玻璃的拉门，里面一个客人也没有。

"炒面，炸猪肉，烤内脏，各来一份。"我们在座位上一坐下，我便点菜。

我们边吃边烤，铁板发出"嘶嘶"的响声。

我问弟弟："我们的母亲心肠很软，你如果说你很疲倦，所以不想去上学，她肯定会同意的，你为什么不对母亲说呢？"

"我总是在去上学的路上突然就不想去了。"弟弟还说得振振有辞。

吃完时，四周忽然安静下来，隐隐传来商业街上喧杂的声音。午后的阳光从窗户外照进来，停在像是留着战争痕迹一般的铁板上。

"母亲还在恼火吧。"

"恼火什么？"

"因为我变了呀！"

"你在说什么呀，你还是小学生啊。"尽管我心里想，你还小，母亲也许不会把你怎么样，但我还是说道，"在你今后的人生里，不能对母亲说的事多着呢，交女朋友、喝酒、抽烟、做爱等等。为逃学这样的事情耿耿于怀怎么行？按你自己喜欢的去做，听到了吗?"

弟弟最近的面容的确有些怪怪的。

他长着一张不匀称的脸，开始出现与不久前截然不同的神情。

那是一张黝黑的呆板的脸。他的睫毛很长，瞳距很宽，像他的父亲，樱桃小嘴像母亲。

说他的面容怪怪的并不是指应该像谁，而是有着一种更微妙的感觉，好像突然之间变得老成起来，与年龄完全不合，显得很疲惫。

"阿朔姐，你很冷酷啊。"由男说道。

"为什么?"

"我有这样的感觉。"

"真的?"

"哇——你会生气吗?"

"总比让你哭哭啼啼的好吧。别再磨磨蹭蹭了，还是回家吧。"

在烧烤店门前，我和弟弟分开了。

我径直去上班。夕阳西照，傍晚的商业街披着一层晚霞。

感觉就像国外的大卖场一样。

金星在寒冷的夕空里闪着光芒。

街道两边到处都飘动着染成红色和白色的长条旗，上面写着"大减价"的字样。

我在走到那个汽车站的十分钟里思考着生儿育女的事。母亲留下两个不同父亲的孩子，年龄相差那么远，最近净在为弟弟操心，她的心里一定也开始感到不安了吧。

母亲的确变了。

但是，我想不起来她是从什么时候、又是怎样变的。

只有记忆中的碎片，不断地浮现在我的脑海里。

母亲粉红色的乳头……

从雪白的衣领里探出的金锁……

对着镜子拔眉毛的背影……

我的脑海里浮现出来的，全都是这样一些画面。

既不是作为男人，也不是作为女人，而是作为孩子仰望着母亲的感觉。

街道上披着晚霞的余晖，我走在街上，自己也不知道我是爱她还是恨她，是想帮助她还是想退缩。

那是一种非常美好的感觉，有着一种用"乡愁"形容起来非常贴切的腼腆。

我打工结束回到家里，已经是半夜。厨房的桌子上放着一封母亲写给我的信。

朔美：

听说你今天带由男去吃烧烤，谢谢你了。

吃完烧烤，他就老老实实地回家来了。

明天早晨我要去由男的学校（是学校请我去的），所以我先睡下了。

晚安。

和"谢谢你了""晚安"相比，使用括号更像是母亲的个性。

母亲去学校后，我还在睡懒觉。这时，电话铃响了。

我在睡意蒙眬中觉得总会有人去接电话的，但电话铃始终响着，没有人接。我忽然想起家里没人，纯子去打零工了，干子在上大学，弟弟去了学校，母亲也被弟弟的学校喊去了。

我只好无奈地爬起身，到楼下去接电话。

"喂喂，"传来一个陌生女人的声音，"由纪子在家吗？"

"由纪子"是母亲的名字。

"她现在正好出去了。"我回答，"等她回来以后我告诉她。请问，你是哪一位？"

"我们只是有点儿熟悉，还没有见过面，对了，我叫佐佐木……我听人说，由纪子最近为儿子的事伤透了心，我想介绍一位很好的老师给她，所以才打了电话。"

"是吗？我会告诉她的。"我感觉很烦，于是就敷衍一下。

她也许察觉出我的声音里明显包含着不悦，便说了一句

"那么请你转告她"，就挂上了电话。

我感叹这世上真是有形形色色的人。

我丝毫不认为自己是一个安分的人。

自从头部受伤以后，我的记忆变得模糊，加上家里又很复杂，何况还要遇上各种各样的事情，这一点总使我感到不安。

因此，我的脑海里一直在思考着生存意义之类的事情，而且我不愿意与他人分享这件事。这样的事情即使不说，无意中也会与人分享的，用不着相互鼓励或相互理解。我总觉得，如果要与人分担就糟了，从开始向人诉说的时候起，自己身上某种珍贵的东西就会不断地消失直至殆尽，只剩下一个躯壳，而且会觉得很心安理得。

有一个女孩比我更不安分，去了国外以后至今杳无音信。她是一个刚强而开朗的人，无论在什么地方都能活得很好，因此现在也一定是在某一片天空下生活得有声有色。

她目光深不可测，总是闪闪发亮像要杀人。

她有两个母亲。

也许是因为这个缘故，或者是因为个性特强的缘故，她性情十分开朗，然而却不习惯现行的义务教育，总是险乎乎地处在精神分裂的边缘，从占卜驱邪到人生咨询、精神分析，好像全都试过一遍。

详细的情况，我不知道，也不想知道，听说她还去"有很多人一起学习诸如生存意义之类的地方"试过。

"怎么样？你到底要做什么？"她说她昨天还在那里，今天却不想去了，于是我好奇地问她。

我记得很清楚，那天夜里，我们在海岸边那家商店里的露台上吃着东西。暮夏，幽幽黑暗中散发着海潮的清香。桌子上只点着一盏烛灯，她的长发在海风中飘动着。

"我们约定这样的事是不能对别人说的。"她说道。

"什么事？"

"在那里经历过的事情，只有在那里的人才能体会到，是无法言传的。"

"嗯……不过，你说说看。"我笑着说。

"要我举例？这……和偶尔相见的人讲自己都说不出口的秘密。我嘛……那个人已经是大叔了，感觉很稳重，要说那个秘密……"

于是，她不仅将讲习会的内容，就连我不认识的大叔的也许对谁都说不出口的秘密，也滔滔不绝地抖落出来。

我一边笑她太张扬，一边问："那么，有没有什么收获和变化？"

"说起收获呢，我即使上班迟到挨骂也不会在意了。"她说得十分认真。见她依然如此，没有多大的变化，我大笑起来。

而且，她花了十几万元去那个地方，回来时丝毫也没有感染上那里的氛围，对此我非常感动。我知道有的人借这一类学习的名义取乐，有的人变坏了，然而唯独她没有任何变化。

　　她的确是一个很不开窍的人，凡事都由自己作决定。她太喜欢自己作决定了。事无巨细，无论是服装、发型、朋友、公司、自己喜欢的事和讨厌的事，她都喜欢自己作出判断。

　　我总觉得这样的能力经过积累，以后会形成真正的"自信"表现出来。

　　她过着在我眼中光彩照人的生活。我一看见她，心里常常在想，这个人这么富有个性，这种个性里甚至还包含着会受到损害的自由，而她还显得如此动人，她的人生中真的没有一件事是别人帮她决定的。

　　下午两点左右，母亲蹙着眉回到家里。

　　"我回来了。"母亲说道。

　　她连外套都没有脱，便在厨房里的椅子上一屁股坐下。我非常同情母亲，赶紧为她沏茶。

　　"怎么样？"我问。

　　"我实在是不愿意去办公室啊，我一直是不愿意去的。啊！真把我给憋死了。"母亲叹道。

　　"由男呢？"

"这孩子在学校里闯了许多祸啊，一会儿去，一会儿不去，经常逃学，上课的时候写东西。老师说个没完……我都听腻了，自从他成为通灵男孩以后，最近完全变了。"母亲抱怨道。

"妈妈这种直言不讳的用词很有趣……"我笑了。

"不过，处理这种事我很不得要领，因为你和真由都从来没有这样。"母亲说道。

"他没有被人欺侮吗？"

"好像没有。"

"嗯……"

"家里遇上倒霉事，孩子是会感觉到的。但是，他太过分了。"母亲说道，"不过，他好像在学校里还猜中了考试题目呢。"

"还有超能力是吧……妈妈也有吗？"

"你是指感觉敏锐？根本谈不上。你父亲倒下那天，我甚至什么预感也没有。你有预感吗？"

"我也没有。"

"那种预感到底是从哪里来的呀？"

"太奇怪了。"

是从基因组合的汪洋大海中某个遥远的地方来的，或是出自他大脑神经细胞的某个链节。

"哦，对了，刚才有一个叫佐佐木的人打来过电话。"我想起这件事，便对母亲说道。

我并不指望母亲会有什么反应。母亲对局外人的劝告听得特别认真，所以如果正在和别人商量的话，她也许会与对方联络的。如果她自己提出要去找对方，我会觉得很烦。但是，母亲开始的时候还"嗯嗯"地听着，不久便紧锁眉头寻思，接着又哈哈大笑起来。

"大家都是怎么回事啊！"母亲说。

"你怎么会让从来没有见过面的人帮自己的儿子呀。"

母亲的理由出乎我的意料，但我很容易理解。

"大家都是闲着没事干吧……"母亲说着起身去换衣服。

虽然我还不清楚是怎么回事，但见没有什么异常，便放下心来。

而且，我忽然想起一件事。

我和前面提到过的"即使迟到也不在乎"的她，以及另一名女孩，我们三人曾经去过一趟香港。

她平时囊中如洗两手空空，在日本时总是显得很鲁钝，一去国外便如鱼得水，变得生气勃勃。我和另一个女孩都很喜欢她。

我们住在旅馆最豪华的房间里，窗外是夜景，房间里摆放着三张松软的床。一个女孩坐在茶几边喝着啤酒，我和她洗完澡穿着浴衣，躺在床上。

真的，我和另一个女孩都深深地爱着她，了解她。

大家喋喋不休地谈论着明天的行程或男朋友之类的事情。突然，她用力抱住我喊道：

"妈妈!"

我透不过气来,嬉闹着将她按倒。当时所有的感情都流露在那笑声里。那种感情是一瞬间涌上来的,必须释放殆尽。对她所有的一切,都无法用语言表达,也不能用语言来表达。喜欢的,害怕的,应该呵护的。

如果我是一个男人,有那样的功能,也许会产生拥抱她的冲动。如果我是一个孕妇,也许会悄悄地把双手护在挺起的大肚子上。我在一瞬间怀有的就是这样的感情。

我相信另一个女孩也会这样想的。

回想起来,面对如此生动的情景,我感动得简直要流眼泪了。

4. still be a lady/girls can't do*

　　总之，那是一个非常清晰、非常生动的情景。

　　天空碧蓝碧蓝的。

　　这种透彻而浓郁的蓝色，好像是用玻璃般坚固的材料构成的。

　　我透过树林里枝叶的间隙，抬头仰望天空。有我个子那么高的纤细的树木，长得郁郁葱葱。仔细望去，在纤薄的树叶背后已经结了小小的果实。从绿色到粉红色、红色、黑色，层层叠叠连成一片。我摘下一个黑色的果实咬了一口，甜甜的味，酸酸的味，我知道它的味。

　　这是什么果实？我苦苦地回想着，但想不起来。

　　太阳灼烤着大地，眼前的一切都很晃眼，还有风。

　　我感觉到清冽的风不知从什么地方微微吹来。

　　我闭上了眼睛。

　　于是，刚才那碧蓝的天空和结着五颜六色果实的树林，两者的反差变成视觉中残留的图像，更加鲜明地浮现在我的脑海里。那种新鲜的感觉似乎渗透了我的全身。

啊！美极了。

啊！真凉快。

我伫立在这完美无缺的景色里闭上眼睛，尽情地享受着它的奢侈和快乐。

这时，传来"咔嚓咔嚓"的声音，我觉得有人从前面走来。我睁开眼睛，看见茂密的树林在摇曳。

于是，我醒了。

过了一会儿，我才知道那是一个梦。

我还不知道是什么东西过来，心在怦怦地跳着，冷风那砭骨的寒意还隐隐地留在胸口。

也许是因为这个缘故，我醒来时十分清醒。我走下楼梯，纯子正准备出去打短工。

"早。"我招呼道。

"早。"纯子微笑着说，"冰箱里放着沙拉和法国吐司啊。"

"是你为我做的？"

"不是，是你母亲做的。"

"我母亲呢？"

"说是去银座买东西，出去了。"

"嗯。"

我在厨房的椅子上坐下，用遥控器打开了电视机。纯子

---

* 英文，仍然是位淑女／女孩们不能干。

理了理上衣走出去，又折回来。

"由男说学校里放假，还睡着呢。过一会儿你把他喊起来。"

弟弟最近老是睡觉，学校里也常常放假。我担心某种东西在他的身上正渐渐地发生着嬗变，家里正在发生变化，非常微妙，也许我是庸人自扰。

"我觉得这孩子变得越来越古怪了。"我说。

"我也有这样的感觉……"纯子说道。

"这种事真是不好对付，而且我也没有生过男孩啊。在孩子长大的过程中，无论哪个家庭都会有这样的事，或多或少都会有的。"

"是啊。我忽然意识到这样的事自然而然就发生了。"我说。

"每个家庭都会有旁人体会不到的难处，但尽管如此，依然还是要吃饭，还是要做家务，日子还是要顺顺当当地过下去。无论出现什么样的意外也还是要习惯。每个家庭都有约定俗成的事情，旁人是无法理解的，再怎么糊弄也还是要在一起过日子啊。"

纯子的话尽管司空见惯，但她已经失去了家庭，所以充满着感慨和恳切。

"不管怎么乱，只要能取得平衡，就能很好地过下去。"我说道。

"你说的也许很对。"纯子表示赞同，"不过，还需要爱。"

"爱?"冷不防听到这句话，我感到很惊讶。

纯子笑了："我因为做出那种令人羞耻的事来，所以才不好意思说。要使家庭保存下去，就需要有一种爱维系着。我说的这种爱不是指形式或者语言，而是指一种状态，是一种发散力量的方式。家庭里的每一个成员都要散发出给予的力量，而不是索取的力量，否则就不行。要不家里的气氛就像是一个狼穴，居住着一群饥饿的狼。比如说我家吧，现在说是我破坏的，其实那只不过是一个信号，不是靠我一个人就能够破坏的，以前就存在着家庭裂变的因子，家里的每一个人都只知道索取啊。但是，家庭能不能延续下去，它的关键你猜应该是什么？那就是需要有一个人善于妥协，但我不行啊。要说爱……就是有着温馨的回忆，或是和家里的人在一起，会产生美好的向往……我想我如果还有追求这种氛围的意欲，我就还能待下去。"

纯子的话，我觉得能够理解。

而且，她的话又像是一位普通妇人"一步走错满盘皆输"的自白。听她现身说法就能体会到一种落魄的感觉，有着毅然走出家庭的惨烈。

纯子出去了，厨房和客厅只剩我一个人。房间里充满温暖的阳光，干燥得就像大白天的海滩一样。

我从冰箱里取出早餐，坐在沙发里心神不宁地吃着。我发现自己有些醉意。

我寻思着是怎么回事。有的时候要过好一会儿我才会想起来，就好像电脑从软盘上读出数据。

我想起来了。

昨天我和荣子一起喝酒，一直到天亮。

昨天夜里，荣子打电话到我打工的酒吧。那家酒吧像古董商店一样小巧而有些古色古香，我几乎每天都在那里打工。荣子是我童年的朋友，在我的朋友中也是最娇气的。

"朔美，听说你头部受伤住院了。"荣子一副责怪的口气。

我感到很惊讶，我们有那么长时间没有见面了？听到她的声音，我觉得好像不久前才见过她。

我们约定，等我下班后一起去喝酒，在附近的小酒吧里见面。当我来到约定的小酒吧见到荣子的时候，我不得不感觉到我们的确有很久没有见面了。

她已经变得非常俊俏。

她的俊俏已经远远地超出了我记忆中的印象，以致开始时我还以为她是酒吧里准备下班回家的女招待，没去留意她，当她向我招手的时候，我还吓了一跳。

我记得当时小酒吧里空荡荡的，只有荧光灯在散发着耀眼的光，我的目光在店内扫视着搜寻她，穿着日式制服走动的外国店员，一对情侣，一名醉倒的老人，三人结伙正在大声说话的上班族，一名感觉上正在等人的女招待……

"哟，蓝色贝里的阿朔。"小酒吧的老板在吧台里侧向我喊道。

我打工的酒吧叫"贝里兹"，他将那个店名和自己酒吧里的特色饮料"蓝色贝里酸饮料"搅在一起喊我。

深夜在这家有些落寞的酒吧里，荣子朝我挥手微笑着，那涂得血红的嘴唇和涂着鲜红指甲油的手显得分外刺眼。

酒吧老板的喊声打断了我的思绪，我忙不迭地向他打了一声招呼，再打量店内时，荣子还在朝我微笑。她那映现在我眼睛里的形象和我正在搜寻她时心目中的形象两者重叠在一起的一瞬间，我产生了一种无可名状的惊喜。

跃入我眼帘的理应是素未谋面的陌生女子，但我还是刹那间就认出她脸上那熟悉的相貌特征。

那个瞬间我的感受如同解出了找茬游戏的答案。说她变得俊俏，轮廓却还非常分明，只是变得妖冶了。在那妖冶的形象背后，有着我所熟悉的荣子的面影，就好像用铅笔淡淡描绘出来的素描一样。

"好久不见。"我在她面前坐下，"你近来怎么样？怎么变得这么阔气？"

"是吗？"荣子微微地笑着，"我没有变啊！反而是你变了呀，我还以为认错人了呢！我不是指你头发剪短的缘故，你给人的印象和以前完全不同啊。"

"你不是要说我变漂亮了吧？"我试着问。

"不是。我不是指这个。"她依然一副认真的表情，"我不是指成熟……蜕皮？有这个说法吗？"

"最近人们常说这样的话，是脱胎换骨的意思吧。"我回答。我很想见一见不久前还有着和我同样面容和记忆的"我"。

"不说了，我们喝点什么吧。"荣子莞尔一笑。她那涂得鲜红的嘴唇闪着红光，像是一个仿制品，嘴唇的两端猛然间形成一个拱形。

"我果真有些像是接客的吗？"荣子这样问我。于是我用力地点点头。

"到了这样的年龄还像大学毕业刚当上公司职员时那样彻底改变外貌的人，也只有接客的吧？"

"就是嘛！要买洋装也是打工时能穿的洋装啊。"

"呃，你真的在接客？"

"只是经常陪陪客人吧。"

"你辞职了？"我吃惊地问。

她通过父亲走后门在一家大公司里供职，却成为第三者，和上司陷入恋情不可自拔……这是我所知道的最后有关她的信息，是听她自己说的。岁月果然无情，今非昔比，一切都在发生变化。

"因为这件事，我早就辞了。"荣子笑着竖起大拇指，表示"顶头上司"的意思。

"你父母知道吗？"

"能让他们知道吗？他们都还一无所知呢！如果事情败

露的话，他们和我脱离父女关系还不算完呢，所以我在东窗事发前先辞职了。他们在这方面倒挺宽容的，我辞职了他们也没说什么。"

"你们还在交往？"

"是啊。"

"你喜欢他吗？"

"嗯……开始的时候是吧，但现在我自己也不太清楚，我还没有找到其他喜欢的人，何况我年纪也大了，再说我认识了许多酒店里的人，尽管很无聊，但还能找到工作吧。和他在一起比和其他人在一起时开心啊。"

"你会一直陷下去的。"

"是啊。"她露出很从容的笑容。

不管怎么说，和年龄相差悬殊的男人交往，能够和睦相处，还能受到疼爱，她感到非常满足。

暂且不说这样的事情是好是坏，只要没有烦恼，这就首先能让人感到安逸。最近就常常有人起初还强颜欢笑，刚刚开始喝一些酒就突然痛哭起来，这样的事情屡见不鲜，也许是因为到了这个年龄的关系。

然而，荣子还是像以前那样，懒散中透着一种优雅的气质。

昂贵的大耳环，高跟皮鞋，充分显示身体曲线的套装，鬈发呈和缓的波形，充满光泽的头发一直垂披到下颌，短而性感的白嫩的手指。她身材瘦小，却装扮得完美无缺。

在我的印象中，她是我的同学，温文尔雅，待人温和，身着价格昂贵却不起眼的衣服，风仪秀整，秉性爽直，天真烂漫，不知天高地厚。

但是，她生活优裕，从小没有尝到过贫寒的滋味，所以身上总有着一种颓废的氛围，不愿意付出艰辛和努力，动辄打退堂鼓，爱虚荣，喜欢张扬，嗓音娇美，长长的诱人的睫毛，挥金如土，永远没有满足的时候，做大龄男人的情人……

凡此种种，当时的一切隐含着她之所以今天会是这副模样的根源。这是毫不足奇的。

我的记忆已经模糊，令我感到索然的是，看见她已经失去进化之前身上的那种不协调的洁净感，我油然产生了一种伤感的情绪。

我这么想着，硬是将头脑中怀念的感觉赶走。

我决定对她不作评价，也不去猜测，今天先和她快快活活地喝酒。

"朔美，你怎么样？"荣子突然问，"嗯……听说你头部受伤，是怎么回事？是因为感情上的事吗？"

"不是的，只是摔了一跤。"我说道，"这是一种考验啊。我从来没有想到，只是摔了一跤就差点儿死去。"

"幸好现在没事。为什么不和我联络啊，我都没能去探望你。"荣子埋怨道。

"我全都忘记了呀。大家的事我都记不起来了。我什么都不知道了，好长一段时间记忆极其混乱。"

"不要说得那么轻松呀。这不是大事吗？你已经全好了？和平常人一样了？"荣子吃惊地说。如果把在我看来是理所当然的缓慢过程突然汇总起来用一句话来问，就会是这种口气吧。对我来说，发生那起事故以后，生活就好像视力模糊后戴上隐形镜片一样。

发生了如此严重的事情，我却还我行我素地活着，直至某一天死去。这是一种生活的流程，我很自然地融进了这样的流程里。所谓的"日常"，它的容量竟然如此之大，大得可怕。

"我已经几乎痊愈了。虽然还要去医院接受检查，但已经一切都正常了。"我回答。

"你说的头脑混乱是指把以前的事情都忘记了？"

"是啊。当时，就连母亲的长相我都认不出来了，我自己也吓坏了，想着难道就要这样一无所知地活下去，甚至还有过轻生的念头。值得庆幸的是，我的记忆已经渐渐恢复了。"

"真是天有不测风云，连自己都不能预料到。"

"真是无法预料啊。"我说道。

荣子忽然神秘地问："连恋人的长相，你也忘了？"

"这个嘛……"我决定第一次公开对任何人都没有提起过的、颇有震撼力的新话题，"如果是恋人的话倒好了……

我那个死去的妹妹的恋人，偶然见过一面，不知不觉就有了联系。"

"怎么回事啊？你就连他是真由的恋人都忘记了！"荣子感到惊讶。

对了，我想起荣子来参加过真由的葬礼，两人谈话的气氛突然变得活跃起来。

"记得，但没有实际的感觉，记忆很模糊。"我说着笑了。荣子也笑着问我是怎么回事。

"那个人是作家，真由去世以后他一直在外面旅行。我记得最清楚的就是这个人原本就与我关系不大。说是真由的恋人，我头脑里有印象，但一下子想不起来具体的了。"我说道。

于是，荣子嬉皮笑脸地调侃道："是吗？你不会是故意忘记的吧？你是不是早就有这个意思了？"

"说实话，这一点我到现在都搞不明白。"

"呃？你是不是喜欢上他了？"

"说起来，我以前对他到底是什么感觉呢。真由活着的时候，真由去世以后，他出去旅行以后，在不同的时期里，自己对他的这些感觉现在全都混在一起了，怎么也理不出一个头绪。"

"只要是人，真的会有那么精确吗？你难道说得清是哪天、几点几分、什么原因喜欢上对方的？"荣子说道。

我的确是这样的，但我没有说出口。

"不过，他在旅途中寄来很多可以算是信的东西，我读着读着渐渐感觉有点像情书。这样的事情很荒唐吧，真不敢相信啊。"

"为什么不敢相信，这不是很浪漫吗？"

"我们甚至还没有见过面呢。那个'我'，不是我。"

"男人就是那副德性呀！"荣子说道。

她说话颇像她的个性，所以酒喝到一半时，我才真正感觉到我很怀恋地见到了很久以前的那个荣子。

我感觉已经触及了荣子的内核。她这个人总是会让人感觉到新奇和惊讶。她那种一针见血的讲话方式是我所不具备的。她拥有真实的清纯。

于是，与荣子的秉性有关的几个场景，忽然在我的脑海里闪现。我真切地感觉到我一直是喜欢荣子的。

"反正，我有没有给他写过回信，写了些什么，当时的情形我到现在还回想不起来。"

"这就不妙了呀！"

"不管我怎么追忆，都只是一种想象。我实在不能确认自己的回忆是不是真实。"

"那么，你和他现在怎么样了？"

"在他去中国旅行的三天前，我们见了一面，他好像还没有决定什么时候回来，只说是去旅行而已。"

"没有给你来信吗？"

"来了，写的都是旅途中的情况。"

"他还没有回到日本？"

"有书出版的时候偶尔会回日本，但很少来，即使回来一次也只是住一两天。当时他正好有一个月在日本国内到处周游，最后顺便来我这里，听说我出事了，就慌忙和我联络。"

"就发展到现在这样了？"

"这样的发展对他来说也很意外吧。"

"对你来说不也是一样吗？"荣子笑了，"其实你早就喜欢上他了呀，因此真由夹在中间令你很难受，你想要忘掉，才硬逼着自己忘掉的。不是吗？"

"……我对他有感觉，至少是在真由去世以后。在那之前无论我怎么想，我都觉得自己根本没有那种感觉。"我说道。

荣子拍拍我的肩膀笑道："你不用说了，你毕竟还是那样想过。你是太清高了。"

第三杯生啤下肚，她眼角泛红，显得更加迷人。她的形象、声音、语言美妙地组合在一起，形成荣子特有的魅力，我望着她都入迷了。

那天早晨，我醒来时猛然睁开了眼睛，妹妹的恋人在我身边酣睡着。这时，我再一次觉得感慨。

"哇，事情变得真有意思啊。"

这是一个阴霾的早晨，在银座的东急旅馆一个宽敞的大窗户双人房间里，淡淡的光亮反射到大楼林立的街道上。

记忆还非常清晰，那时还是手术后静养的时期。我出院回到家里，但不能喝酒，也不能劳累，更何况像做爱这种连想也没有想到的事。

前一天，龙一郎打电话来的时候，正好母亲和纯子因为在我住院期间护理我而累垮了，两人结伴去泡温泉，弟弟和干子去了迪士尼乐园，我一个人留在家里安静地看家。

他告诉我借宿的旅馆的名字，说听闻我出事颇感惊讶。我一个人待在家里感觉很苦闷，所以想出去见见他。我们约定在旅馆底层的咖啡厅见面。

我几乎剃成了一个光头，因此他大吃一惊，说"真棒"，还说："朔美，你变化好大啊。"

龙一郎还用作家特有的比喻方式对我说："有一次在朋友家里打开冰箱时，里面放着一个红色的又大又圆的东西，我明明知道这是什么，却一下子想不起来了。其实那是西瓜，听说是为调制果汁饮料而削去了厚皮，我觉得很奇怪，心想这多费事啊，更重要的是我怎么也不能马上想起那是西瓜，这很有趣。要说那是一种什么样的感觉，那就像看见你一样。"

人将某一个人当作是自己的知己，是以什么为标准的呢？

当时我没有对他说，他还不是我能够理解的那种人。他的心境已经宽畅了许多，带着一副俊秀的面容。当时我有着一种感觉，他正在四处周游，我在接近他创作的世界，接近他那逐渐变得清晰的世界。我不知道是因为我的记忆经过一次洗刷以后眼光变了，还是他原本就是那样的。

接着，我们顺理成章地去了旅馆的房间并住下了。那是一个永恒的夜晚，包含着所有不同层次的妙趣，有"漫长的旅行之后对女人已经非常饥渴"，还有"我手术出院后第一次外出内心有些躁动"，更有"相互之间原本就对对方感兴趣正企盼着这样的机会"，"能够心甘情愿地与一个大致上陌生的人幽会"，"这是奇迹，要感谢上帝"。

总之，那是一个非常美妙的夜晚。

我没有告诉他我才出院没多久。

我起床走了几步试试，看看经过这样的剧烈运动之后自己会有什么后遗症，结果好像什么也没有发生。

我看了看时间，已是白天结账退房的时间了，我叫醒了龙一郎。他睡眼惺忪地打量着我，又打量着房间，脸上流露出惘然的表情，仿佛云游四方的流浪者起床时不知自己身在何处一样。我笑了。

接着，我们吃了稍稍有些沉闷的早餐。龙一郎将滞留的时间延长了一天，幸好这间房子还没有人订，所以我们还是住在这里。我们用客房服务请服务员把早餐送来。

三明治和果汁，沙拉和炒鸡蛋，还有咸肉和咖啡。这是我最最喜欢吃的早餐。

用餐时，我们越来越消沉，感觉就像是"最后的晚餐"。龙一郎马上又要去旅行了，加上我一声不响地离开了家，回到家里母亲一定会把我痛骂一顿。母亲和纯子大概已经结束旅行回家了，我必须煞费苦心地装作只是偶尔出去一下。

　　我实在想不起家里人对我在外面过夜会不会宽容。

　　母亲好像对我在外面过夜格外不在乎，又好像会对我严加盘问，但我还是因为想不起母亲的面容而感到痛心疾首。

　　当时我还不是感到不安，而是头脑里一切都昏昏沉沉的，觉得与自己有关的一切都显得非常遥远。

　　也许是因为我的表情显得很忧郁，龙一郎关切地问我："你觉得头痛？"

　　"没有。"我摇了摇头，又问，"你在旅行的时候有没有生过病？"

　　"感冒总会有的吧。"他回答说。

　　"你是义无反顾地当了旅行者吧。"

　　"义无反顾，像我这样的人多着呢。"

　　"也有一直在旅行的？"

　　"当然有。旅行者中各种国籍的人都有。现在无论去哪里旅行，到处都可以见到旅行者。旅行者或多或少都自以为是在干一件很了不起的事情，所以那样的人随处可见，实在太多了。我真没有想到啊。"

　　"是吗？"

　　"很简单的呀。无论是谁，只要花几天时间把事情处理一下，马上就可以从日常生活中摆脱出来。痛痛快快地玩一两个月，直到身上的钱用完为止。"

"说起来是这么回事。"我漫不经心地点着头。

"等你头部的伤痊愈以后，我们一起去旅行吧。"龙一郎冷不防这么说。

我很吃惊："去哪里？"

"现在不定时间，也不定目标。"他回答。

"以后再说吧。"我说。

这时，我对他只是怀有一种一夜情的感觉。

我只是非常依恋他那头发的气味和触摸他时那掌心的感觉，仅此而已，没有别的了。但是我自己明白，我对他的这种依恋是以前从来没有过的。

"我们还能再见面吗？"他问我。

我心里想，这家伙，既然想见面，就要敢说敢做，不要讲得那么吞吞吐吐的。但是，我知道他是因为真由的事而迟疑不决。我理解他的优雅。

"我……"我说。

在对面的房间里，淡淡的阳光倾洒在昨天我们一起睡过欢快过的床上。

"幽会过就想再幽会，做过一次就想再做爱，增加到两次，三次，四次，我觉得这就是恋爱，萍水相逢的人是不会有那种体会的。"

"你说得很有道理。"他笑着说道。

我也笑了。

"明天我们还能见面吗?"

"母亲不会让我出来的,今天也是,我回去后她会骂我的。"

"她会有那么严厉吗?"

"我病刚好,没有经过她们同意就在外面过夜。"

"是吗?"

"是啊,多半会骂我的。"

这时,我的目光落在桌子上用过的银餐具和放有三明治的提篮上,一个同样的欲望在我们体内萌生,如果他不提出来,我也会开口的。

"我们再来一次吧。"龙一郎毅然抢先说道。我笑着点点头,又回到床上。

我和龙一郎之间有过这样的事情。

"小时候大家都一样,都是等待出嫁的可爱的孩子吧。"荣子感慨万分。

"我们为什么会变成现在这样呢?"我笑了,"有趣的不就是这一点?明年的现在,你也许已经是某人的妻子,谁也不知道会发生什么事。"

"我只是希望永远像现在这样,白天一个人百无聊赖地度过,等待夜晚,不知道今天夜里会遇到什么样的讨厌事,盼望着夜晚快些降临。"荣子说道。

"你真幸福啊。"我说道。

荣子蹙眉做出怪脸笑了。

黎明时，我们分别了。

她的脚步声在清晨的街道上显得格外清晰，我目送着她那羸弱的背影渐渐远去。

晨曦，已经发白的天空，远去的朋友，醉意。

当初如果从石阶上摔下去死掉的话，就再也看不到这些了。

东京的黎明十分漂亮。

我正想着，弟弟突然跑下楼来。

他一副睡眼惺忪的模样，带些惶恐，郁郁不乐，脸色像死人一样苍白，我连招呼都懒得跟他打。

"我还要睡。"我没有开口问他，然而他却自说自话地对我说道，好像很不耐烦的样子。

"那你再多睡一会吧。"我说道。

弟弟点点头，从冰箱里取出牛奶，喝完后走出房间。

我觉得他有些奇怪，朝他望着。正要收回目光时，"阿朔姐。"弟弟一边说着一边转回身来，看他的模样好像不是不高兴，而是困得懒于讲话。

"什么事？"我问。

"那个……明明是我，明明马上就能再见面的，却被那些树挡住了……"弟弟说道。

"你在说什么？"我一下子还摸不着头脑，便问他。

"你梦见蓝莓了吧。"他焦虑地问。

哇！对了！今天早晨梦见的树，是蓝莓树。

我恍然大悟，松了一口气，耳边传来弟弟忍着困意走上楼梯的脚步声。

5. 美丽的星星

在温湿的空气里，我坐在游泳池边，筋疲力尽。

人们在游泳池里无拘无束地畅游，高高的天花板下水珠飞溅。儿童泳池里传来孩子们的嬉戏声。

我看见干子爬出游泳池朝我这边走来。我凝望着她身上的泳装。

"我累了。"干子说道。

几乎同时，我惊讶地对干子说："你明显瘦了呀！"

"真的?"干子笑了，她身上的水滴还不断地往下淌。

"真的，瘦得很明显。"

"体重几乎没有变呢。"

"不会是靠着节衣缩食过来的吧。"

"阿朔，你的脸也变小了呀！"

"真的?"我也高兴地笑了。

"再坚持一个星期吧。"

"好吧。"

"我休息一会儿，再下去游一次。"

"我也想再游一会儿，我们一起下水吧。"她朝着饮水处走去。

我们每天去游泳池游泳，已经坚持了一个月。我要打工，干子要上学，学校里管得非常严，两人都挤不出时间，但我们酷爱游泳，着迷一般不顾一切地每天去游泳池。

因为刚开春的时候贪吃，体重竟然胖了五公斤。给我沉重打击的不是"五公斤"这个数字，而是我自出生以后，体重第一次达到五十公斤大关。我难以控制自己的思绪，甚至感到自己的身体很沉重，觉得是难以预测的思绪才导致了难以预测的体重。

家里还有一个人情况更加严峻，那就是干子。她退出高尔夫球队以后，轻而易举地胖了六公斤。她原本就是个容易发胖的人，日子过得非常清闲，每天无所事事，要不就是去喝酒。

生活在同一个家庭里，每次见面时，因为她太想减肥，以致连我自己也开始觉得这日趋沉重的身体像是一种罪恶。

一天深夜，我们在春中大街的摊位上吃了面条。

"阿朔，总得想想办法吧。"在回家的路上，干子说。

"吃完东西你才醒悟过来呀。"我揶揄道。

"是啊！我们不能再这样下去了。"干子说。她脸上的皮肤已经胖得紧绷绷了。

"不过，那里的面条很好吃，我不会后悔的。"我说。

"在吃之前，我也是这么想的。"干子笑了。

我心血来潮地随口说："那么，减肥吧。两个人搭档，就是节食也很愉快的。"

我这么说着，感觉那是一件非常快乐的事。干子一口答应。

"试试吧？"

"试试吧。"

而且，我们在回家的路上就制订了每天的节食计划和去游泳池训练的计划。

"不过呀，走走夜路真的很好呢，一边还可以想着这样下去不行，无论如何得做点什么，内心很振奋。"干子说道。

"总觉得自己还在生活着。"

"有一点受虐待的味道吧。"

我笑了。我在胃部沉甸甸、脑袋迷迷糊糊的状态下抬起头来望着美丽的月亮，夜路非常宁静，风儿非常和煦。

我沉思着。

半夜里的食欲是一种折磨人的恶魔，它游离于个人的人格之外独立发挥着机能。

酒精、暴力、药品、恋爱，全都一样，就连节食也是那样。

沉溺其中不可自拔，全都一样。

非善非恶地存在着，而且不久就会厌倦。是厌倦还是无法挽救，两者必居其一。

即使明知会厌倦，还是像波浪一样反反复复地涌上来，以不同的形貌冲刷着海滩，涌上来又退回去，平静然而凶猛。

不断地涌上来，又不断地退回去，周而复始。

遥远的风景。紧张和缓和带来的人生的永恒的海边。

是怎么回事呢？我在注视着什么呢？

我沉思着。

从游泳池回来的路上，干子忽然说："像我们这样运动，如果再少吃一些东西，人会明显瘦下去的。"

"是的。"我们在洗桑拿的地方测了一下体重，我竟然瘦了两公斤。

"可是为什么节食就不会成功呢？"

"原因之一，一个人之所以发胖，原因在于她的生活态度。发胖是自然而然发生的，根据当事人的生活习惯来说也许是必然的结果。人们不是说，要改变一个人的生活习惯不大容易吗？另一个原因就是欲望，只要有'欲望'这个东西存在，就会产生一种非常强大的力量，会使人不相信少吃、运动、减肥这样简单的信念，欲望会使人的头脑自发地扭曲。人真是太可怕了。"

"是啊，我如果是自己一个人去游泳，很可能坚持不下来，肯定会寻找各种借口叮嘱自己不要太辛苦了。和你一起去很快乐，所以才这样坚持下来了。如果是我独自一人，就会感到很没有意思的，也不可能这样咬牙坚持，会去找别的快乐的事做。"

"人毕竟不是机器，要禁欲是很难受的呀。感到讨厌的时候，就会觉得没完没了。为照顾孩子而弄得神经紧张，护理病人而产生的劳顿，全都是因为看不见尽头才引发的。"

"减肥是很快乐的。"干子笑了。

"以后再肥胖起来的话，还会去减肥吧。"我也跟着笑了，"家里有四个女人，要发胖太容易了。"

但是，游泳想不到还有副作用。

身体消瘦下来以后，却怎么也按捺不住想要游泳的念头。

干子却不同。她马上就满不在乎起来，或者去逛街，或者在家里看电视。游泳之类的事情已经置之脑后，忘得一干二净。

我觉得游泳对身体有好处，有空的日子里依然一个人去游泳。问题是在没空的时候，尤其是打工之前。

游泳以后去打工，人就会累得要死，这样对身体无益，即使每天坚持游泳，也无济于事。我心想还是明天再去吧，但到了傍晚，想去泡水池的念头熬得人特别难受。这变成了一种渴望，内心里终于发疯一般地怀念以前那些去游泳池的日子，有时竟然还会流出泪来。我想游泳，简直到了不能自制的地步。

我对自己的认真渐渐失去自信，对我来说，这样的认真比模糊的记忆可怕得多。

我好像以前就有这样的毛病。

母亲就曾说过我这个孩子死心眼，无论做什么事，一旦沉溺在里面就非要干到倒下来为止。

那些事情，我已经忘得一干二净，感觉就像在说别人的事。

母亲还笑着说，这么固执的孩子，怎么会变成这样一个安闲自在的人呢？我当时听着，心底里也是这个感觉。

但是，我的内心常常涌动着一种欲望，就是像野兽一样，毫不克制自己，想猛干过头，把一切都弄坏。这样的欲望超越理性在我的内心涌动时，我就会遇见那个孩子时的陌生的自己。

"你到底是谁？"

"没关系的，你要干到底呀。"

我不愿意上当受骗，不会按她说的去做。我克制着自己与她擦身而过的时候，风暴离我而去。我叮嘱自己：好吧，我已经知道一种更加轻松的做法了呀。

那一天，我坐在客厅里，心中怀着想去游泳的念头。

重播的电视剧已经看不进去了。唯有游泳池里的水声，漂白粉的气味，从更衣室通向泳池的那条昏暗的通道，这些都以一种天堂般的印象，像梦一样令人怀恋地在我头脑里萦绕着。

我焦虑不安，甚至觉得即使请假不上班也要去游泳，否则心里就很不舒畅。那样做非常简单，我常常这样做，但请假去游泳还是不一样，我不想优先考虑这种没有快乐感觉的欲望。真正的投入，应该是更灵活的。

　　我绞尽脑汁地思考着那些像是很体面的理由，糊里糊涂地消磨着时间，这时弟弟来了。他今天也没有去上学，在家里睡觉。我感觉到背后的弟弟正在慢慢走下楼梯，无声无息地走进厨房，我隔着沙发转过身去。

　　弟弟近来的穿着也很古怪。

　　比如，问题还不在于他身上衬衫的颜色、与衬衫颜色相配的皮鞋，而是他本人的腔调已经失去了常态。

　　有自信的孩子会通过衣着打扮上的不平衡，来体现自己更宏大更赏心悦目的外表。然而，弟弟不同。

　　他自己还想装得很平静，但是依然流露出紧张、不安和希望引起人们注意的那种矫情。

　　我是他的亲人，我感到失望，对他有着隐隐的厌恶感，那是一种本能的厌恶，所以我不知道怎么办才好。他非常敏感，已经感觉到我的心情，因此没有走上前来，以免弄得彼此之间非常尴尬。

　　近来，我们之间一直持续着这样的恶性循环。

　　我内心感到焦急，又无所事事地躺着。

　　"今天没去游泳？"他朝我瞥了一眼，突然刺到了我的痛处。

这绝不是偶然的，近来尽是这一类并非偶然的事。他会从眼睛读懂对方的心。他不是想和我讲话，也不是想跟我套近乎，他首先要自我防卫。他在一瞬间解析了所有数据，要回避被我剖析的恐惧。真是可怜得很。

"我已经游腻了。"我说。

"嗯。"弟弟流露出献媚的目光，是令我恶心的弱者的目光。

"你怎么了？没有去上学？"我问。

"嗯。"弟弟说。

"心情不好？"

"嗯，有一些。"他的脸色最近的确差了很多。

"你睡了一整天，不到外面去走走？"

"我不想出去，不想再累了。"

"为什么会累成这样？"

"就是讲给你听，你也不会相信我。"弟弟说。

他把瘦小的手插进口袋里，一副不知所措的样子。

他身上发生了什么事？他为什么能够闯进我的梦里？我想不明白，永远都想不明白。

就好像我无法知道自己身上发生了什么事一样。

因此，在这个相同的世上，会有一种生活方式比相互揭对方的短处更快乐。但是，弟弟还年幼，我怎么说才能让他理解这个意思呢？

我思索着。

"你想做什么？"我问。

"我想见父亲。"弟弟说。

"那样的事别人是不能替代的呀。你即使见到父亲，他也不见得会特别理解你啊。不过，你如果想见的话，我就带你去。你的父亲还活着，任何时候都可以见。"

我说着，担心自己会不会说得太残忍了。

"可是，我自己也不知道怎么做才好。"弟弟说，"又不能去学校，心里很着急。"

"人生在世总会有这样的时候吧。有时会待在家里闷闷不乐，有时会钻牛角尖，胡思乱想地感觉自己很悲惨。这样的时候长大以后也会有的。有时还会觉得自己心情特别好，无所不能，什么事情都能做。这两种心情都会有的，两者出现的概率差不多。时间就是在这样的反反复复当中过去的。人们不会用这个来评判你的，你不要以为自己是个坏孩子，是个无聊得让人很头痛的孩子。也不要以为自己是个软弱无能的孩子。即使真的那样，也是能够挽回的。我快要去上班了，你想出去吗？我不能为你做什么，但带你去打工的地方还是可以的。"我说。

弟弟就像流浪狗轻摇着尾巴一样，低垂着眼睑走近我的身边，并在我身边坐下看了一会儿电视。

近来，弟弟有什么想法总是对我一个人说，对母亲则只字不提。

每当这个时候，我总是努力不让自己一个人充当老好人的角色，但母亲对此却格外不在乎。她虽然也很嫉妒，却有着一种奇怪的大度，说只要孩子走正道就行了。

因此，我给母亲留下一张纸条，趁她还没有回家就带着弟弟出去了。

我问后才知道，他已经有一个星期没有外出了。弟弟怀念地说："外面的空气真的很清新。"

一个人待在房间里足不出户，久而久之就会形同家具，跟房子同化了。

大街上常常可以看见这样的人：在大街上走着，身上却还是一副室内的打扮，表情呆滞，反应迟钝，目不斜视，动作缓慢，一副野性殆尽的目光。

我不希望弟弟变成那样的人。

为了去游泳池游泳而显得有些焦急的姐姐，和怯生生颤颤巍巍走路的弟弟，两人相互挽着走在黄昏的街头。

月亮低低地悬挂在清澈的蓝天上闪耀着光芒，暗淡的天空还残留着一抹淡淡的红色。

一眼就可以看出他还是个小学生。我把他带到小酒吧里，在我工作的时候，把他放在最里面的柜台边坐着。

酒吧里开始嘈杂起来，我无暇顾及他。他没有事情可做，便躲在昏暗的角落里看少年漫画，看完书，他变得更加百无聊赖。我问他要不要回家，他摇了摇头。没有办法，我只好让他喝老板自己调制后珍藏着的桑格利亚酒，这是我们酒吧引以为豪的酒。

他一边喝一边说"又甜又香"，还不停地晃荡着酒杯。我因为心里很烦，所以也喝着试试，结果感到舒畅了一些。

也许是因为喝醉了吧，或是因为望着酒吧里人群嘈杂的缘故，到了深夜时分，他的眼睛恢复了生气。是我所熟悉的家人的表情。

我暗暗思忖，人的表情真是不可思议。

只要心灵回来，就可以绽放出爱的光辉。

我放下心来，表情也变得松弛了。

我幡然醒悟，我的情绪急躁不仅仅是因为想去游泳的缘故，只要家里有个顽梗的人在走来走去，空气就会骤然变得紧张，我也会受到影响。

老板也许是看见我带着弟弟可怜，到了十二点便同意让我先回去。

真应该把弟弟带来看看。我高兴地放下了工作。

"我听到了一些声音。"走在夜路上，弟弟冷不丁说了这么一句话。

又来了！我心里想。

儿童心理学的书上常常写到这么一句话："如果这时候不能阻止他，后果不堪设想。"此刻正是那样的时候，我切实地感受到在这关键时刻有亲人在身边是幸运的，可以适当地加以引导。

"那声音告诉你什么？"我问。

弟弟一边走，一边喝着特地买来醒酒的罐装乌龙茶。他好像很不情愿解释似的，慢条斯理地说："反正有各种各样的。有时候轻声轻气像下雨，有时候像在骂人，有时候又喃喃自语，忽而是男人，忽而是女人，叽叽喳喳的，不停地对我说着什么。"

"你从开始写小说的时候起就一直这样了？"

"那个时候就常常这样，"他垂下了眼睑，"现在一直是这样，渐渐地严重起来了。"

"这样太累了呀。"我说道。

"一会儿是训斥，一会儿是音乐，一会儿又是阿朔姐梦里的画面。睡着的时候还可以，因为梦中有画面，但一醒过来就全都是声音。我有时快发疯了。"

"那是一定的。那么现在呢？"

"现在听不见了。只是有些轻微的声音。"弟弟竖起耳朵倾听了一会儿，说道。

"是收音机的声音？"我问。

"我也不知道。又不敢告诉别人，你相信我吗？"

"我相信你呀……不过，你具体说说是什么样的。是有人在你头脑里指责你吗？"我问。

"不是，不是的，"弟弟摇着头，"好像是印第安人的祈祷……"

"那是什么?"我问。

于是,弟弟拼命地向我解释。

"上次我在路上走着,突然听到有人一直在用很轻的声音和我说话。我仔细听着才渐渐明白过来。是完整的句子。是在说:'我作为一个人,作为你众多孩子中的一个,站在你的面前,我长得很瘦弱……'那声音一遍又一遍说个不停,我回到家后赶紧把它记下来。我在记录时,那声音还一直在诉说。我知道那是祈祷,是一种我从来没有听到过的祈祷。我听不懂,也没有去理它。上次在图书馆里看一本历史书,偶然发现上面写着那段话呢。你相信我吗?几乎一字不差。是一个没有名字的印第安人刻在墓碑上的祈祷词,那段祈祷词很有名。"

"你听到的是日语?"

"我不知道,但我觉得是的。"弟弟说道。

我不知道怎样疏导弟弟才好,因为他的情况已经严重到不能用真与假或病名来进行解释的程度。

"开始的时候我觉得是一种使命。"

"使命?"我反问。

"就是把听到的事写成书的使命。但是,我在写着时,又觉得那些听到的事情也许原本就有的,或者是别人的思考。如果真是那样,我把它写下来就是剽窃。我害怕极了。我一感到害怕,听到的事情就更多了……"

"是杂音更多了吧。"我说道。

弟弟点点头，接着哭了。

弟弟还是婴儿的时候住在我的隔壁，他的眼泪不是婴儿时每天夜里哭闹着吵得你心烦的那种无邪的泪水，而是成年人在陷入困境无力自拔时平静地眼泪直流的那种透明的结晶。

"你真坚忍啊，头脑在拼命地运转着，还要去学校，太累了吧。"我说道。

"我的脑子变得古怪了吧。"他哀伤地说道，"怎么办才好？"

"嗯……"我无言以对，"我们先坐一会儿吧。"

我背靠墙壁蹲了下来。

"真累啊。"弟弟磨磨蹭蹭地在我的边上坐下。

我说："反正，我觉得还是不要轻易告诉妈妈的好，还有……"

"还有什么？"

"你可以把你自己假想为一台收音机啊。听收音机的时候你会怎么做？"我问。

"挑选节目。"弟弟说道。

"就是。要挑选节目，而且你可以喜欢开就开，喜欢关就关。"我说，"如果没有开关，收音机无疑就不是一件好东西。什么时候想听什么东西，只有能够选择才……"

"怎么做呢？"

"嗯……"

说起来是很轻巧，什么要相信自己啦，什么要培养排除杂念的意志啦，但这么说是毫无意义的，就好比在一个静谧的下午，一边嘴里咬着饼干，一边伏案翻阅着"如何减肥"一类的杂志特辑一样。嘴上无论多么伟大的话都能说，但自己做不到的事情就不应该去要求别人。

何况，他还是一个孩子。

我觉得他的年龄实际上还不能真正选择自己所需要的东西。

就连我和干子，两个人搭档才好不容易能够实施那天在回家的夜路上决定的事情。

我不知道如何解释才好。

我没有说话。黑夜凝重得像油一样，静静地弥漫于整条街道，好像所有的小巷、街角都在黑夜中意味深长地保持着沉默。

背靠着钢筋水泥，寒冷的感觉透过后背渗透到我的体内。

我束手无策，便说："我们每天去游泳怎么样？"

然而，几乎同时，弟弟猛然抬起头来。

"我又听到了。"他对我说道。

他瞪大眼睛，好像要看透所有一切。

是啊，他用头脑直接谛听，比耳朵和眼睛都更接近那声音。我懂了。

"是什么？"我装得平静地问。

"阿朔姐，现在马上去神社吧。"弟弟说道。

"去干什么？"

"说是飞碟要来。"弟弟说道，"如果真的来了，你会相信我吧。"

"现在我也没有怀疑你呀。"我说。

他的目光充满期盼，为了不受他的目光引诱，我故意分散注意力。我望着街灯底下他那双小小的手，望着他那又暗又长的瘦瘦的影子。

"赶快。"弟弟站起身来。

"好吧。去看看吧。"我也站起身来。

"你说的神社是坡道上的？"

"是啊。赶快去，否则来不及了。"

弟弟开始奔跑起来，我也小跑着跟在他的身后。

我的心情不可思议地变得舒畅，我感到振奋，仿佛自己融入了另一种现实里，仅仅是体会到那种很久很久没有体会过的感觉，就已经足够了。

"阿朔姐，快！快！"

弟弟一路奔上昏暗的坡道。他的脸上已经没有不安的神色，但也不是那种痴迷的神情。

黑暗中映现出他那宛如路边地藏菩萨一般的清秀的脸。

穿过神社的山门，沿着通往神社的石梯向上奔去，远处铁轨和房子都变成了一个剪影。深邃的黑夜，货车奔驰而去的声音像音乐一样传来。

我们不停地喘着粗气，站立在黑夜里的树木之间。树林里散发着绿叶的清香，浓烈得令人透不过气来。

夜空映衬着远处的街灯，闪着朦朦胧胧的光。

眼前黑暗的街道和霓虹灯的闪光形成了一个剪影。哪里有飞碟呀！我笑着正想这么说时，在剪影和天空的分界线上，一条像飞机尾烟一般的带光的线条从左向右划破夜空横穿而过。

我感到非常惊讶。

它用比地面上任何一台机械都优雅的方式突然停在我们眼前景色的正中央，一动不动，然后闪烁着光亮消失了。

这种光亮比我以前见到过的任何光亮都强烈。如果用想象来形容，就像在痛苦之中穿过阴道第一次降临人世的一瞬间那样炫目。它的光是那样圣洁和美丽，而且不可能重现。我真希望它永远不要消失。

它的辉煌已经到了极致。

那是但愿能永远看下去的白色，白得无法用语言来形容。

"美极了！美极了！美极了！"我说。

"很漂亮吧。"弟弟点着头。

"多亏了由男，我才能看到这么漂亮的东西。真是谢谢你了！"我欢叫着。

然而他却没有露出欣喜的表情。

"你怎么了？"我问。

"我没有骗你吧？"弟弟说道，"我会变成什么样呢。"

"看到这个你不高兴吗？"我说。

"我不是指高兴不高兴。"他流露出一副复杂的表情。

"是吗。"我沉默了。

弟弟非常可怜，能够千载难逢地目睹这么美好的东西，他却高兴不起来。

这不是合理与否或是真是假的问题。我希望他感到惊讶，或是内心受到震动。

他已经累得麻木了。

"我们想想做些什么吧。现在不管怎么样，我们先回家。我看到飞碟是很高兴的。"

弟弟点着头，微微地笑了一笑。

我们并肩朝家里走去，我暗暗思忖着一定要帮帮他。

6. 完全的休息

春天来了。

随着穿外套的次数渐渐减少，天气也日趋暖和。

院子里的樱花在徐徐开放。每天从二楼的窗户望着院子里绿色丛中的粉红色变得越来越浓烈，是一件很快乐的事。

龙一郎寄来了信，是在某个无聊的白天放在信箱里的。

朔美：

　　你身体好吗？

　　我现在不知道为何在上海。

　　中国是一个好地方。

　　尽管人口稠密。

　　我很快（年内）就要回日本。

　　听说我的书要出文库本。

　　我在担心你会不会见我。

　　但是，希望能够和你见面，那样我会觉得很快乐。

　　每次看到震撼人心的景色，就希望能够和你分享，这使我更加怀念日本，更加想和你见面了。

这里，所有的一切都很大，就连佛像也庞大得令人发笑。

就写到这里，以后再给你写信。

龙一郎

文章写得很到位，甚至令人怀疑这个人究竟是不是一个作家，但可以感受到字里行间散发着一股强烈的怀恋之情。

就好像机器人的记忆线路发生了短路。

又像是小鸭子的彩色版画。

我头部被撞后，最初记起的就是他这个人。我用转世再生的目光独自站着观察这个还十分模糊而陌生的世界时，一切都变得很朦胧，一个全新的我忐忑不安地用手探摸着。那时，第一次刻进我脑海里的就是接触他那滚烫的皮肤时的感觉。

我很爱自己这种崭新的记忆。

如果见到他的话，我会高兴得流出眼泪。

这样远隔千山万水，我忽然想起我所熟悉的他的种种好处，我会为他那些极棒的优点而感到酸楚。他的文采，周全的礼节，大胆的行动，他宽阔的胸襟，还有手的形状，声音的洪亮，等等。

我一想到他的缺点或狡猾之处，又会被一种愤恨的感觉压得喘不过气来。想请我一同去旅行时的软弱，面对妹妹死去时的某种冷酷，平时很少回日本，一回来就想马上和我见面的狡猾，等等。

别人不会这么切实感受到的种种感觉，在我的脑海里一个个被激活了。内心振荡的幅度，恰如思念他的心力那么大。人是很痛苦的，一个不健全的人思念另一个不健全的人，痛苦地想要整个儿容纳它，这种痛苦为什么会在远离内心的风暴的地方，时时与某个栩栩如生的形象发生微妙的联系。

好像这就是人类勉强赖以生存的原因。

宛如盛开的樱花行道树，奢侈地挥霍着它那美丽、温和的能量。

落英缤纷，阳光明媚，风儿轻拂，绵延无际的树林随着风儿摇曳，枝叶间不时透出清澈的蓝天。我为这花儿的粉红色和清纯的天色所震慑，呆呆地站立在那里。我大彻大悟。那样的情景转瞬即逝，但是我却永远地融入了其中的一部分。绝了！棒极了！再怎么受苦，人也会追求那种瞬间的陶醉。

弟弟的情况开始明显好转。

他虽然常常独自做出一副呆板的表情，但自从那天夜里看见飞碟以后，他的心情变得轻松了，不知是因为我和他一起亲眼看到飞碟，证实了他不是妄想，还是他有一个人能够和他交谈的缘故。

而且，我从他的神情中常常可以感受到一种自律或决意，他仿佛在约束着自己，不愿因此而纠缠我或过分依赖我。所以尽管他是我弟弟，我还是觉得他很了不起。

他是一个好男孩。

我希望弟弟应该努力做一个好男人。无论是变成小偷，还是性变态，或是情场浪子，无论变成什么，都要做一个好男人。

但是，关于他身上发生的事情，我并不持乐观的态度。

他的心情变得轻松，并不意味着问题解决了。早晚会再遇上倒霉事。而且现在越是轻松，将来的反弹就越大，受到的打击就越是沉重。

我能做些什么呢？

独自一人的时候，我常常这样想。

我真希望能为他做点什么。

人为什么会对另一个人怀有这样的牵挂呢？尽管明知什么也帮不了……

大海因为是大海，所以会有潮涨潮落，时而惊涛骇浪，时而平静如镜，它只要在那里喘息着，就能唤起人们的各种情感。我希望自己像大海一样脚踏实地地生活在那里，时而让人感到失望，时而让人觉得恐惧，时而给人以安慰。

然而，我还想做些什么，我怎么也无法停止这样的思考。

我已经失去了妹妹，我没有办法阻止她在我面前一步一步地走向死亡。如果有人决定要死去，就没有任何人能够阻止，也不具备阻止它的能量。我非常清楚这一点。

也许就是因为如此，我才会焦灼。

那件事，是从母亲提出要和男人一起去巴黎的时候开始的。

"我要去巴黎玩两个星期。"星期天，全家五个人难得凑在一起共进晚餐的时候，母亲冷不防说道，口气很果敢。

单身贵族——我这样评价道。纯子不停地提问，饮食是不是吃得惯，会不会下雨等。

"行了呀！哪里管得着这些。反正我是去休息，身心两方面都要得到彻底的放松。"母亲故意高声嚷道。

母亲的男朋友是她常去打短工的那家小型旅行社的职员，比母亲年轻，总之像是个大忙人。在旅游旺季的时候，母亲作为帮手当然也跟着忙得不可开交。看来最近感到累了，所以才想起要去休假吧。

"好啊。"干子显得很羡慕，开始讲起朋友最近去巴黎游玩时的趣闻。

"听说他们的葬礼非常隆重，我朋友开始还以为是过节呢，跟在他们的队列后面走了很长时间……"

弟弟一句话也没有说。

其他的人开始时还其乐融融地谈论着巴黎，最后才注意到弟弟那异常的反应。

"阿由，你在想什么?"纯子问他，但他依然无言。于是，气氛越来越不妙了。

"我会给由男带礼物来的。"母亲微微地笑着。

母亲在准备坚持己见的时候，她的笑脸是非常完美的，我很喜欢她那种令你毫无反对余地的态度，但弟弟不一样。

弟弟像突然点着了火一样号啕大哭起来。

大家都惊呆了，哑然无语。

他的痛哭异乎寻常，简直就像从心底对这个世界感到绝望的大人一样。就算是四十岁的男人，遇上失业又发现妻子有外遇，恐怕也不会哭得这么凄惨。他抓着自己的头发，像要把所有的感情从身上发泄出来一样，伏在桌上哇哇地痛哭着。

我定定地注视着他头发上的旋儿，努力想要克制住惊愕的情绪。

"没关系的呀。我过两个星期就回来了。而且，对方那个人嘛是很早以前就认识的，瞧，你不是也见过他吗？所以你可以放心啊。我不可能撇下你跑到很远的地方去呀。"母亲掩饰不住慌乱的神情，将手放在他的肩膀上。

"不是啊！"弟弟哭喊着。

"是什么？"母亲问。

"我是说飞机，飞机会掉下来的。"他说道。

他的嗓音已经嘶哑，肩膀微微地颤抖着，好像非常怕冷似的缩成一团。

"不能去呀。"

……他说的话也许是真的。

我联想起上次那起飞碟事件，不由这么想到。

"朔美，你劝劝他呀。让他不要哭。"

"……你暂时先不去吧？会不吉利的。"我说，"这孩子感觉非常准确，也许会是真的……由男，是去的时候还是回来的时候？你觉得是哪一趟？"

"是去的时候，肯定的。"他说道。

他的语气里充满自信，就好像猜中什么美好的事物一样，坚信不疑。

我不太喜欢弟弟这样的口吻。

"瞧，如果是回家的路上，已经游完了巴黎，也许还能甘心，但在去的路上……"我劝说着母亲。

"时间错开一天呢？"干子建议道，"如果错开一天，大家就放心了，也没有危险，这不是很好吗。这样行吗，由男？"

"我不知道，我只知道母亲去的时候乘坐的那趟飞机很危险。"弟弟说。

"那么，换一个航班也不行吗？"纯子担心地问。

大家都被弟弟吓唬住了，整个儿的气氛无意中都倾向于他。干子泡来了热茶，大家默默地喝着茶。要讨论还没有发生的事情是很难的。

"日期能不能错开到下个月……"纯子非常迷信，她这么提议道。弟弟点了点头。于是，大家不禁松了口气。真是一个小皇帝。

不料，母亲"啪"地拍了一下桌子。

"你们都在说些什么呀！我只能现在申请休假，他平时很忙啊。如果我们不去，那架飞机又没有掉下来的话，你们谁来承担这个责任啊？"母亲叫嚷着。

母亲说得十分动情，大家回过神来。

"连机票都已经订好了呀！行了！我已经下决心了。即使飞机会掉下来，我也非去不可。"

"真的？冒死也要去？"我问。

"是啊，你们不要说了，我已经决定了。"母亲说道，"如果死了，那就是命。我说的是真话。我活到现在已经足够了。各位，抱歉了。如果我死了，你们就一笑了之，说我是个不听劝告的混蛋。"

母亲毫不在乎，表情开朗地喝了一口茶。

弟弟又"哇"的一下痛哭起来。

他那伤心欲绝的模样令人不知所措。纯子和干子连拖带抱地把他带去了二楼。弟弟一路上拼命地挣扎。

母亲叹了口气："你怎么想？"

我回答："我觉得应该相信一半。"

"这话怎么说？"

"一半是他自己的情绪还不稳定，不愿意母亲丢下自己和男人去巴黎玩，另一半就是他真的有那样的直觉。"

"他还小，会想那么多吗？"

"他心里感到不安呀。"

"是吗……你怎么想?"

"你是指什么?"

"丢下不去上学的儿子,和男人一起去度假,我这样的母亲……"母亲用那双大眼睛定定地注视着我。

我不能对母亲撒谎。

"其实我觉得很好。"我说。

"真的?"

"如果为了某一个人而放弃自己真正的快乐,为了这孩子而摆出闷闷不乐的样子,还不如寻求自己真正的幸福。我觉得最后说到底还是为了这个孩子。"

"是啊。我决定了。"母亲说道。

"即使飞机坠毁你也去?"我再次问道。

"嗯,我决定了。好歹也活到这把年龄了,我已经不愿意再改变自己了。虽然这样说有点小题大作了。"母亲笑了,"而且,我自己没有感觉到飞机会掉下来。"

过了一个星期。

母亲出去旅行的前夕,晚餐时的气氛十分严肃,就像最后的晚餐。

而且,吃晚饭时弟弟也没有从他房间里出来。晚饭以后,母亲去看他,一直待在他的身边安慰他。弟弟一边哭一边苦苦哀求母亲不要去,一副痛不欲生的模样。但是,母亲仍不愿意放弃这趟旅行。我对母亲油然产生了一种敬意，觉得母亲真了不起。

从我们局外人看来，这只是一趟极其普通的旅行，不是那种拼上性命的事情，但对母亲来说，这件事也许会触动她人生哲学的琴弦。那个道理，我非常明白。

半夜里，我上床以后，弟弟还没有停止哭泣。尽管我听不清他们在说什么，但母亲低低的说话声和弟弟的痛哭声还是透过墙壁传入我那昏暗的房间里。

就好像是在诵经，永久地持续着。

月光从窗外照进来，把我的床照成了长方形，我躺在床上听着那声音，久久地思索着。

我目光清明，心灵也透彻。

我的思绪与黑暗、与月光的粒子混杂在一起。我浮想联翩。

弟弟所言非常正确，这一点我比家里任何人都清楚。

恐怕比母亲、比弟弟本人都清楚。

我和弟弟不同，我如果真心劝阻，母亲也许会听的，会放弃旅行的念头。

如果那样，母亲就能幸免于难。

但是，如果母亲放弃旅行，飞机又没有坠落，母亲从此就再也不会相信弟弟了。弟弟是一个很普通的少年，对现在的他来说，那也许会是一个无法挽回的打击。

何况，我不想阻止母亲，我也不觉得飞机会坠落，因为我喜欢母亲那样的性格。

母亲的行为永远是自己决定的，不会接受任何人的指派。她的那种生活的状态，曾经给过我多么大的安慰和希望。

而且，我不希望弟弟养成这种靠耍赖达到目的的习惯……

然而……如果我不阻止，而母亲却送了命，我不能后悔。我不后悔，但难道真的会有那么残忍的事……我不明白。

我心潮起伏。

为还没有发生的事操心，对身体是有害的。

我想得累了，便迷迷糊糊地睡着了。

我睡得很浅。

头脑里某个部位非常清醒，就连房间里昏暗的光线都能清晰地感受到。呼吸依然深沉，眼帘紧闭着。

但是，却不能完全入眠。

梦，静静地、静静地降临了。

宛如黑暗中飘落的第一场雪的第一片雪花。

我还非常幼小，在一棵樱花树下。

那是父亲让人种在院子里的一棵樱花树。

抬头向上望去，粉红色的花瓣非常浪漫。

不知为什么，在梦中，真由已经死了。

如果能见到她的话，我真想见见她，但……

家里的房门打开，母亲抱着由男出来。

母亲很年轻，穿着白色的毛衣，就像是躺在棺材里的死者穿着的寿衣，颜色白得像有阳光衬映一般令人眼花缭乱。

我悲痛得喘不过气，母亲一反常态地缄然不语，婴儿由男也没有哭，很安静。

母亲默默地只管朝我这边走来。

她慢慢地走来，在阳光下慢慢地走来。

也许是来告诉我该吃午饭了？

还是来叮嘱我要戴一顶帽子？

或者她要去买东西，来叮嘱我留在家里看家？

我摸不准母亲要我做什么，只是朝她笑着。

母亲走到我的面前站住。

"我要去一趟巴黎，你要好好地照看这个孩子。"

巴黎？我心里想。

母亲微微地笑着，把弟弟放在我怀里。弟弟热乎乎的，沉甸甸的。

于是，我猛然醒来。

心还在剧烈地悸动着。

黎明之前，一切都显得非常苍茫。

"我绝不后悔，绝不后悔。"

我躺在床上，不停地叮嘱自己。

可怜的咒语，就好像胆小的孩子在哭泣一样。

人在睡梦中是坚强不起来的。

第二天早晨，家里的气氛变得更加严肃。

只有母亲一个人在晨曦中心安理得地吃着以鸡蛋为食材的早餐，对大家那种无法掩饰的气氛流露出一丝厌恶的神情。

弟弟没有从房间里出来。

纯子提出要送她到成田机场，但母亲笑着说："不用了，他会开车来接我。"

我不得不重新体会到母亲是一位独立的成年女性，我们孩子在这家里再怎么依赖母亲，也都已经不是小孩了。

而且，我忽然回味起昨天的那种伤感。

母亲嚅动着嘴嚼着面包，她的轮廓非常清晰，浑身充满着自信，绝不像是一个濒临死亡的人。从眼神可以看出，她胸中充满着对休假的企盼，一心只想着享受生活。

她的脸上流露出不满的神情，似乎在说：你们都不让我去度假，嘿！这下事情可真的变得麻烦了！对母亲内心的想法，我洞若观火。

不过，我只是休息一段时间啊，以后的事以后再说吧，我好歹也活到现在这把年纪了。

在太阳的逆光下，我看到她的秀发和肩膀的线条在诉说着。

"我走了。"母亲戴着太阳镜，提着旅行包，正打算出门。这时，二楼突然传来房门打开的声音，弟弟红着眼睛跑下来。

他的眼睛好像要说什么。

在与弟弟的目光交织的时候，我嘴上没有说，却用威慑的目光示意着弟弟："母亲绝对不会出事的，你不要多嘴！"

弟弟感受到了我的意思。

"说出的话已经不能收回，我不会多嘴，我不会后悔。"

弟弟也向我传递了这样的意思。

这是真的。

这不是什么心灵感应。总之，我已经体会到一股闪光的暖流贯通于我们两人之间。

一个奇怪的早晨。

"我会带礼物回来的……这是我最后留下的话。"

母亲说完，大笑着走了出去。

"呀！巴黎真是太棒了。"

接到母亲打来的电话，我那颗悬着的心才总算落地。

母亲平安无事地抵达了巴黎。

电话挂断以后，感到整个事情都有些荒唐。

并不是因为弟弟口出狂言，而是与分外平静的母亲相比，我们的情绪跌宕太过分了。

我回头望去，弟弟好像很尴尬。

当时，干子上学还没有回家，纯子等母亲的电话等得烦了，说出去散散心，就去买做晚餐的食物了。

我说我留在家里看家吧，便坐在沙发上看书。就在这时，母亲打来了电话。

我只是说了一句母亲已经到了，没有再对弟弟说什么。

弟弟一言不发。

我有一种奇怪的感觉。

那是一种什么东西错位了、令人无法释怀却又不能言传的感觉。

因为气氛显得沉闷压抑，我打开了电视。

电视里正在播放新闻。

画面上映着一架飞机，我紧张得心脏眼看就要停止跳动了。

飞机断成两截，冒着白烟，许许多多人在来回奔忙，担架一副接一副地送来。记者在奔跑着。

"这是怎么回事？"我问弟弟。

"说是去澳大利亚的飞机起飞失败，就变得这样了。"弟弟说。

"你知道的？"我问。

"我刚刚知道。"弟弟说，"早晨我听到有人说'错开了一个小时'。是母亲离开以后。"

"什么？你说是一个小时？"

"母亲乘坐的飞机起飞一个小时以后，那架飞机坠落了。"

电视里，主持人正在报道日本籍乘客的死亡和重伤人数。画面上滚动着乘客的名字。

"不是我要错开一个小时的呀！"弟弟一副很凄惨的表情争辩着，"真的呀！这架飞机与母亲的旅行混在一起了。"

"我知道。你说的话，我都知道。这不能怪你，当然没有理由怪你。"我说道。

同时我心想，不能再等了，我应该做些什么。尽管不知道应该做什么，但我知道要赶紧想办法。

7. 生活

摘自日记——

自然是因为这个原因，我此刻就躺在床上写日记。弟弟睡在对面，传来他熟睡着的呼噜声。

房间里很暗，床边的一盏小灯照着我的手。

在黑暗中，树木剧烈摇动的声音和海浪的声音重叠在一起，简直就像睡在野外一样。

"沙沙"的声音又掺杂着轰鸣般的巨响，甚至让人感到恐惧。

房间里非常安静。

灯光还模糊地照出弟弟的睡容。

那是一张清秀的面容，鼻子英挺，嘴唇红润。

我正在思考有关生活的含义。

我直到刚才还在阅读描写这种海边生活的书《来自大海的礼物》，因此写起来文体总有些相似。真是岂有此理。

自从小学的暑假以来，我就没有写过日记，但最近一个月来，我又毫无缘由地写起了日记。

是凭着兴致来写的。写得非常简单，只是写某天干了些什么。偶尔因为无聊得睡不着，就这样写起了日记。

也许是无意中有一种愿望，想将弟弟身上发生的事记录下来，但那种记述像一个絮絮叨叨的母亲，感觉很差。我希望我的日记不同于此。

在我的内心和我的语言之间，总是有着永远无法填平的鸿沟。同样，在我的文章和我之间，也会有一段距离。

但是，人们在面对日记的时候，一般都会变得坦诚，这让我感到不舒服，同时又觉得日记总有些惺惺作态，让我讨厌。

有位真正从事救世济人的高尚工作的男子，一天早晨在岔路口，在一个特别性感诱惑的女郎身后禁不住勃起，而在那一天里，他还对着年幼的女儿大发脾气，和妻子进行高层次的爱情交流。这一切全都是他一个人所为，这种混沌本来是最美好的，然而大家却喜欢故事，他本人也是如此，只希望和光同尘。结果，他一会儿觉得自己好，一会儿觉得自己坏，脑子里一团乱麻。

真是奇怪透顶。

这姑且不谈。要说我为什么会记如此饶舌的日记，是因为现在闲得慌。再说最近我还听到一段令我感动的故事。

我的朋友（女，二十一岁）搬家了。自从父亲去世以后，她和母亲两人住在一起相依为命。最近母亲准备再婚，我的朋友决定搬离这个家，过独居生活，母亲在一边帮她整理行李。

父亲经过长期的病魔纠缠之后去世了。在整理父亲的遗物时，发现了一个皮包。

据母亲说，父亲曾经要把这个包扔掉，但母亲怎么也舍不得扔，也没敢打开。朋友和母亲两人将皮包打开后，发现里面装着几本日记本。日记里记载着父亲从高中时代到成年以后开始工作，某天在某个街角与她的母亲邂逅、坠入情海这一段青春时期的生活。

"在睡觉之前，读着爸爸的日记，就像在读小说一样。"朋友说。

我思索着，朋友的父亲在作为一个男人、作为一个人而展现自我之前，已经恪尽父职撒手西归了。他用那样的形式支撑女儿的独立，这是一件什么样的事情？

这是一件不可预测的事情，然而却费尽了心机。

有一件事，是我以前一直努力强迫自己不去深思的。

自从那天看见飞碟以后，我就反省自己是不是太激动了。

要说为什么，我自从头部被撞以后，某些东西明显地发生了变化。当时我记忆混乱，以前的朋友都说我现在变了，他们只是觉得那样的事很好玩，但那就是说，脑细胞、脑神经或神经元，在我的头脑里发生了某些异常。

而且，说不定某一天我会突然失去记忆，变得痴呆，或者死去。

这并非耸人听闻。

《死亡地带》里的主人公就是脑子里出现了肿瘤。

其实即使死去，也没有什么值得牵挂的。

我活得很精彩，绝不会后悔。

但是，我什么也没有留下。我没有作品，没有遗产，没有儿女，赤条条来赤条条去，在人世间只是一闪而过。即使是身后有所遗留的人，离开人世时也都是一样，说死就死了。但是，仅仅是平静地消失，难免有些寂寞和凄凉。以前因为有弟弟，我总是心安理得，认为母亲会认命的。但是，自从弟弟的情绪不稳定，我开始对自己的死亡感觉到一种责任，这成为一种心理上的负担。我在那天的日记里写到，我听了朋友父亲的那个故事后感到很羡慕。

我不会说得很动听。

有时常常会突然产生一种冲动，想对人诉说自己心中的不安，诉说那个寄栖在我体内的、可怜而渺小的我，诉说紧缩成一团、害怕明天的幼稚的灵魂。

在海边，人人都会变成诗人。

不管怎么说，海洋总比人们的预想大百分之二十。人们在头脑中将大海想象得非常浩瀚，到那里一看，实际会比头脑里预测的大百分之二十。即使把大海想象得很大，到了那里以后，依然会比自己的想象大百分之二十。即使内心充满波浪，或者把海滩想象得很小，到了那里也还是会比想象中大百分之二十。

这难道就是所谓的"无限"？

飞碟，丧失记忆，弟弟，龙一郎，还有荣子、日记、巴黎，全都是那样的无限的一部分，实际总会比想象大百分之二十。

我不知道自己在写些什么，于是决定睡觉。

明天去钓鱼！

虽然我从来没有去钓过。

我很快乐。

昨天夜里喝醉了酒写下的日记，自己看着都会感觉头痛。对了，我和弟弟两人现在已经来到了高知。

我在打工的店里说起母亲不在家，弟弟精神颓丧，我心里很烦，老板就对我说，你带他去旅游散散心吧，酒吧可以不来。当过嬉皮士的人对旅行和孩子是非常宽容的。

带他到什么地方去散心呢？

我绞尽脑汁地思索着。

我想起荣子那位情人在高知的大海边有一间公寓。据荣子说，他出生在高知，在那里租了一间房子以便全家随时都能去度周末，结果因为平时很少有机会去，房间空着，那里便成了别墅。

我给荣子打电话，她的情人马上答应供我使用。据说情人还求之不得，非常高兴地说可以让房间通通风。我决定趁母亲还没有从巴黎回来前，瞒着母亲赶紧带弟弟去散散心。

为了取房间钥匙，我又与荣子见面了。

即使站在黑暗的街头，她也显得十分抢眼。穿着黑色的套装，即使混在熙来攘往的人流中，她也有着一种令路人注目的超然物外的气质。

她很会表现自己。我心里想。

只要是活着，她就能不断地表现自己。

"荣子。"我喊道。

她笑着转过身来。

我大吃一惊。她的面颊上贴着一大块纱布。

纱布掩着面容的样子，垂下眼睫毛的感觉，又是风情万种的另类性感。

"你怎么了，怎么这副打扮？"我问，"去喝茶吧？你有没有话要对我讲？"

"不用了，我还要去约会，必须马上去。"她莞尔一笑，"没什么事啊，被他夫人抓的。"

"什么？暴露了……难道是因为我要用高知的公寓？"我惊诧地问。

"不，不是，真的！她好像早就隐隐有所察觉。没想到突然……我们两人租房住在中目黑，那天我正一个人在那里，她突然找上门来。吓了我一跳。"

"你还会吓一跳啊。"

"我只能这么说呀。"她微微笑着。

无论发生什么事，都绝对不能成为失败者。这是她人生路上一贯的做法。

无论事实和内心怎么样，她的态度，她的表现，都不会是一个失败者。

那是她的一种优雅，她不会失去从容。

此刻也是这样。

"没有办法，我只能端出茶来招待她。开始时我们只是面对面坐着，一句话也不说。后来她就又哭又闹，发脾气，在我的面前说变就变。女人真是太可怕了。

"也许我不应该这么说，但其实我对他还没有痴迷到那样的程度。换了别的男人，兴许还会那样。

"难道因为她是妻子就可以这样？

"我再跟他交往五年的话，说不定我也会变成这副模样的。这样的女人如果再增加几个，他还会有乐趣吗？"

后半部分的话成了她内心的独白。

像是在对人生巨大的混沌或人类本身具有的非理性直接提出的质疑。

她的话语声本身就蕴含着这样的纯真。那样的时候，荣子总好像洋溢着某种东西，显得比平时的她大出百分之二十。

我只能不停地点头称是。

"下次再好好地聊聊。"荣子说着，把公寓的钥匙和那幢公寓的草图放在我的手心里。然后，她那纤薄的肩膀融入了夜色。

醒来时最先听到的是海浪声，有一种奇怪的感觉。

弟弟一直在我身边。

我是第一次这样和弟弟两人单独相处。海浪声使人感到有些不安，面对着比想象大百分之二十的风景时，心里不免觉得怅惘。

这将我导向可笑的中庸之境。

难道可以说，我已经融入天空和大海相接处那道奇迹般的直线，以后会是坦途了？

一切都是那样的平静和清澈。

因此，我能够把弟弟暂时撂在一边，从容地面对我自己的人生。这是我和《初秋》的斯宾塞不一样的地方，他曾用一个夏天将一名少年培养成人，然而弟弟却乐意接受我对他这样的放松，他的情况看来很好。

或许因为我是一个女人的缘故，黑暗里走路，他总是走在前面，不断提醒我脚底下有大石块，如果要提两个口袋，他总会抢着提分量重的一个。他性格中的粗心之处和大度之处，可以从他神经脆弱的内心云雾中约略窥见。

我觉得，最主要的是他自己认为这样的状况能让他心安理得。

房间在一幢极其普通的公寓的五楼，从窗口可以眺望街道和街道那一头的大海。那是一套两居室的房间，里面的摆设非常简单，说是别墅，还不如说更像是周末度假的住宅。

我们每天早晨去海边奔跑，或者去附近的游泳池游泳，没有什么事情可干。

我们只是看着日子一天一天地来临。

那天也是这样，早餐是凑合着吃的，所以肚子很快就饿了。

"晚餐怎么办？"我问弟弟，"买回来自己做，还是去外面吃，随便你怎么样。"

"嗯，去外面吃吧。"他说道。一比一，大家对等。

于是，我们两人便出去了。

我们看见了令人震撼的晚霞。

一生都不能忘记。

壮观得足以与那天的飞碟匹敌。令人心醉，是活的。

时间是一种有生命的东西。

我们漫不经心地在街道上走着。像南国一样透明而干燥的阳光呈现出橘红的颜色。在偏红色的天空底下，暗淡的街道像剪影一样浮现出来。

然而，那仅仅只是序幕。

我们平时在东京看到傍晚的天空，会觉得"在那个遥远的地方，正在发生着某种很壮观的事情"。

好像在欣赏电视机里的画面或小册子上的彩图。

但是，紧接着几分钟的时间里，景色却截然不同。

仿佛伸手可及。

透明的、带着柔软的红色的巨大能量，以一种慑人的压力，穿透城镇和空气这一肉眼看不见的墙壁，紧紧向我逼来，生动得让人喘不过气来。

我体会到一天在行将结束的时候，总要充分展现出它的宏大、眷恋、惊人的美丽，才肯离开舞台。这是一种切实的感受。

这样的景象融入街道，刻进我的内心，柔顺地融化开来，并滴落下去。

大片的红色瞬息万变，像极光一样不断地演变着。

透明美妙的玫瑰色葡萄酒和爱妻脸上的娇红这一类色素的精髓，以令人眼花的速度从西边紧逼上来。

那是令人心情激荡的晚霞，每一条小巷，每一个人的面颊，都被照得通红。

我们默默地走着，一句话也没有说。

那晚霞跳跃着离开的时候，依恋之情和感激之情交织在一起直冲我的胸臆。

在我今后的人生中，即便还会有今天这样的日子，但那种天空的模样，云彩的形状，空气的颜色，风的湿度，也绝不可能重现。

出生在同一个国度里的人们，傍晚时分在街道上悠闲地漫步。亮着晚餐灯火的窗口，在昏暗而透明的天幕上浮现出来。

那里的一切如水一样伸手可掬。带着光泽的水滴扑扑地滴落，在水泥地上反弹起来的时候，似乎还带着将要消逝的阳光的气息和浓浓的黑夜的气息。

如果不是亲眼看见，就不可能领悟原本就拥有这种神力的夕阳。

大自然，它的力量是多么的强大。我们纵然读了一百万本书，看了一百万部电影，与恋人接吻了一百万次，如果你终于想要索求"就只今天一次"，那么这一次就足以压倒那一百万次，让人得到刻骨铭心的醒悟。即使没有去求索，但只要这样放着，也足以让人叹服，它会一视同仁地展示给所有来观赏它的人。

此刻的理解比经过索求之后得到的要清晰得多。

"我觉得心里很神圣。"我说。

晚霞已经绞干最后一滴水，街头巷尾已经沉寂在黑暗里，街道上飘着芳香。

"我也是。"弟弟说。

"吃杂烩，享受一下感动的余韵吧。"我提议道。

"可以喝酒吗？"弟弟问。

"不能喝得太醉呀，我还要带你回去。"我说。

"杂烩，我可以敞开吃吗？"弟弟问。

"可以呀。你怎么了？一副无精打采的样子。"我说道。

弟弟神情黯然。

"不知道为什么，刚才看着晚霞，总觉得自己做的事情很丢脸。"弟弟说道，"连去学校都感到害怕。"

"你真了不起。"我说，"知道自己的极限，就是发现了一个全新阶段的真实的领域。松任谷由实、塞纳 ① 和约翰·C. 利里 ② 都说过这样的话啊。"

"那些人是谁？尤美我知道。"

"以后你也应该知道这些事。"

要解释起来非常繁琐，我觉得自己缺乏那样的说服力，于是就这样蒙混过去了。

够了。

不管什么事情，总得靠自己的力量去发掘，才是最有生气的猎物。

---

① Agrton Senna da Silva（1960—1994），巴西著名 F1 车手，曾夺得 1988、1990 和 1991 年度 F1 世界冠军。
② John Cunningham Lilly（1915—2009），美国著名科学家。

8. 回家的路

"我们回家吧。"来高知的第七天，吃晚餐的时候，弟弟对我说。

我拿着筷子正要夹生章鱼片，手就像电视剧里的场面一样停住了，愣了老半天。我感到很吃惊。

因为那天我真的在想：慢慢地该回去了……

我只是在思忖着该怎样向他开口。

弟弟的模样非常怪异，既好像非常平静地说，我们已经玩腻了，该回家了吧，又好像在说这句话时处于耍赖的状态，眼看就要哭闹着不愿意回去。无论他怎么样，都毫不足奇。

全然读不懂。

来这里度假，每天观赏大海、夕阳、晨曦，弟弟已经变成了快乐的少年，和以前他那畏首畏尾、脸色憔悴的模样判若两人。

不管是在海边散步的时候，还是去闹市区打游戏机赢了很多奖品而乐不可支的时候，或者晚上在房间里看电视，抑或睡觉前看会儿书关了灯不说话的时候，我都绝不提起家里或者学校里的事。

也只字不提我们为什么会到这里来。

我不知道他受伤害的程度有多深。

我无法预测他为了治愈那种内心的伤痛需要多少时间。

我心想他是决定什么也不说了，因此我也不再去费那份心思，只管尽情地陶醉在休假里。我甚至觉得，一直这样下去也不错啊。

但是，尽管如此，机会还是突然降临了。在没有任何预兆也来不及思考的时候，机会突然来了。

白天，我们在钓鱼。

我们是借了鱼具在大海里钓鱼的外行。上次钓鱼时，我们钓了许多小鱼，尝到了甜头，便又卷土重来了。

我们坐在堤坝上面对着大海。两人都一无所获，什么也没有钓着。

风很大，带着海潮的气味。坐在水泥堤坝上非常寒冷。

置身在堤坝上，自然成了一副苦脸。

弟弟也苦着脸，坐在我身边将鱼线丢在海里。

天空阴沉沉的，感觉就像一层白纱里透出一丝蓝色。

海浪汹涌地撞击在堤坝遥远的下方，然后将雪花似的泡沫铺展在水面上。

呈尖顶三角形的微波若有若无地不停荡漾着。

我望着这样的情景，脑海里冷不防浮现出一句话来。

"是时候了吧？"我对这幅美景忽然感到腻味了。

波浪声不断地回响着，好像在传递着某种信息。

还是回家吧。

该看的全都已经看到了。

就是这样的感觉。

弟弟在想些什么？我看了一眼弟弟，他依然皱着脸，只顾专心致志地钓着鱼。

我一点儿也猜不透他在想什么。

他在思考宇宙？学校？还是人生？或是在听海浪的声音？在感叹没有钓到鱼？我一无所知。

因此，我没有吭声。

一想到要回家，东京那些人的面容便浮上我的眼帘。母亲、干子、纯子、荣子和酒店里的同事。其实相距并不远，感觉却非常遥远。我甚至还顺便想起了龙一郎。

真想见他们呀！

不知道他们此刻在做什么，我心里想。

夕阳淡淡地洒在防波堤护堤用的四脚堤石上。我望着堤石上浅浅的余晖，心里突然涌动起一股想要去见他们的冲动。

但是，即使回家也不一定能够见到他们。这么一想，平时从来没有过的感觉，想见却不能见面的感觉，使我产生了一阵十分惨烈的寂寞。

那时，突然来了一条船，是一条小渔船。背后有一个小港口，船停靠在那里。从船上下来一位老渔民和一位青年，因为那位青年长得不像老渔民，大概是女婿。

不一会儿，他们抱着渔网等东西从我们背后走过。

"能钓到鱼吗?"

"一条也没有钓到。"

他们微笑着问我们，我没好气地回答。他们笑着，送给我们一条章鱼。

我们欣喜若狂，连连道谢后收起了鱼竿。

并不是说我们急着要处理章鱼，而是我们正等着收鱼竿的机会。

回到屋子里，我把章鱼做成生鱼片，脑袋部分做成味噌汤。

晚餐时，弟弟突然作了来这里以后第一次有关现实生活的发言，难怪我会感到惊讶。

"为什么这么急着回家?"我喝了一口充满大海的味道的味噌汤。

"今天钓鱼时想到的。我们可以回家了吧，如果再待下去，就回不去了。"弟弟说道。

真了不起啊! 我心里想。他没有忽略自己内心里那种微不足道的感觉，绝不会因为害怕而佯装没有感觉的样子。其实他根本用不着如此苛待自己的。

"不必勉强啊。我随便待到什么时候都可以。如果你玩腻了，也可以换一个地方。玩的地方有的是。"

"嗯……"弟弟想了想，说，"还是回去吧，不过我有件事要求你。"

"什么事？你说说看。"

"如果以后我又变得古怪起来，你还会这样带我出来散心吗？你能不能帮我在母亲那里说说好话让我出来？包括这次的事情。"他用一副认真的眼神望着我。

"我们约好，我答应你。不管什么时候，我都会帮你的，直到你能够独自闯天下的年龄。"我说道，"我很高兴啊。以后我们再来吧。我也觉得已经很久没有这样舒心过了。"

那天夜里。

我和弟弟在昏暗的房间里看恐怖节目。

道过晚安，我关了电灯后去厨房，想在睡觉前喝杯酒。前几天发现一瓶存放了好几年的威士忌。我喝着这瓶陈年威士忌，无意识地打开了电视。

节目的名字叫"恐怖体验专栏"，演艺圈的人聚在一起，大谈自己的恐怖经历。

因为太可怕了，我终于不能自拔，又不敢自己一个人待着，就把弟弟喊了起来。由男一开始还嘀嘀咕咕地埋怨我把他喊醒，不久就被电视迷住了。两人都像傻瓜似的坐在黑暗里，看完一个还想看一个，毫无倦意。

"阿朔姐，你见过幽灵吗？"

"没有。"

"演艺圈为什么有很多人都看见过幽灵呢？"

"说起来也真是啊。"

"母亲也没有见到过吗？"

"我记得没有吧。对了，不过，真由死的那天，你还记得吗？"

"记得什么？"

"我们从医院回到家，不知道为什么，真由从小当作宝贝的木偶从架子上掉下一个，摔坏了。"

"好可怕啊！"

"可怕吗？"

"不过，一想到是真由，就不那么可怕了。"

"幽灵只有亲人才看得见吧。"

"嗯。"

明明可以开灯的，我们却只是借着电视的光亮聊鬼魂的话题。说着恐怖的鬼话，后背感到冷飕飕的，身体也僵直起来。有人说，谈论这样的事情时幽灵会因为受到干扰，一瞬间聚集过来。不管怎样，平时就觉得这是最令人恐惧的话题。

半夜一点钟的时候，演压轴戏的稻川淳二开始讲起他的可怕经历，这时我们的恐惧已经达到顶点，屏住气盯视着画面。

正在这个时候，门铃冷不防"叮咚——"响起来。

我禁不住"哇"地尖叫起来，弟弟猛然间跳了起来。

人在受到惊吓的时候真的会跳起来。

我紧紧地抱着弟弟。

"什么，是什么？"我颤声问，"是有人来吗？现在这个时候，谁会来这里？"

"我也想问你呢！"弟弟的声音格外冷静。

"也许是……"

"也许是什么？"我问。

"嗯，莫非……"

"我都已经怕得要死了，你就不要说得那么可怕了，求你了。"

这时，门铃再次响起。

莫非是搞错了房间，或是喝醉了酒抢劫，或是幽灵。

我心里猜测着，但哪一个我都害怕。

但是，我没有办法，只好硬着头皮向房门走去。这间公寓是自动锁，走到房门那里，通过监视器可以看见来访者的脸。

之后发生的事令人颇感意外，当时只是感到害怕，其实与其说是害怕，还不如说是很不可思议。那样的感觉特好，又没有任何伤感。我是后来才知道这件事的含义的。现在每次回想起这件事，因为当时它所蕴含着的幸福的预感，胸中还会充满激动。

我胆战心惊地望着房门边上监视器里的画面，看见门外站着一个女人。画面是黑白的，看不清楚，但怎么想也是一个素昧平生的陌生人，穿着像是红色的衣服，个子娇小，长着一张可爱的面孔，快乐而奇特，有一股独特的亲切感，分明是一个陌生人，却觉得好像什么时候见到过。

我想看得仔细些，但画面又模模糊糊地变成了粉红色。我正以为快看不清了，画面却又变得非常清晰。真是一种很离奇的感觉。

那人用手指着监视器里的画面，装腔作势地咧嘴一笑，并嗫动着嘴无声地说着什么。

"你说什么？再说一遍。"我不可能听见的，然而我无意识地说道。

她故意嗫动着嘴重复了一遍。

我看不出她在说什么，焦急地皱着眉头望着她的脸。她一下子从摄像头前移开，从监视器上消失了。

我在那里呆呆地站了好半天。

弟弟也走了过来。

"刚才……"

我刚要开口，门铃又响了。

弟弟叫喊起来："是阿龙哥！"

"什么？"

我望着监视器，监视器上映现的确是龙一郎。他怎么会跑到这里来？我疑窦顿起，同时又受到了沉重的打击。他居然还带来一个女人。

但是，我觉得也不能怪他。因为我们已经很久没有见面，相互之间发生什么事也是毫不足奇的。

这样的时候，我的思路之敏捷，简直是一个天才。新认知的空间骤然闯进我的脑海里，刹那间与原来的认知融合在一起，没有任何接缝，也没有任何不谐。自从头部被撞以后，我头脑里的转速越来越快了。

在我年幼的时候，有一次母亲说好带我去百货商店，但是她却喝醉了酒不能出门，没有履行约定。我很恨母亲，在家里哭了一整天。那时的我到哪里去了？

那个和龙一郎在旅馆里共度一夜，分手时悲悲切切，在走廊上走着时眼眶里还强忍着泪水，甚至头痛欲裂的我，到哪里去了？

可怜。

然而，现在已经没有了。

曾经是"我"的那个小女孩，此刻一定还在某个世界的哀伤的空间里。

我拿起话筒喊道："是龙一郎吗？"

"是啊，是啊。"他那含糊不清的声音从麦克风里传来。

我按了一下按钮，一楼的门打开了。不久传来脚步声。脚步声在房门前停下，说了一句"晚上好"，我解开锁链，打开房门。

"你好。"面色潮红的龙一郎说道。

"你喝酒了？"

其他事情也可以问，然而我却这样问。

"在飞机上就开始喝了。"他说，"呀！由男，你长大了呀。"

"嗯。"弟弟笑着。

有一种奇特的感觉。傍晚时分我还想着要见面的人，此刻就在我的眼前。比鬼神故事还要脱离现实。

"你带来的人呢？"我问。

"什么？我带来的人？"龙一郎不解地问，"我没有带人呀，就我一个人。"

"胡说，刚才不是在监视器上出现的吗？一个女人，穿着偏红颜色的衣服。"

"我不知道呀。怎么会有那样的事……是在我的前面出现的？"

"就在你的前面！"

"太可怕了！"弟弟叫嚷道。

"我的前面根本一个人也没有啊。真的！"

"太可怕了。还对着我笑呢。"

"是幽灵吧！"

"别说了！"

"太可怕了。"

"会是什么呢。"

"太恐怖了。"尽管弄不清那个人究竟是谁，发生了什么事，但大家总算渐渐安静下来，准备喝咖啡。

在现实的恐怖面前，电视完全失去了它的效用，成了房间里的背景音乐。

我想起以前读到过的小野洋子的话。

文章的大意是说，电视虽然像是一个朋友，但实际上它与墙壁没有多大的区别。因为房间里如果闯进了强盗，房间主人即使被杀，电视依然会若无其事地播放着节目……

说得有理！我心里想。电视用它那令人恐惧的波动，直到刚才还支配着我们和这房间里的一切，现在却成了一只箱子。

"我们想明天就回去了。"我说。

"什么？是真的?"龙一郎感到惊讶，"我还以为你们会不在呢。我一到大阪机场就马上给你们家里打电话，是你母亲接的，说你带着弟弟出去流浪了。我就在心里想，今天如果抓不住你们，我们就见不着了。"

"你又胡说八道……"

"我马不停蹄地从机场直接赶来这里。我有个熟人在这里开店，去店里露个脸，结果就喝了些酒，弄得这么晚。真对不起，打扰你们了。"

"你来的正是时候啊。"我说。

弟弟点点头。

那么，刚才的那个女人是谁呢？我心里又想。那个让我怀念的、遥远的、似曾相识的……那个面影。

我从未见过什么幽灵，我的大脑也许在记忆夹缝里编织过错误的映象……那个人应该是我所熟悉的人，现在只是从我的记忆里消失了，我应该将她回忆起来……我心里想。

我绞尽脑汁地试图回想起那个女人，想得连头都痛了，但我还是想不起来，只好作罢。

现在她不在这里，所以也是无可奈何的事情。

不管怎样，能在夜深人静的房间里与久别的人重逢，心情还是非常愉快的。

简直就像过年一样。

"那么，我也明天回去吧。"龙一郎说，"朋友也已经见到了，可以满足了。坐傍晚的飞机一起回去吧？"

"不，我们也不急着回去。"我说道。

分开时没有想过的人，现在说要同机回去，心情便亢奋起来，心里充满着期待。

但是，一想到龙一郎在这个世界上拥有很多朋友，就连高知这种地方也有朋友，我只是那些朋友中的一个，心里就禁不住酸溜溜的。对他来说，我只是他可以更换的一张名片，是旅途中日新月异的风景之一，是在远方回想时的憧憬，隆冬时浮现在脑海里的盛夏的海滨，仅此而已。

我为此感到有些孤单。

"阿龙哥，你去过哪里？"弟弟问。

"前些时候我一直在夏威夷，后来又去了塞班岛。有朋友在那里经营潜水俱乐部等事业，我帮忙来着。连许可证也得到了。"

"还是南方好吧。"我说。

"可是吃东西很不习惯。虽然我已经慢慢习惯了，但刚才吃的松鱼肉，其实我已经很久没有吃着了，所以觉得好吃得简直要发疯了。"

"你做过很多事情吧？"弟弟说道。

"由男也可以去做做啊，不是很好吗？"龙一郎说。

"不过，我的身体状况不太好……我甚至都不知道自己想要做什么。刚才我就知道阿龙哥要回来，因为白天在钓鱼的时候，阿龙哥的面容好几次都出现在我的眼前。那样的时候，我心里总是乱糟糟的。我不知道这是证明我想见到你呢，还是我即使不说出来也能马上见到你……"

"浮现在你脑海里的不是章鱼的脸？"我问。

然而，弟弟却没有笑。

他也许是为了表现自己的欢快而故意撒谎，也许说的是真话。刚才门铃响起的时候，他的确说过一句"也许是……"也许正如他自己所言，这些感应在他头脑里全都搅乱了。这兴许是一种真实的感觉。

龙一郎会怎么想呢？我望着龙一郎。

他脸上的表情非常复杂，是观察和好奇、相信和怀疑交织的情感。

而且，他脸上还有着一种明亮的感觉，好像在一如既往地说："不过，我相信全都是真的。"这是他特有的风格。

我喜欢通过龙一郎来得到确认。

这能使我感到安心。

如果他经常守在我的身边，能够经常这样得到确认，我会多么快乐。

他这个角色，在我心里处于独一无二的地位。

他能使我心安理得地觉得，弟弟只是在应该变成这样的时候变成了这样，没什么值得担心的。

"那种事情，不管它怎么样都无关紧要。"龙一郎说，"我老实告诉你，像你和我这样的人，头脑过分发达，尽在转一些稀奇古怪的念头。这样的人一旦不听从身体的语言，身心就会分离。那就惨了。你明白吗？"

"好像能够明白。"由男点着头。

"像我这样的人，我的职业就是使用头脑，所以调整身心是很关键的。不过，不能为此而忧心忡忡。说一句极端的话，可以去练练奔跑、游泳之类的运动。你必须对身心进行调整，调整到说干就干，身体力行毫不犹豫地去做现在想做的事情，否则头脑就会过分发热而烧坏，没有办法得到休息。你今后的人生也会有很多坎坷，但只要能抓住窍门，总会有办法的。而且，有的时候各种各样的人会给你提供各种各样的意见，但除了有诚意、发自内心对你说话的人之外，其他人无论说得多么煞有介事，再怎么理解你，你也不能相信啊。那些家伙不懂得命运的残酷，多少谎话都能编出来。谁在用真心对你说话？谁是经过切身的体验在说话？重要的是你的感觉要用在这上面，否则将事关你的生死。因为你不能像其他的人那样，将头脑用于游戏。"龙一郎说。

"我没有自信啊。"弟弟说。

"那就培养自信呀。"龙一郎笑了，"我已经培养出自信了。"

弟弟露出一副不安的表情。

他心里一定在怀疑龙一郎吃过的苦估计没有他多。但是，我认为这未尝不是一件好事。在这样进行着比较，或者蔑视对方，或者敌不过对方的一瞬间，总能有机会窥见自己沐浴着阳光的、闪光的轮廓。

龙一郎也做出一副"那种事情我懂，随你怎么去想"的表情。无论是能够预测未来，还是能够招来飞碟，在龙一郎的面前，弟弟只有认输的份儿。弟弟也应该能够理解这一点，只是不知道把自己的自信定位在哪里，因为他现在唯一有自信的方面正在困扰着他。

这时，我只是听着两个男人的对话，心想，这样的时候，由男要是玩起游戏机来是不会输给龙一郎的，如果学会几个能够减轻自己压力的技巧，也许心情就会轻松些，小男孩恐怕真需要一个父亲呢。这就是我的位置。

9. 秘诀种种

已经很久没有和母亲一起逛百货商店了。

母亲购物时非常爽快，像个男人。有目的地来百货商店，绝不迷惑。看见中意的东西就毫不犹豫地买下，如果不是干干脆脆买下的，她连碰也不会碰。

不管什么时候，她想要的东西事先都已经盘算好，总是有限的几件，我甚至怀疑她的视野是否会因此受到限制。这样的生活风格看着感觉很爽快。对她而言即使精简掉什么也无关紧要，我不太清楚这个精简的"什么"是什么，大概是作为一个人来说无法抵御的高昂或低落，诸如无端苦闷的难眠之夜，无可挽回的恼怒，为了爱情的恶作剧，嫉妒引起的心痛，眼看就要崩溃的求索精神，就是那样的东西。

母亲的身上显然有着某种过剩的东西，我却常常弄不清母亲是怎样排遣那些情感的，但又觉得自己能够理解她。她绝不会借购物或无理的感情爆发来排遣那些情感。那么，到底是什么？

大概就是"睿智"。

即使事情进展得不顺利，她也会昂首挺胸，睁大眼睛，散发出进展顺利的气氛，同时游刃有余地硬要实施自己的主张。我好几次见识过她那卓越的手段和坚强的意志力。

我学不会她那样的本事。

每次来到百货商店的时候，我只能是两者之一，或是什么东西都想要，或是什么东西都不想要，却依然频频打量陈列着的商品。商店里的商品是一道美丽的风景。

今天母亲突然邀请我陪她一起去百货商店，我本来什么东西都不想要，但我帮她拿东西的话，母亲答应为我买一件外套算作答谢，于是我就跟着去了。母亲从来不会将她的兴趣爱好强加给我，也绝不吝啬，这样的时候，母亲是最快活的。

临回家时，我们去喝茶。母亲一边喝着茶，一边提起那件事。

"怎么样？你去了一趟高知。"

"没什么，只是让脑袋休息一下。"我说道。

"从高知回来以后，由男突然又开始上学了。我还在寻思他的心情到底发生了什么样的变化呢。"母亲微笑着看我。

她用那双大眼睛坦荡地直视着我，由于她的目光过于率直，在那样的目光注视下，心灵很难再封闭起来。无论怎样发牢骚，或是最感悲伤的时候，唯独她那种透彻的目光不会改变。

真由是不是也长着这样的眼睛？

这样一想，说实话现在有一个记忆虽然还不甚清晰，但我可以模模糊糊地回想起真由。真由在笑的时候，总是有一双和母亲同样透明的眼睛。

想必我也是常常用这样一种冒失的眼神注视着别人，而且硬逼着别人放松情绪变得坦诚。那种眼神也许能够唤起别人混杂着困惑与爱情的莫可名状的怀念之情。

正如我现在的心情。

"他也许真的需要一个父亲。"我说。

"为什么？"母亲问。

下午的百货商店与平时没有什么两样，能够眺望到窗外的咖啡厅空空荡荡的。我喝着温热又醇香的中国茶，母亲喝着意大利咖啡。映现在眼帘里的一切都闪烁着初夏的光辉，分外刺眼。人们裸露的臂膀，在空中摇曳着的树木的绿色，在树叶尖跳跃着的阳光，空气的气息，一切都不再静止。

"那孩子好像非常喜欢龙一郎。他是听了龙一郎的话才决定去学校的。"我说，"我们很难做到像龙一郎那样去激励他，我们四个女人是把他当玩具一样养大的。"

"这……不是的。龙一郎因为是外人，所以能做到这样。"母亲断然说道，"而且，外人不管怎样总能和颜悦色地对待他，别人看不到他撒娇发脾气的地方，龙一郎就是那样的。再说他实际上不可能照顾他，保持现在这样的距离是最恰当不过了。如果分开一段时间，龙一郎就能成为由男精神上的支柱或英雄。但是无论多么了不起的男人，如果作为父亲生活在一起，由男就会吹毛求疵，瞧不起人家的，这孩子现在就是这样的感觉。"

"说的也是。"我说。

"不是吗？"母亲笑着，点起了一支香烟。

"那么没有问题了吧。"我说，"玩得很快乐，大海也很漂亮。"

"依我看，你们两个人合伙努力，好不容易才振作起来，有着一份恰到好处的感觉。"母亲说道。

"我和由男？"我问。

"是啊。"母亲笑了。

"你把我当小学生看？"

"不不，我不是那个意思。你们两人有的地方太要强了吧。真由有的地方也是那样，但又有着许多极其普通的地方，所以如果和其他人在一起就死不了，偏偏遇上阿龙，所以正好发挥她的要强部分，勉强与阿龙交往。我并不是责怪阿龙，只是这么想着。宁可说，阿龙反而很适合你，我有这样的感觉。因为你对自己与生俱来的东西格外不在乎。"

"我能够听懂你的话。"我说。

"由男需要的是力量和爱。"母亲说。

"爱？"

上次纯子也说过类似的话。

"你太爱钻牛角尖，顾虑得太多。东闯西闯只会错失机会，浪费活力。你只要稳稳地坐在那里，散发出独占鳌头的美丽的光辉就行。所谓的爱，不是靠甜蜜的语言，也不是靠理想，而是那种自然而然的感觉。"

"你指的是令那些女权主义者生气的意思?"我说。

母亲不善解说，不善措辞，说话时常常使用这种只有自己能够理解的词语。

"不是的，你还没有完全听懂!"母亲说，"我是说，人要能够为自己或他人设身处地地做一些事，这就是爱。不是吗?你能相信他人到什么程度?但是，做起来要比思考或者交谈费力得多。需要花费多大的精力，这不是更让人操心吗?"

"那么，你是说，爱，是表示某种状态的符号?"我问。

"你说得真好啊。"母亲笑了。

那时，我才感觉到自己接触到了她的心意。

"看着你们姐弟俩的模样，我总觉得你们的心思不够集中，常常会停滞不前，无意中会停下脚步。明明不用思前顾后的，只要闯过去就可以了。"母亲继续说着。

"妈妈，这些话你也应该对由男说说呀。"我说。

"一下子全点出来，不就显得道理很肤浅了吗?"母亲问。

"不会啊。他不是希望能得到母亲的指点吗?"我说，"原来妈妈也有当妈妈的想法啊。"

"那当然，我看上去好像什么都不想吗?"妈妈得意地笑了。

母亲迅速地付诸行动。

那天，吃晚饭的时候，弟弟回来了。母亲、我、纯子，我们都在吃饭。弟弟背着一个黑色的背包，穿着短裤。看这模样，简直像是一个真正的小学生，生龙活虎的样子显得很精神，看在眼里就能让人不由得兴高采烈起来。

弟弟一边大口地吃着炸虾，一边看着电视，一副若无其事的样子，仿佛要把企图涌进门来的人一股脑儿全关在门外。

这时，母亲突然发问："由男，吃得香吗？你能吃出食物的味道来吗？"

弟弟摸不着头脑，愣愣地说："嗯，很香呀。是纯子大妈做的？"

"不是，是伊势丹的地下超市买来的。"我对他说。

"我就是不敢做油炸食品。我害怕没有炸熟就捞起来，以后就叫苦连天了。"纯子牛头不对马嘴地争辩道。房间里因此洋溢着天伦之乐般的温馨感觉，空气里突然微微弥漫起秋天丹桂花的幽香，轻淡而又真切。久违了的甜蜜。

"那么，我再问你，早晨起来时你快乐吗？你每天都过得快乐吗？晚上睡觉时心情怎么样？"

"嗯，那还可以吧。晚上已经累得筋疲力尽……"好像在接受心理测试一样，弟弟认真地回答着。

"有个朋友迎面走来，你感到高兴，还是觉得心烦？映在眼帘里的景色，你都会记在心里吗？听到的音乐呢？你试着想想外国，你想不想去？你是充满着期盼还是感到麻烦？"

母亲就像在舞台上演戏，如催眠的录音带那样巧妙地问着。我有些惊讶，感觉真是妙极了。母亲的声音鲜明而深沉，就好像一闭上眼睛，循着她的声音真的有一个朋友迎面走来，或者能看到从未见过的国家。

我们大家都认真地思考着。

"你明天会快乐吗？三天以后呢？未来呢？你感到振奋还是忧郁？现在呢？今天你过得顺当吗？你对自己感到称心如意吗？"

"现在好像都没有问题。"弟弟说道。

我是差强人意。

"还算过得去吧。"纯子也说，"由纪子，你搞什么名堂？是登在哪一本书上的？"

"这个呀，"母亲一双大眼睛望着弟弟笑了，"这是我从我爷爷那里听来的人生秘诀，用来自我检验。"

"曾外公也是这样说的，说是自我检验？"我吃惊地问。

"不，不是的。"母亲说，"他是叫'秘诀'。你们理解吗？我们家在乡下不是开着一家日式点心店吗？我爷爷工作非常勤快，不停地制作出美味的点心，商店门前总是排起长队，有的人甚至还从东北地区赶到我们店里来买。我爷爷是一个非常开朗的人，在他身边的人都会受到感染，不知不觉地振作起来。他爱护妻子和孩子，劲头十足地工作到九十岁，始终保持着他的魅力，九十五岁无疾而终，是一个非常了不起的人。在我们还是孩子的时候，他就把这秘诀教给我们了。他还要求我们传授给自己的孩子，而且叮嘱我们，如果把这个秘诀守着不告诉自己的孩子，就没有任何意义了。"

"哪一点？"弟弟如痴如醉地问。

母亲说："我爷爷说这些话的时候，要我们好好地看着他的眼睛，记住他说话的音调和房间里的气氛。他说：'如果你们在向心目中的重要人物传授这秘诀的时候，你们的眼神和音调比我现在显得稍稍缺乏自信，或者房间里的气氛稍稍不如现在的话，还是不要讲的好。要传授的，不是我说的这些话，关键是要把我现在的灵魂状态整个儿传递给对方。只有在与现在的气氛一样或更好的情况下才能说。'我爷爷就是这么说的。我仔细地作了观察，家里人全都在场。我的爷爷奶奶，我的父母，我，妹妹，还有两个弟弟。房间里好像充满着力量，温馨而明快。当时日式点心店刚开始走下坡路，但还没有那么严重。晚餐之后，大家都很放松，很随意。我爷爷说的时候，目光比平时更加炯炯有神，声调也更加深沉，会让人产生一种生活的信心，觉得无论发生什么事，只要有他顶着就可以渡过难关。我叮嘱自己要好好记住啊，要牢牢地记住整个儿感觉。不像听过看过就忘记的那些词语或述说的过程，我要用力把它紧紧地锁在心里，不随便拿出来，保持它的鲜度。因此，我刚才想起来，就把自己珍藏在内心的秘诀说出来了。我心想，说来试试吧。我很没把握，不知道能不能说好，但应该没问题吧。"

"在受到挫折的时候，也可以用这个自问自答吗？"我问。

"可以啊，但是千万不能骗自己啊。就算回答自己'不行''不对''麻烦死了'也可以。每天睡觉前闭上眼睛扪心自问，即使连续几天感到不顺，也要继续每天反省。这样坚持下去，那种很普通的勇气就会在你的心里形成某种信念。虽然听起来有些像是宗教信仰，但生活中需要这样的东西吧。"母亲说，"不过，也不是光问问自己就可以了。问自己的时候要静下心来，无论生活的整体水准怎么降低都不能在意啊。应该暗暗叮嘱自己：没关系的，可以闯过难关的。人是骗不了自己的。我们家兄弟姐妹四个人，也许因为这个缘故，或是因为爷爷和奶奶教育有方，有的人公司破产，有的人离婚，但我们大家一个个都活蹦乱跳的。"

"说得真好啊。"纯子感叹道。

我心里想，一个家族的祖传秘诀，从祖先那里传到祖父这一代，祖父再传给女儿、孙子，孙子又传给孙子的孩子，就像印第安人似的。我做梦也没有想到家里还有这样的宝贝。但是，母亲刚才与其说是把这个家训当作一个故事，还不如说像是把它当作一种气氛而身体力行地传授给了我们。

"这个秘诀，真由已经听不见了。"我叹息道。

真由没有察觉到母亲的才能。

"嗯……这件事我也已经忘了好几年，直到今天，刚才在百货商店和朔美交谈之前都没有想起来。"母亲有些悲伤。

"重要的是干子啊。她怎么没来，有没有什么事情？"我忽然发现干子不在。

"她被隔离在群体之外了。"弟弟笑了。

"别胡说啊，现在准是在哪里喝酒呢。"

"这么珍贵的话没有听到，可是一种损失啊。"母亲说，"一百年都听不到呢。"

"真傻啊。"

大家笑了，其乐融融。我真喜欢我的家人。

天空碧蓝碧蓝，带着夏天的热浪。整个天空都散发着耀眼的光芒。这样的日子如果持续几天，真正的酷暑就将要来临，这是我喜欢的季节。

那天，我和龙一郎一起去观赏翻车鱼。

"你出国期间，那里的水族馆来了翻车鱼，你知道吗？"

他见我如此沾沾自喜，非常羡慕，便说想去看看。我已经去过几次，还是决定陪他去观赏。

因为不是节假日，这里空得很。翻车鱼的水池设在露天的场地里，很大，翻车鱼悠闲地游来游去。在那里可以望见天空，也能俯瞰街道的景色，让人胸襟开阔，心情舒畅。

那里，我真的已经去过好几次。

那是我头部被撞出院以后，刚刚恢复日常生活的时候。那时，龙一郎已经走了。冬天来了。人虽置身在日常生活里，然而有许许多多的事情我却想不起来了。去年的旧事，母亲的熟人或朋友的笑话，寻找着自己熟悉的瓶起子，家人便递过来一把我从未见过的瓶起子，说前年不是新买了一个吗？还说是你在某某百货店买回来的呀。我自己怎么也想不起来，却装作回想起来的样子。全都是一些那样的事情，令我颇感惆怅和寂寞，总有被人疏远了的感觉。

那时，我喜欢翻车鱼。

奇异的形状，奇怪的游水速度，没游几下就撞到了墙壁上，就好像现在的我一样。我的感觉也是如此。尽管并不急促，却感到无所适从，到处乱撞。

我常常独自久久地伫立在翻车鱼的水池前。我游览了水族馆，看过海豹，最后来到翻车鱼的地方，满心欢喜地望着翻车鱼，忘记了时间的流逝，连自己也感到很惊讶。

因此，我非常怀念翻车鱼。

那时，我怎么也没有想到，有朝一日会在这样暖和的天空底下，和龙一郎一起来到这里。

翻车鱼缓缓地游着，那银白色的腹部显得很耀眼，和以前没有丝毫变化，只是静静地、不断地来回游动着。不过，也许是我的心理作用吧，它显得比以前更悠闲，更优雅，眼睛也充满快乐。

是我改变了。

以前我一直是用孤独和不安的目光望着它的。

但今天不同，季节也已经不是冬天了。

"是个愚蠢的生物吧。"龙一郎说，"你百看不厌啊。"

"不是吗？"我说。

我把自己常来这里的事情告诉他。

"原来是获得新生的秘诀啊。"他说道。

我觉得他形容得非常好。

时间在阳光的照射下缓缓流淌着，和翻车鱼游水的速度相似。龙一郎能够使我静下心来，和其他的人不同，无论在什么样的意义上来说，他绝不做让我无法理解的事。即便他伤害了别人，受伤害的又是我的亲人，只要是他，最后我还是会原谅的。

这不是不合情理，而是空气中拥有他的存在。

真由是怎么想的呢？

她总是置身在只有自己一个人的地方，任何人都不会留在她的心里，龙一郎也奈何不了她。

然而此刻，我们两人在这里凝望着水池，恍恍惚惚的，像要张大嘴巴似的。

我感觉到有一股温热的情愫在我的心底将要喷涌出来，那种感觉好像蒸汽一样飘荡在我们两个人之间。

"我想过了。"他说。

这里没有别人，只有翻车鱼在听。

"我好像很早就喜欢上你了。"

我没有作声。我觉得所有的一切好像突然之间都近在咫尺，大楼、栏杆、自己的手，这正是恋爱的视角。

"真由去世以后，我决定去旅游，出国去试试。孤孤单单一个人，实在没有意思。我一直在内心深处遐想着与你同行。东西被人偷了，遭到别人的冷遇，在旅馆的房间里看外语电视，会突然感到很孤独，眼看就要发疯了。每次到了这种时候，浮现在我脑海里的只有你一个人，这是我能够坚持旅行没有半途而废的最终秘密。那样的感觉越来越明晰。有朝一日我要回国去见你。每次这样一想，我就能够坚持到第二天。在我心里，你的比重越来越大。就这样，那东西一点点发展起来，发展成了恋爱。"

"在我头部被撞之前，你就喜欢我了？"我问。

这时，我才知道我对此格外介意。

"你在头部被撞之前就已经在我心里了。因为有真由这件事，我觉得是不会有结果的。"他说，"不过，什么东西变了。也许是因为我在旅途中得到了锻炼，也许是你头部被撞以后发生过什么，我不知道。总之上次见到你时，你生气勃勃，坦坦荡荡，和以前截然不同，散发着一种清新的气息。但是，我觉得那是原本在你身上的那种灵魂般的东西流露于外表了。某种东西改变了，于是产生了某种快乐的萌芽，使我们能够顺利发展下去。这事情非常微妙，并不是浪漫，我想如果一直这样维持原状下去的话，我只能终生将你当作我的内心支撑。没有想到我出国去旅游，你的头部被撞，某些东西得到了改变，而且改变得出乎人的意料。我说得太动听了吗？"他说道。

我难堪地望着翻车鱼。甚至觉得翻车鱼们好像在对着我嬉笑，我感到很害羞。

"我太理解了，没有花言巧语的感觉。"我说，"反而强烈地感受到你想要把自己的心意传达给我的热情。"

"我还以为你会警告我不要说得太好听呢。"他哈哈笑了起来。

"那么，我们一起出一趟远门吧。"我说，"不管去哪里，无论在日本还是去外国，我都陪你一起去。我们要在一起相互证实一下，我不愿意成为你在回来时的港口，或在旅途中思念的梦中情人，这有虚假的成分，我听了会感到毛骨悚然的。还不如亲身到哪里去一趟，确认一下两人在一起会是怎样的快乐。"

"好啊，到哪里去一趟吧。"龙一郎望着我，"下个月，我要到塞班岛的朋友那里去住一段时间，怎么样？时间是不是太急了？"

"不急，我要去，我想去。"我笑了，"你很高兴吧？"

"嗯，真的很期待。"他说道。

黄昏的气息悄悄降临在街上，太阳微微地带着一点橘黄色。西边的云彩开始发出耀眼的光。

他的手放在扶手上。我握着他的手，他用力地回握着我的手，是我熟悉的干燥而温暖的手。我体会到我们两人之间还有过触摸的感觉。我想起来了。我凝视着在我面前游水的翻车鱼身上那光滑的白色。我想触摸它。

我希望我对所有的一切都经过触摸以后再进行确认。

我这么想。

10. 死了一半

　　云海难辨，眺望着窗外如白昼一般耀眼的大海，心情会变得很奇妙。如果有人对我说，最近的一切都是梦，我马上就能领会。这么一想，以前经历过的任何时候发生的任何事情，全都像梦境一般遥远而飘渺。

　　总之，事情在不知不觉中进展着，现在我已经坐在飞往塞班岛的飞机里。我们狠狠心订了头等舱，所以拥有宽敞得惊人的空间。早晨起得早，头脑还有些昏昏沉沉的，我一边看书一边用耳机放大音量听着音乐用于醒脑。如果在睡着时到达塞班岛会很没有意思的，所以我努力不让自己睡着。书是些在我看来与高档西装袖扣和劳斯莱斯相同档次的伟人传记，是我像个孩子如获至宝般收集来的。趣味盎然，有些伤感。

　　一切都和"现在"的感觉非常吻合。

　　但是，我在机舱内喝着送来的啤酒，有些醉了，因此无论我怎么讲，都无法将我现在带有醉意的极其神秘的放松感解释清楚。

　　龙一郎坐在我的旁边。

他倒在靠背上已经睡着了。

长着一副像我弟弟那样的眼睫毛。

心爱的人睡着的面容好像全都一样，有着一种痴呆而寂寞的感觉。他们留下森林里睡美人的影子，在没有我参与的世界里彷徨。

在后面的座位上，有一位新的朋友。

名字叫古清，是一起去塞班岛的。

古清是个很古怪的人。在我以前的生活中，无论在电视里还是在书本中，我都没有遇见过这样的人。

两个星期以前，龙一郎打电话到我打工的名叫贝里兹的店里。

"在塞班岛照料过我的人到东京来了。今天晚上，我带他到你那里去呀。"

我嘴上说"好啊"，心里却感到很厌烦。最近我常常不去上班，何况说起要去塞班岛的事，老板已经对我怪冷淡的了。现在我听说古清定居在塞班岛，在当地经营三明治快餐店和专门租借潜水用品的商店，就已经有偏见了，心想一定是个长得黑黑的、喜欢潜水又喜欢带着一伙人喝酒的家伙吧。真是讨厌……不过，潜潜水也不错……我思绪联翩。我是第一次去塞班岛，而且是和龙一郎一起去，所以很高兴，不管周围人说我什么，不管酒吧会准我多少假，我依然感到异常兴奋。

我想入非非地沉浸在那样的恋情里。

"我要到塞班岛去一段时间。"我对母亲说，"家里要不要紧？"

"没问题啊，而且塞班岛那地方很近。"母亲笑了，"你和谁一起去？"

"龙一郎。"我说。

"你瞧你瞧，呵呵……"母亲笑了，"别自杀哦。"

我还告诉了弟弟。

"我和阿龙哥一起去塞班岛，你也来？"

"嗯，我是很想去，但……"弟弟想了很长时间，说，"我还想拼搏一下。"

"你如果想离家出走的话，就给我打电话，我随时都可以来接你。"

"我不会打国际长途啊。"

"我教你，只要用日语就可以了。"

我把打电话的方法写在纸上，仔细地告诉他。

"阿朔姐，你是真的爱上他了吗？不会是顺其自然吧？"弟弟冷不防说道。

"嗯……为什么？"

"母亲一谈恋爱就每天出去，阿朔姐好像总是待在家里的。"

"噢，也许吧。"我说。

"这是命运吗？"

"不能算是命运之恋，但……也许是命中注定非卷进去不可的感觉。"

"是啊，我想说的就是这个。"弟弟高兴地嚷道。

我不知道这是弟弟的嫉妒，还是预言家的说法。

没错，这段恋情散发着一道特别耀眼的白光（就像那天的飞碟一样）。为了投身于另一种命运里，两人不得不携手起来。我有这样一种感觉。

以后的事暂且不管，总之眼下如果不携手一起飞翔，就会与这种瞬息万变的人生失之交臂。

就好像发明大赛上常见的那种拙劣的自动开门机一样，从手上滚落的保龄球把铁桶打了个底朝天，水流出来启动水车……经过各道关口，门打开了。

就好比大风刮来，桶匠会赚钱一样。

就好比靠着稻秸能成富翁一样。

诸如此类的东西。

人与人联结在一起是无力的。然而，尽管无力却无所不能。

和某种力量一边抗衡一边跳跃着。即使失手也不至于死，然而身体里面某种东西却在不断地闪着光指示你，说"不对""就现在""不是那边"。这样的指示压也压不住，只好继续跳跃。

那天夜里，龙一郎把古清带来我打工的店里。不料，大出我的意料，我原来还幼稚地以为他"准是住在塞班岛上，皮肤漆黑，性情开朗的类型"。

别说漆黑了，他简直是没有色素，透明的棕色眼眸和头发。白化病人。

"呀！"我心里暗暗吃惊。

"这是古清君啊。古清，这位是朔美。"

初次见面，请多关照，他笑着说，一张和蔼的笑脸。无论多么透白，但那份豁达还是能让人感觉到南方的天空。

店里没有其他客人。

老板很久没有见到龙一郎，见龙一郎突然出现，高兴地和他交谈起来。

我陪着古清。在昏暗而柔和的灯光下，他像是一尊雕塑。

"我在塞班岛有妻子。"他冷不防冒出这么一句。

你瞧你瞧，那种事即使不说，我也绝不会引诱男友的朋友啊，我心里想。

"是吗？"我嘴上应道。

然而，他好像不是这个意思。

"我觉得她一定能和朔美成为好朋友的。"他笑了。

"是那里的本地人？"

"不是，是日本人。她的名字叫‘花娘’。"

"花娘？是吗！"

我为对方是第一次见面的人却讲出如此粗鲁的话来而感到吃惊。"花娘"，不就是供男人们发泄的下贱女人的意思吗？哪里的父母会给女儿起这样的名字？

"听到她的名字，大家都很吃惊。她的父母很不近情理。"古清好像在回答我的疑问，"我简单介绍一下她的身世。她母亲是一个酒精中毒的酒鬼，在生下她以后第三年跌死了，她父亲不是她的亲生父亲，她是她母亲和一个萍水相逢的男人生下的孩子。父亲感到很生气，大吵了一场，瞒着母亲去区政府给她申报了这个名字。"

"是吗？"

"而且，她父亲是个不务正业的无赖，在她母亲去世以后没有能力养育她，就把她送进了孤儿院。据说她在孤儿院里待到十六岁时，跟着男人来到了塞班岛。在塞班岛，‘花娘’这个词没有任何含义，所以她活得很快乐，索性真的当花娘，靠自己的原始本钱生活。"

"哦。"

他的脸上依然不失笑容，说得很清淡，显得很不可思议，就连他那嘶哑的嗓音都似乎很神秘。

"不过，自从遇见我以后，妻子就好像找到了天职。她有着一种特殊的才能。"

"什么才能？"我问。

"据说她出生时就是一个不受欢迎的人，她在娘胎里就感觉到母亲在恨她，但她只是一个胎儿，回天乏术，不可能逃离娘胎，胎儿和母亲是靠脐带连在一起的，所以即使不想听，不愿意感受，也不得不继续感受着。她与其他东西的交流，就是出自那种悲哀和一心想要逃避的渴望。"

　　"你说的'其他东西'指什么？"

　　"就是灵魂。"他脱口而出。

　　呀，真倒霉！我心里想。

　　"在塞班岛上，她现在不再做搂抱男人的行当，而从事安慰灵魂的天职。她用歌声来祭拜死者。"

　　"唱歌？"

　　"是啊。你一定要去听听她唱歌。"他一副不无得意的样子。

　　"塞班岛那样的地方有很多灵魂吧。"我说。

　　"是啊，有很多。我离开一下。"

　　他起身去洗手间。

　　龙一郎望着我这里说："你们好像谈得很投机啊。"

　　"这个人很特别啊。"我说。

　　"不过，他说的基本上都是真话，他一句谎话也不会说。"龙一郎说。

　　我心想：既然龙一郎这么说，看来古清不会说谎吧。

　　但是，接下来会怎样？因为事情太蹊跷，我摸不着头脑。

临走的时候，我对古清说："向你夫人问好。不过，我真的能和经历这么丰富的人成为好朋友吗？"

　　"没问题。我敢保证。"

　　月光轻轻地洒在街道上。他那浅色的眼睛透明而漂亮。我明白了，他特殊的地方不是在肤色，也不是话语，而是笼罩在他身上的氛围，就好像月光下的海滨和白昼的墓地那种空气的气味，是光辉和死亡共存的混沌的感觉。他就是那样一个人，我是第一次遇见那样的人。

　　文字变得模糊不清，音乐从远处传来。我开始迷迷糊糊地打起盹来。

　　就在这个时候。

　　飞机晃动了一下，我猛然惊醒的一刹那，"荣子"突然闯进我的脑海。那种气味，那种画面，那种感触，所有的信息都朝着我蜂拥而来。

　　我慌了神儿，头脑一阵晕眩，坐立不安，飞机随即恢复了平稳，但我的心却不断地剧烈跳动着，久久不肯平息。

　　刚才跃入我脑海里的荣子的眼睛、头发、背影、声音，忽而变成碎片，忽而形成一个整体的形象，还有不断闯进来的有关我们两人的回忆，非常生动，非常清晰。我怎么也坐不住了，猛然下意识地站起身去洗手间。

　　在银色的小房间里，我调整着自己的呼吸。

　　在《闪灵》的原作里描写过这样的场面：少年主人公让

自己的意念飞越时空去求助。

难道是荣子在呼唤我？荣子的身边发生了什么事？

我左思右想，情绪慢慢平静下来。我心想，等飞机到达以后打个电话给荣子吧。刚才心里慌乱得甚至想不出这样的办法来。

我走出洗手间，回到座位上，龙一郎已经醒来了。

"马上就要到了。"他笑着告诉我。要求旅客使用安全带的信号灯亮了，播音员开始播报。在机舱遥远的下方，看得见太阳底下绿色的岛屿，清晰得就像照片一样。大海层层叠叠，呈深蓝的颜色，能看见海浪掀起的呈尖形的白色图案。

"哇，真好看，真漂亮，太漂亮了。"我喊道。

"真的很漂亮！"

龙一郎尽管已经习惯了旅游，眼睛里也发出光来。他常常会这样情绪激昂吧，我心想。把那种感动深深埋藏在心里，像面包发酵一样，等到膨胀以后，就变成文章用另一种形式发泄出来。

"嗯……"古清坐在背后的座位上搭讪着。

"真漂亮！古清已经看惯了这样的美景，也感到很美吗？"我问。

"是啊，每次都会感到很振奋。不过……"他说，"你知道刚才有一个女人在喊你吗？"

我愣愣地发呆。

"是什么样的人?"我问。

"嗯,我看不清楚……不过那人长得很漂亮,很苗条,声音很尖。"

"你说对了。"我说。

我心想,原来如此,看来在我要去的地方,必须习惯这样的现实,而且唯独这样的转换,才是支撑我生命的智慧。

"飞机到达以后,还是马上打个电话吧。"

与我的慌乱相反,古清的口气好像很平静,如同在说:"外面天冷,还是带上一件上衣吧。"

"我明白了。"我答道。

一下飞机,空气灼热而黏稠,却总给人一种稀薄的感觉。

是天空太蓝的缘故?

还是因为这香甜的绿色空气?

我让他们等我一下,便去打电话。

我慌慌张张地兑换了钱,找到专打国际长途的电话,拨打荣子家里的电话号码。四周十分喧嚣,吵得听也听不清楚,只听见听筒里的电话铃声响了老半天没人接。

奇怪呀!我心里想。荣子的母亲平时应该一直在那所大宅子里的,即使出去也应该有用人在家。

怎么回事啊?我正这么想着,听筒里传来"咔嚓"的声音,用人来接电话了。

我松了一口气。

"荣子不在吗？"我问。

用人回答："是啊，屋子里什么人也没有啊，夫人和荣子都不在。荣子今天一早就出去了，夫人本来应该在家的，但我刚才受差遣出去办些事情回来，夫人没在家，我正等她，心里也感到纳闷呢。"

她的嗓音里明显带着不安。

我对她说：我现在已经在塞班岛了，荣子如果回来的话，请一定转告荣子，让荣子打电话给我。我还把旅馆的电话号码告诉了她。

除此之外，没有其他办法。

我振作精神走进等候办理入境手续的队列里。他们两人排在另一个队列里，已经快要办完手续。

我出关时，龙一郎和古清面对我这边站着，正和一个小个子女人说着话。我猜想大概是古清的夫人。她一头长长的黑发，穿着粉红色的衬衫。

龙一郎发现我，便举手向我招手。那女人也回过头来。这时，我真的大吃了一惊，不由停下了脚步。

她就是那天我和弟弟在高知度假时来按响内部互通电话、露出笑脸又消失的那个女人。

她眼睛细小，鼻子圆润，嘴唇也很丰润，整个身体蕴含着无法言传的清香，又好像始终朝着某一个遥远的地方微微地笑着。她有着一种温文尔雅的感觉，她身上没有那种因为长期生活习惯而养成的不良少年似的感觉，没有奇怪的指甲油颜色以及厚厚的浓妆，她有着一种喝得烂醉的人或像后期的真由那样服药的人特有的感觉。

我也对她报以微笑。

她伸出右手说"你好"，嗓音温柔，低沉而有些沙哑，却有着一种奇异的深度。

我与她握手，说："你好，要麻烦你了。"

不料，她惊呼道："呀……"

"怎么了？"古清惊诧地问。

"真是稀奇，真是难得，没有想到除了你之外还有这样的人。"她对古清说道。

"什么事这么稀奇？"我问。

我当然会问。

"你这人已经死了一半啦。"她笑嘻嘻地说道。

我的脸勃然变色。

龙一郎流露出一副饶有兴趣的表情。

古清连连对我说"对不起"。

"这不是坏事啊。"她温和地为自己争辩。

我心想：是吗？这会是好事吗？

"因为有一次你死了一半，所以你剩下的功能就全都发挥了作用。是脱胎换骨了呀。练瑜伽的人要花一辈子才能修炼成功，这是很稀奇的事情啊。"她拼命地向我解释着。

古清开车送我们到投宿的旅馆。古清再三邀请我们住到他的家里，但因为住久了会很拘束，所以我们在他家附近订了一家比较便宜的旅馆，在离闹市区加拉潘不远的一个叫"苏苏卑"的地方。

南国的天空明晃晃的，暖暖的风儿摇撼着热带丛林。从机场出去的道路上除了一望无际的热带丛林，一无所有。

我茫然地眺望着，忽然发现自己处在身心两方面都非常古怪的状态里。

那正是开始蜕变的感觉。

胸口闷得难受，就连弥漫在四周的空气都凝重得像是有着滚动和起伏，景色显得有些扭曲，就好像隔着一层水壶烧开后喷发出来的水蒸气一样，天空、树木、地面都在摇晃。

我怀疑是晕车了。做了几次深呼吸，但依然没有改变。我仿佛觉得自己的肉体和精神的轮廓在变得越来越淡薄，然而随之而来的压迫感有说不出的沉重和黑暗。

一路上我感觉很纳闷，不知道怎么会这样。不久，汽车驶进苏苏卑的市区，那种感觉霍然消失。

因此，我很快就忘记了这件事。然而，那种感觉仅仅是我最初的体验。

苏苏卑的街道简单得就像是电影布景，建筑物不多，但景色却有着一种气势，汽车一驶过，白色的尘土就遮天盖地地飞扬起来，简直就像用来制造电影效果一样。

预订的旅馆今后有可能成为我们的据点。我们从旅馆门前驶过，先去古清家。古清家离我们借宿的旅馆有一分钟左右车程，临街，是幢平房，大门橘黄色，看来非常宽敞。

"后面就是店堂，我们去店里吧。"他说。

我们下了汽车。

"请往这边走。"花娘走进房子边上的小巷里。

"这家店面真好啊。"龙一郎这么感叹着时，我们已经穿出小巷，眼前豁然一片大海。

原来住房的背后面对着海滩，开了一家商店。

远远的地方是平稳、澄净、蓝色的海水，还有松散的白沙。

"我们回来了。"花娘对着柜台里面喊道。于是，从里面走出一个日本男人。

"回来了，快休息一下。"一看见我们，那个日本男人便招呼道。

这是一位皮肤黝黑、长着胡子、好像喜欢体育运动的青年。听到他的招呼声，我才总算第一次松了一口气，觉得这才像个样子。

"弄点饮料来吧，你们请坐。"花娘让我们坐下来。

白色椅子和桌子、遮阳伞、蓝色的台布排列在海滩上，南国的阳光清楚地将这些东西分隔成光和影。

我和龙一郎坐在最靠近海边的桌子边。

另外还有一对客人，一对穿着漂亮游泳衣的美国老年夫妇，外表显得非常悠闲，优雅地吃着三明治。刚才那位青年从幽暗的柜台里面走出来，手上端着托盘，托盘里放着看似很甜的果汁。他一边和停好汽车的古清说着什么，一边走过来。

在阳光底下，色素浅淡的古清显得几乎透明了，但他的四肢却牢牢地扎根在塞班岛的空气之中，显得非常强健。

这里是他生活的地盘。我心里想。

裸露的臂膀被太阳火辣辣地灼烤着，风吹凉了额头的汗珠，喝下的果汁又令人冒汗。他们几个正在聊家常。

于是，对我来说，这里已经完全成为一种平常的生活，好像我从以前起就是住在这里的居民。

"对不起，我要和他去采购东西。"古清说，"你们慢慢聊。晚上一起去吃饭，我打电话给你们。"

"你走好啊。"我们三人向他挥手。

"你们看，那里就是你们借宿的那家旅馆的海滩酒吧。"花娘用手指给我们看。

看得见右边的海滩上排列着与这家店铺同样的桌椅，音乐声随着风儿吹来。

"离得很近啊。"

"在日本应该称为海滨之家吧。"龙一郎说道。

"是啊，这里有很多这样的设施。"花娘笑了，"出售小吃和啤酒，还有果汁。"

"这里的三明治特别香呢。"龙一郎对着我说，"白天这里很拥挤，挤得不得了。"

"我好想尝尝三明治啊。"我说。

这时，刚才的那种感觉又突然向我袭来，无可名状的压迫感，空气颤动着，感觉透不过气来。

蓝天，清新的海风，优雅的三明治快餐店，都在渐渐远去，连旅途中的期望和放松感也渐渐离我远去。

我的胸膛里只是塞满凄烈的苦痛，像是感冒，或是皮肤过敏，或是高山症，手上眼看拿不住东西了。

究竟是怎么回事？

难道和荣子有关？

我这么想着，又感到忧郁起来。我屏住呼吸，在自己的灵魂深处探寻着，确信与荣子没有关系。

这时，花娘不断地甩动她那一头漂亮的乌发。

她闭着眼睛甩动着，就像要甩去沾在头发上的水珠一样。在我的眼里，她的秀发甩动时产生的轨迹简直像慢镜头一样鲜明，勾勒出鞭子一样柔韧的线条。

不可思议的是，我的胸口变得舒畅起来。

那种难受的感觉消失以后，就像从来没有发生过一样。我已经想不起来是怎样受到压迫的。我不知道花娘做了什么手脚，我注视着她。

"你怎么了？"龙一郎问。

"没什么，我只是感到脑袋有些沉。"

花娘笑了："没什么大事，在这里是常有的事。"她望着我。

我点点头。

我的脑海里浮现出"幽灵"这个词。

在丛林里，在大海中，在海滩上，飘荡着无数以前死在这里的日本人的幽灵，有几万之多。这里就是一个这样的地方。

我心里暗暗思忖：难怪！这是情理之中的事。

在日本从来没有感觉过的事情，由于对方人数的变化也许就能够感觉到。而且自从弟弟有了那样的事情以后，我的直觉更加敏锐，敏感度越来越强。

所以我才变得这样？

或者，是因为她在场的缘故？因为她能对灵魂唱歌。

或是因为我已经死了一半？还在继续死去？

最后一个想法令我有些畏惧。是啊，也许人人都在一步一步地走向死亡，但是细胞会不断地得到新生，一切都会在神秘的光环里摇曳，分分秒秒地发生着变化，这是一种周期。我也许因为某种原因而正在渐渐地脱离这种周期。

想必这多半不是那种能够长生不老的美梦，而只是催生着一种悲哀的自觉的细胞，那种细胞能够清楚地洞察一切。

海边已经夕阳西斜，海浪声也渐渐地在远处淡出，款款摆动的椰子树开始散发出金黄色的光。

"夕阳真美呀。"花娘沉静地说。

她开始和着邻家海滩酒吧里传来的乐曲，轻轻地哼起来。

那个声音遥远而甜蜜，宛如童年回忆中的收音机里传来的歌声，柔软而亲切，令人颇感怀念。我好像大梦初醒一般第一次真正地感受到自己现在的所在。

圆顶大天棚一般广阔的天空和大海。我只是守着恋人眺望夕阳，像小狗一样对着这美好的空气摇动尾巴。这就是我的心境。

这是我接受祝福的时候。

我久久地观赏着，直到落日西沉。

花娘无意识地哼着曲子，并非是唱给什么人听。尽管如此，她的歌声眼看着穿透大气，如同这世上最最醇美的芳香一样飘散开去。那是一种美妙的歌声，嘶哑，甜蜜，庄重，却隐含着震撼。

那是我第一次听到花娘唱歌。

11. 死亡和硫磺

塞班岛夜晚的灯光就像钻石一样，这里建筑物稀疏，照明充足，空气清纯，饱含着大海的水分。

街道的两边是卡拉OK店和古里古怪的土特产商店，以及日语招牌上刺眼的霓虹灯。日语的招牌稍稍卷起着，与这街道的气氛不太合拍。

我穿着短袖衬衫，吃着查莫洛料理，在街道上漫步。在那种以前的美国电影里出现过的宽敞的夜道上，我信步溜达着，体会着新的人生开始以后的解放感。

记忆原本就有着一个先后顺序。在旅途中，尤其在时间像这样缓慢地流逝的地方，似乎可以不在乎记忆顺序之类的东西。它本身就已经没有先后顺序可言。

我身在这里，闻到的海潮味既不是幼时的那种，也不是上次在高知度假的那种，既不是在出生之前闻到的，也不是母亲羊水的气味，却又属于其中的任何一种。然而，此时此刻，作为一种美好的记忆，这样的气味从我的鼻孔沁入全身各个角落，永远地铭刻着。

有一种比烦恼更美妙的东西，与其为记忆的顺序烦恼，我希望还不如敞开我的感觉，让那种美妙的东西渗透到我的体内。

这里的空气让人义无反顾地接受这样的感觉。

这里的风景就像周刊杂志上看到的昭和初期的银座那样，对人类敞开着胸襟。每次看见照片的时候，我常常会在心里想，如果在这样的地方散步，会是多么的心旷神怡啊。天空寥廓，人们表情舒展，就像是一幅全景画。

在东京时我曾为自己模糊的记忆感到焦虑万分，甚至产生罪恶感，这种神经质的感觉现在已经变得非常遥远了。

"我生来就是这样的。"古清用手指着自己那一头发白的头发，"我家里的人全都是这样。"

我们四人吃完晚饭，回到旅馆的海滩酒吧。大家都喝了很多酒，但没有人喝醉。花娘开车把大家送到这里。她说自己不会喝酒，滴酒不沾。

这是一个露天的酒吧，面朝着海岸，挤满了客人，聚集着当地人和世界各国的游人，大家喝着啤酒或鸡尾酒，每一张桌上都点着蜡烛，一支蹩脚的乐队在进行半生不熟的演奏，总之热闹非凡。

同时，眼前的大海一片肃静，静得有些可怕，月光洒在海面上，明晃晃的像一条大街，白色的沙滩紧偎着大海悄悄地横卧着，呈弓形伸向远方。

在那样的情景里，古清带着几分羞怯开始告白。他的告白总是显得唐突而又深刻。

他的妻子一定已经不知听过多少次了。这样的时候，他的妻子会是一副什么样的表情呢？是听腻了的表情，还是尊敬的表情……

我朝花娘望去。

花娘用手托着下巴，一副不置可否的祥和的面容。她的面容白皙而柔和，甜美得眼看就要融化，祥和得像观音菩萨一样，然而她的目光却炯炯有神，在烛光的照射下，那是一副令人意外的表情。

我曾经见到过这样的表情，那是母猫看着刚刚生下的小猫时出乎本能的富有生气的表情。三天以后，即使小猫缠着母猫，母猫也已经没有那样的神情了。只有在结束分娩的痛苦，充满自豪，流露出沾着自己鲜血的母爱时，才会出现那样的目光。

"你们家里人的事，我也没有听说过。"龙一郎说，"就连你出生在哪里，我都不知道，我一直以为你是出生在塞班岛的。"

"我出生在静冈乡下的渔村啊。"古清笑了，"父母是叔叔跟侄女，或者是血缘更近的近亲结婚。"

再详细的事情，他没有说。

"不过，除了我之外，兄弟姐妹们在外观上都和普通人一样。"

乐队的音乐停息了，人们讲话的喧杂声和着海浪声开始涌动起来。夜晚的大海非常光滑，光滑得好像要融入白色的沙滩里。

他继续说着："我的父母其实都是很普通的人。父亲是渔夫，身体强壮，母亲是农村的胖大妈，但待人非常好，在附近受到人们的交口称赞。我们是兄弟姐妹五个，有哥哥、姐姐、我，还有两个弟弟。房间里隔墙很少，兄弟姐妹五个人挤在一块睡觉，总是欢闹成一团，怎么也不肯睡觉，为此老挨母亲的骂。我们每天都过得很快乐。小时候就是那样。

"吃晚饭的时候，大家又吵又闹，热闹极了，弄得搞不清东南西北。哥哥和姐姐稍稍大一些，还要照管我们三个小孩，总之是很幸福的。我甚至在小时候都没有感觉到自己的色素比别人淡。

"但是，我还是感觉到我与其他兄弟姐妹有不同的地方，不知道是什么缘故，我常常能预感到什么，比如天气啦，受伤啦，考试的分数啦，但也就这么一些。

"只是有一件事我非常害怕，那件事我没敢对任何人说。入夜后，大家闹得昏天黑地，房间里只有一盏煤油灯，母亲的脚步声在昏暗中急急地传来，她猛然哗啦一声拉开房门，训斥我们赶快睡下。我们窃窃地笑着，一边悄悄地说着话……不久大家都终于睡着了，我也昏昏沉沉地睡着。为了结束美好的夜晚，迎接快乐的明天。

"不过，从很小的时候起，我每年大致有一次，会在黑夜中突然惊醒。

"那样的时候，我总是好像房间里突然开灯一样猛然醒来。每次都是那样。而且，我能闻到一股浓烈的硫磺味。怎么回事呢？我朦朦胧胧地想，也许是有人放屁吧，但不是那种熟悉的气味，是好像从我的头脑里散发出来的、挥之不去的气味。我朝大家望去，在油灯和月光的照耀下，大家都发出沉稳的鼾声，东倒西歪地躺着，都睡得像死了一样。在狭小的房间里，那样的情景显得很杂乱，然而却自在，能让人安心。姐姐的脸，哥哥的浓眉，弟弟们小小的鼻子。我一个个地打量着他们，他们都显得比白天更加羸弱而毫不设防，我不免有些担心。但到了第二天早晨，大家又会欢闹着起床，抢着进洗手间，看电视，变得可恨或者可爱。天亮后就会被吵醒，家里又变得热闹起来，我不再是孤单单的一个人。这么一想，我又高兴起来，想再睡一会儿。但是，硫磺味却没有消失。这时，突然有人轻声在我的耳边说话。总是这样的，说：'只有你一个人会留下。'声音非常清晰，但我搞不懂是什么意思。我突然会有一种感觉，现在大家都睡在这里，这只是一种幻影，等我回过神来，大家都会骤然消失，只剩我一个。这样的感觉越来越强烈，我甚至极其害怕活下去。那种害怕的感觉非常鲜明，我怕极了，终于喊醒姐姐。我握着姐姐的手说我害怕，姐姐的手非常暖和，她虽然睡得迷迷糊糊的，却还是用力地回握我的手。我一想到大家的确都还在，才放下心来，甚至还差一点流出眼泪。但是，有一件东西却怎么也不会消失，我能感觉到姐姐和父母都对其无能为力的巨大的阴影，我不愿意感觉到，然而却感觉到了。那个东西让我感觉到自己的无能和渺小。我在微光中凝视着姐姐的脸，不知不觉睡着了。

"到了早晨，硫磺的气味消失了，房间里洒满了晨曦和平时那样的欢乐气氛。我还在睡觉，姐姐对我说，你昨天做噩梦吓醒了吧。我'嗯'了一声，已经忘记了当时的感觉，唯独那句话我还记得，一个低沉的声音说：'只有你一个人会留下。'大家都精神十足地吵吵嚷嚷，父亲早已经出门，母亲在做家务，房间里充满着生机，一切都被搅得乱糟糟的。但是，只有那个硫磺味我忘不掉。那是死亡的气味。

"不久我才知道那预言意味着什么，在大家都长大独立以后……最初是父亲在海难事故中死去，一个弟弟在摩托车事故中丧生……姐姐在上班时发生触电事故死去，过了一段时间后，哥哥患病去世，两年前另一个弟弟在留学的国家患上艾滋病死了，现在只剩下我和母亲。母亲一直住在日本的精神病医院里。我的事情她并不清楚，也搞不清我和花娘结婚的事。每次带花娘去见她，她总是把花娘和我死去的姐姐搅在一起。在兄弟姐妹中，剩下的只是我一个人。因此，我讨厌硫磺，只去伊豆有盐水味的温泉，不去其他的温泉。

"从那以后，我再也没有听到过预言的声音，却还是常常做梦，梦见小时候大家都在睡觉，听到睡着时的呼噜声，还听到鼾声和磨牙声，但大家都睡得很熟，一副幼时的睡容。我在梦中望着他们的睡容，禁不住心想，现在大家都在这里，但大家不是都已经死了吗？预言不是说过只有一个人会留下吗？不过，现在大家都在这里，不会有问题的，到了明天早晨，大家都会起床……一醒来，我就想哭。大家装进棺材里的场面，我都亲眼看见过。在梦中，兄弟姐妹们都沉稳地熟睡着，然而却已经不在人世。我越来越强烈地感觉到自己一片混沌，不知是怎么回事。而且，我是丢下母亲住在这里的。"

"这……"我正要说话，这时龙一郎插进话来。

"这不是丢下母亲不管，你用不着有罪恶感。"

龙一郎的话与我想要脱口而出的完全一样，只是出自龙一郎之口，这比我说更有效。

那样的时候，龙一郎说话显得很诚恳，很真挚。这是一种技巧，是用同情心包裹着诚挚和力量撞击对方。

"是啊，我在努力这么想。"

"你是战胜死亡幸存下来的，你还活着呀。只有你一个人逃离了软弱的遗传因子和容易死亡的命运，得以延续下来。你已经战胜了它们啊。"龙一郎说道。

花娘不住地点头。

"现在一切都很顺利，我最怕花娘死去。"古清说，"常常会害怕得睡不着。"

"你闻闻有没有硫磺味？"花娘捧起自己的长发送到古清的面前晃动着。

"我闻到洗发水的香味和海潮味。"古清总算露出了笑容，我们松了一口气。

他的告白在黑暗的海滨跳跃着，像一个凄凉的梦沁入我的心里，让我感到非常难受。

"现在我的弟弟正在这附近，他还告诉我，"古清突然望着我说，"你有个妹妹死了？"

我点点头，丝毫也没有感到吃惊。可能是他已经忘记龙一郎曾经告诉过他了。何况在现代社会，失去整个大家庭的经历是非常罕见的。有过这种体验的人无论拥有什么样的能力，都不足为奇。以前人们离死亡更近，所以在一个小村子里，像古清那样的人也许不会少。

"还有，刚才在飞机里喊你的那个朋友，有点像你的妹妹。"

"是谁？"龙一郎问。我回答说是荣子。龙一郎会意，他说："这么说起来，眼睛有点相似。"

罕见的是，在这漫不经心的一瞬间，我感觉到一种强烈的嫉妒。死去的妹妹是龙一郎的情人。但是，古清下面的一句话，把我的嫉妒吹得干干净净。

"那个人是叫爱子，还是嘉子？是叫那种名字的人。被女人用刀捅了。"

"什么？"

我吃惊地瞪大了眼睛。古清茫然地凝视着天空，好像在聆听什么人讲话。

"是妻子……什么意思？是被别人的妻子用刀捅了。噢，是吗？是婚外情吧。"古清喃语道。

"死了吗？"我慌忙问。

我只能这么问。

"没有，还活着。"

我这才真正地松了一口气，因为在飞机上时，荣子是那么强有力地呼唤过我。

古清就像在解说电视机画面似的继续说道："她正住在医院里。好像伤势并不严重，精神上受到的打击比身上的伤势严重得多。是靠着药力很强的药才睡着了，暂时不能行动。"

"那就好。"我说。

我只能相信，而且我觉得多半是真的，因为我有那样的感觉。

"是我弟弟告诉我的。"他微微地笑着。

这时，花娘插进话来。

"那个人真的是你弟弟吗？"花娘的口吻天真而冷漠。

"你这是什么意思呀！"古清有些恼火。

"如果是幽灵的话，我能够感觉到的，我也能够听懂，但现在我没有感觉到弟弟的动静啊，以前每次我都能感觉到的。"花娘说。

"那么，你是说我在说谎吗？你是说我信口胡说？"古清拼命地想要用平静的声音说话，但依然掩饰不住怒气。

"不是呀，我不是这个意思，我是指你说的那些话，是你自己感应到的。但是幽灵应该是更任性更独立的，不会那么温顺。一般来说，活着时让人讨厌或爱撒娇的人，死后会那么顺利地变成一个温顺的人吗？虽然一定会保佑着你，但性格绝不可能变成圣贤的。"花娘淡淡地说道。

"你是说我弟弟不会在我身边？"古清哀伤地说。

我和龙一郎面面相觑，我们两人是同样的想法……不管哪一方说得有理，夫妻之间首先不要吵架。

"不，他一定在的。不过，传递给你信息的，是你自己的灵魂。我理解你希望是弟弟的心情，但你不能依赖他。那个时候，如果一个神秘的灵魂装作你弟弟的样子进来，你弟弟就会被赶走的呀。"花娘微微地笑着，"你应该坚强，因为你是一个人幸存下来的。"

古清已经喝醉，其实他想极力反驳，对花娘发火，他的表情就是那样的。他坚信不疑的事情被妻子当着别人的面否定了。但是，因为妻子的话讲得非常委婉，因为妻子在月光下显得非常白皙柔美，所以他没有作声。

我和龙一郎也默然。

酒吧里的喧闹，摇曳着的烛光，海浪的声音，全都回来了。

乐队的演奏人员正好一个跟着一个走回舞台，演奏声突然又拙劣地响起，震耳欲聋。

于是，坐在前面桌子边的那群当地人模样的中年男女，都一起回过头来望着这边开始起哄。

"花娘，花娘。"

"我知道会来的。"古清说，"只要有花娘在，就会起哄非让她唱一首歌不可。她是这一带的明星。"

"我去唱首歌就回来。"

花娘说着站起身来。她在桌椅之间大大方方地挪动着穿过去，走上舞台。人们大声喝彩，用掌声欢迎她，花娘嫣然微笑。

至此，在我的眼里，花娘就是我刚才不久前所认识的模样。我还满在不乎地想：嘿，一个人的音乐才能就是这样在当地人的追捧之下才自然地训练出来的。拙劣的乐队演奏的前奏部分怎么听都像是《兄弟情深》。

花娘拿着话筒，无意地扫了龙一郎一眼，脸上流露出专注的神情，令我感到惊讶。也许会发生什么了不起的事……我正这么望着花娘时，演唱开始了。

她用柔婉而嘶哑的声音在伴奏下唱的歌，既不像普雷斯利的歌，也不像是尼古拉斯·凯奇的歌，完全是另外一种不同类型的歌。她用惊人的音量歌唱着，然而听着却像是从极其幽远的地方，仿佛梦中传来的铃声，她用极快的速度、用自己的色彩填埋着空间。像是用俚语在演唱，又一副很高贵的样子。甜美、哀伤，不可能重现，却又神情饱满，随时都唾手可得，触手可及。

坐在桌边的人们都默默地听着，有的情侣还跳起了舞。

她编织出的什么，像波纹一样静静地扩展着，吞噬着一切，向海边延伸……

我正这么感觉着，浓烈得像蒸气一样的空气从我的背后，从大海那边猛然涌过来。我下意识地抓住龙一郎的手臂，龙一郎用力地点了点头，古清还是一副若无其事的表情。

那种凝重的空气一瞬间弥漫在我们之间，在视觉上形成了一层朦胧的薄膜，于是，在我的眼里，花娘好像处在美丽的喷水池后。水柱映出她的人影，摇曳着，潮湿，透明。她的声音也好像包含着水分，微微颤动着传入我的耳中。

我有限的感应能力能够感觉到的只有这些。

这时歌声结束了。我痛惜不已，觉得歌声太短了，真希望再听下去。我正这么想着，那种凝重的空气顿时烟消云散，速度之快令人瞠目。

"刚才是怎么回事？是歌声的力量？"我问龙一郎。

"不是，是沉睡在海底的听众跑出来听了。"他说。

"真的？"

"我不知道……但是，空气在颤动吧。"

"嗯。"我点点头。但如果真是这样，我为什么没有像白天那样感到喘不过气来呢？

"我的看法稍有不同，不过这对夫妇会急于解释这种现象的。"龙一郎悄声说道，唯恐被古清听到。

音乐变成欢快的节奏，花娘一边跳着舞一边退下舞台。

当地的一位大叔拥抱着她和她亲吻，她也吻了那位大叔，然后回到桌边。

"怎么样，我的歌？"花娘微笑着。

"我没有听懂唱什么，但感觉很好啊。"我说，"真想再听下去。"

除此之外，我无法用语言来表达自己心里的感受。那是一种原始的欲望。我心情很舒畅，真希望它永远留在那里。

"是啊，我也是。"龙一郎也笑了。

"我们走着回家吧。"花娘提议道。古清默默地站起身。因为他太沉寂，又紧绷着脸，所以我想他也许是哪里不舒服了。

花娘站起身想要回家，大家都转过身来朝着她鼓掌。我们跟在她的身后退场，结账台也没有收我们的钱。

我们步行从建筑物的边上走过去，在酒吧背后的旅馆门前停下，转过身去想要和他们道别，不料发现古清夫妇在背后很远的地方站着。我只顾着对龙一郎说能和他一起走回旅馆实在太好了，却没有发现他们两人没有跟在后面。

我们返身回去，看见古清正大声斥骂着。

"怎么和那个老色鬼缠上了，你这个淫妇！"

啊，怎么吵起来了！我感到很惊讶。

"没有纠缠呀，是喝醉了！我不检点又有什么办法，反正我的出身就是这样的。"

花娘也上火了。龙一郎望着他们毫无意义地分析着。

"他从刚才起就满脸不高兴了，不管有没有起因都会吵的。"

"是啊，他也许醉了吧。"我说。

两人把我们扔在一边，继续争吵着。

"丢脸的总是我。我是一个心胸狭窄的男人吧！"

"你没有喝醉时，连屁也不放。"

"你总是喜欢想怎么做就怎么做。"

……

"去劝劝他们吧。"我说。

"算了，我们走吧。明天他们就会和好如初的。"龙一郎说。

"他们两人好忙碌啊，不知道是灵魂高尚，还是普通的新婚夫妇。"我说。

我们走到拐角回头望去，两人还站在那里争吵。

"这就是他们有意思的地方。"

"你是第一次听到她唱歌？"

"不，以前在加拉潘的卡拉OK酒吧里听到过，果然唱得好极了，但大海边那些无形的听众汇集过来的模样，我是第一次看到。"

"那些听众是什么人？"

"我也不知道，不过，听古清说，她经常面朝大海开音乐会，不是唱给人类听的。那种扣人心弦的力量非常了不起，是人类无法相比的……"

"他非常爱他的妻子吧。"

"是啊是啊。"

"不过，那样的歌，我是第一次听到。"

那已经不是歌，而是更加完整的东西，与弟弟的所见所闻相似。她是把它提升到歌的层次来震撼人类。它包括了人们在人生某个地方的所见所感、某个地方的气息、眼泪、鲜活的手感、没有感触的懊悔、光明和上帝、地狱之火等等。反正包罗万象，就连附近的大叔也能够理解她的那种神奇，所以才会引发夫妻吵架。

我们在那家小旅馆办完住宿手续，走进房间。那是一间非常宽敞的房间，设有小型的厨房和露台。从露台可以眺望街道，眺望到像电影院包厢似的街景。我们坐在红色的沙发上眺望着，从冰箱里取出啤酒来喝。我甚至产生了一种错觉，以为以前就一直居住在这里。

在龙一郎洗浴的时候，我向荣子家打了电话试试，没有人接。我洗完澡以后，感觉很疲惫。"今天累了吧。"我们相互关怀着对方，躺在一张双人床上，什么也没有做，只是亲吻着，就像老夫老妻那样相互依偎着睡了。我最后祈祷着，但愿醒来后他不至于死去，消失得无影无踪。如果那一天理所当然地会到来，也不要事先告诉我。

12. 记忆

　　醒来时，觉得脑袋很沉，有些发烧。在这样暖和的地方患感冒是令人扫兴的。

　　龙一郎与古清一起去潜水的时候，好几次邀我同去，但我有些顾虑，决定在海滩上躺一天。

　　看着他一再邀我同去的神情和寂寞地做着准备的样子，我甚至怀疑，他难道真会这样独自冒险长途旅行吗？

　　我知道他原本就是那种身边有人能够依赖就会撒娇的类型，所以只好硬逼着自己独自出去云游。他将简易潜水服在旅馆的旧地毯上摊开做着准备。看着他的背影，一种怜爱之情油然而生。我为他泡了一杯浓浓的热咖啡。

　　谢谢。他说着，将咖啡端到嘴边。

　　越过他的肩膀可以看见阳光普照的阳台，硕大的红花在阳光下摇曳着。

　　也许他又要到哪里去了吧？

　　打个比喻，也许有些夸大，就好比以前出家的和尚把母亲和妹妹留在家里，怀着对母亲和妹妹的思念流浪一生。

　　看得见古清的汽车驶到窗户底下来接他了。龙一郎走出房间跑出旅馆的大门，我在窗口向龙一郎挥手。

我在目送他离去的时候，胸口一瞬间刻进了死的芳香，带着一丝凄凉的阴影。这与被目送者是同一种情绪吗？

龙一郎出门以后，我什么也不想做，懒洋洋地躺在床上。

卧室不同于起居室，完整地自成一间，有一扇很大的窗户。

打开窗户，可以饱览前面的海岸，非常奢侈。从窗外徐徐拂来干燥的风，吹动着旅馆里有些简陋的白色窗帘。宽敞的走廊里还设有天窗，室内充满着阳光。

我大白天一个人躺在这样的地方，望着映现在方形天花板上的阳光，仿佛觉得自己是偷闲躲到保健室里来了。一闭上眼睛就是那样的心境。我极其舒坦地感受着下课时走廊里的嘈杂声和上课铃响嘈杂声戛然而止的幻觉。

这种时候，我的灵魂会整个儿发生变化。

我会沉入小时候那种怅然而又舒坦的睡眠里。

我睡意蒙眬。白色的窗帘变成一个残影在梦中哗啦哗啦地摇动着，像是鸽子，又像是旗帜。

真正的睡眠渐渐渗透到我的体内时，在梦境的画面背后闪出一道白花花的光。那道光娇美、冷漠、柔软，用视觉来说就好像萤火，用味觉来说就好像洋梨果子露冰淇淋。我知道它在渐渐向我逼近。

它从这家旅馆的总服务台登上楼梯，穿过走廊花坛，向这间房间逼来。

　　我能够感觉到那一道光就像雷达一样移动着。

　　这时，传来"咚咚"的敲门声，我猛然睁开眼睛跳下床来，从猫眼里窥探。果真是花娘。我没有任何超能力，然而不知为什么，对花娘却有着感应的能力。

　　我一边打开房门，一边纳闷着。

　　"你好吗？"她说着走进房来，穿着鲜艳的彩色夏季礼服，仿佛把外面的阳光都带进了屋里。房间里洒满阳光的气味。

　　"好像感冒了。"我说。

　　"不是呀，因为你人好，所以灵魂都聚集到你这里来了。你如果以后习惯了抓住窍门，马上就能把它们驱散的。"

　　"你说'习惯'？什么窍门？"我问，"我感冒了。"

　　"这样吧，"花娘笑了，"我们一起唱个歌吧。"

　　"唱歌？"

　　"是啊，唱个什么歌呢，我很怀念日本歌，就唱'花朵'吧。"

　　"呃，我和你这位歌手一起唱？"

　　"不要说了，来吧，一、二、三。"

　　花娘突然唱了起来，我也跟着唱。春光明媚的……我们唱时，花娘的嗓音高昂响亮，我受到感染，心情渐渐变得好起来，我已经很久没有这样大声地唱歌了。我好像能够看见美妙的声音从我的喉咙里，从我的腹部潺潺不息地流淌出来。我们目光交织，欢笑着。我在她的带动下唇边流露出微笑，这时歌声也变成了明快的笑脸。如果满怀哀伤的话，歌声也会变得沉重。闲得无聊而胡思乱想，头脑自然就会变得很复杂。和花娘一起唱歌，我就能非常确切地体会到这一点。

天气晴朗，窗外就有大海，悠闲而又温暖，房间里清风飘荡，歌声响彻屋内。

"怎么样，心情舒畅吗？"唱完歌，花娘问。

"这么说来好像是很舒畅……"

我忽然有一种蠢蠢欲动的心情，想出门去逛逛，或者去游泳。

"嗯？"

看着她那样的神情，我明白使我的心情真正舒畅起来的是花娘。

"要在这里生活，必须鼓足了劲，哪怕稍微有一些气馁，幽灵就会来欺侮你。"

"也许是一种修行吧。"我笑了。

我知道有一种肉眼看不见的东西，比如弟弟感受到的那些，又如我对花娘到来的感应之类的。至于怎么称呼它，我觉得因人而异。花娘刚才为我做的事情也是如此。与给它取个名称相比，眼下更重要的是让她尽力地教会一无所知的我调节身体的状况的方法。

"这样吧，尝尝我们店里的三明治？"花娘把纸袋放在起居室的桌上，向我招手。

"我要尝的，我要尝的。"我说。

"你要喝茶还是喝咖啡?"花娘说着开始烧开水。

喝咖啡吧。我说着在沙发上坐下，打开电视机。别人贸然地造访自己的房间，自说自话地烧起开水来，我却没有丝毫的厌恶之感，也不觉得拘束，更没有要人领情的感觉，就像猫或狗那样毫不在意。

三明治实在太香了。

"我告诉你，这是因为面包不一样。哈哈，我是特地花钱请人用不同的方法烘烤的。"花娘沾沾自喜地说。

有些发烧的头脑，三明治，咖啡，阳光，旧家居的房间，在阳台上摇曳着的花朵。

我仿佛觉得在这里和她一起生活的状态已经很久很久了。我的肌肤已经习惯了这里的空间，感到很舒适。

和其他地方相比，这里花的颜色不同，太阳的成分也不一样。在这里，思考方式一定也是不同的，诸如强度、亮度。这些都让人有一种很美妙的感觉，令人怀恋。

我提出想去超市购物，花娘愿意陪我一起去。于是，最后决定由花娘开汽车，带我到苏苏卑最大的超市。

阳光炽烈，照得泥土路发出白花花的光。汽车扬起尘土，沿着海边干燥龟裂的道路北上。

超市面对着一家大旅馆，外观非常陈旧，与它过分宽广的占地面积相比显得很不合理。

我推着手推车在店内迷惘地转来转去。五颜六色的商品都显得极其庞大，让我有一种似乎"对身体不好"的担忧。为了在旅馆的厨房里自己开伙，我适当挑选了一些蔬菜和水果就走了。

在结账时遇到花娘。

"这样的饮食，对身体没有害处吗？"我问。

"我们只吃'古清牌三明治'。"她笑着，又说，"我们在家里大多吃日本料理，味噌汤和鱼，还有用酱油烧的肉。"

"哦，这么说起来，你们和好了。"我忽然想起昨天晚上他们夫妇俩吵架的事。

"那件事啊，那还不算是争吵呢，这是常有的事。"她满不在乎地说。

真是那样的感觉啊……我理解了。夫妇之间的交往是要用心的。

在回家的路上，我们去菲律宾咖啡屋喝茶（开店的老板是菲律宾大叔，所以我这样信口称呼它）。我一边喝茶一边吃着菲律宾点心。

不知道为什么一家商店却要分成两半，隔墙背后的另一半开着理发店，不断传来剪头发的沙沙声，完全搞不清楚这样的店算是极其清洁还是龌龊。阳光从敞开的窗户外涌进来，照得桌子也闪着耀眼的光。

淡淡的咖啡，甜甜的点心，罐装啤酒，强烈的阳光，到处飞扬的菲律宾语。

这是一座奇怪的城镇，有一种朦胧的感觉，抓不住显著的特点，人有时像图画一样淡薄，美丽的景色像游丝一样扭动着。

"奇怪的岛屿，奇怪的时间。"我说，"会住在这里，真是不可思议。"

"对我来说，无论哪里都比日本容易生活。"花娘说，"可以用不着考虑得太多。"

"是啊，用不着考虑。"我说道。

欣赏风景，吃饭，下海游泳，看看电视，光这些就心满意足了。这是高知那种生活的延伸，生活的节奏变得缓慢而迟钝。这一切就是我既感到害怕又充满憧憬的。

"我这样的人，是被迫从日本逃过来的。"花娘说。

"哟，这么说起来，我觉得在高知好像见过你。"我问。

"在梦中见过一次。在我们见面之前，我们在梦中见过。你和一名年轻男子住在公寓里，我梦见我去拜访那个公寓。"花娘很平常地说。

"大致是说对了。"我说。

"我经常会这样，梦见快要交上朋友的人。古清也是这样的。我做了一个梦，梦见我们下午在机场见面，于是我跑到机场去接他。那时我和他素不相识，也没有见过面。我到了机场，他一眼就认出我是他梦中见过的人。他是和朋友一起来的，却把朋友扔在一边和我约会，以后就索性一个人跑到我这里来了。"

"这么直截了当吗？真了不起！"我非常感动。

"这种事情没什么好感动的。"花娘说，"从在娘胎里的时候起，我就一直在想，我要从这里出去，离开母亲的身子。这是一种很强烈的愿望。直到现在，这个愿望才好像以奇怪的形式实现了，但与当时那种强烈的欲望相比，实在算不得什么呀。我这样的人一直在厌恶自己，因为过分担忧，所以身上才生出了荨麻疹和小脓疱，情绪不稳定甚至到了住医院的地步，真是惨透了。不过呀，青春期过后，我才开始觉得有人需要我，尽管他们要的是我的肉体，但我很高兴，和我睡过觉的人有几百个之多吧，和花娘的名字很相称啊。有人问我叫什么名字，我就直言不讳地说我叫花娘，这就方便多了。"

花娘哈哈笑了，我也笑了。

"说起来也正是那样啊。"

"你猜怎么着？我是把按摩棒当作母亲长大的。"

"按摩棒？就是那个？"

"是啊，就是那个，不过不是电动的。就是性具啊。不过，说起父亲……就是扔下我逃走的那个人，把母亲的东西全都扔了，扔得无影无踪。我不知道那东西怎样使用，我不可能知道啊，因为我太小了。但我知道母亲把它藏在哪个架子上。我瞒着母亲偷偷地拿出来，和它一起睡觉，把它喊作母亲。这是母亲留下的唯一遗物。我被收容以后，按摩棒被老师很生气地没收了，真是伤心极了……不过啊，后来我不是发现了同样的东西吗？就在男人的身上，我非常喜欢它啊。它是我的母亲，是父亲，是朋友……是我所有的一切。总算又见面了！我感到欣慰，同时我也知道那是什么东西了……后来我就变得和花痴一样，我的出生背景是我无法改变的。真是历经沧桑。相比之下，在梦中与陌生人相见，根本不算什么事。真的。"

她嫣然地笑着，我却有一种悲壮的感觉。

"现在我生活得很幸福，所以你不用做出那样一副表情。"花娘莞尔笑道，"我是为了追求幸福而出生的，就要继续活下去。"

"是啊。"

"所以，古清尽管看上去有时显得很不幸，但我还是羡慕他。他还有着有关家人和母亲的回忆，有着被喂养的回忆。有人保护着他，希望他无忧无虑。"

她使用了"喂养"这个词。

"但是，万一他有什么不幸，在这里构筑的幸福遭到破坏的话，我才会开始变得不幸。人一旦有了会失去的东西，才会感觉到害怕。不过，那就是幸福啊。你问我是否了解自己所拥有的东西的价值？我不像他，我没有经历过失去本该有的东西时的那种寂寞和沮丧，因为我原本就生活在一无所有的环境里。从辛酸的程度来说，他要比我厉害得多。如果没有了他，我真不知道该怎么办才好。我不太了解他那样的悲伤，因为我从来没有过那样的体验。"

花娘笑了。

我想起我那可算是不久前刚刚死去的妹妹和父亲，还有我摔伤头部记忆受损，弟弟神经有些不正常，这些事情与眼前这个人相比简直不足挂齿，尽管不能相提并论，而我却较真到那样的地步，我为自己感到害臊。

"太好了。"我说道。

花娘是歌手，我这话的含义一定能传达给她吧。她再一次风情万种地莞尔一笑。

"我们回到海滩上去游泳吧。"

大海一望无际地延伸着，透明而平稳，但到处都是海参。迈着大步向前走，会不时地踩到软绵绵的海参。然而，海滩太浅，脚怎么也不敢踩下去。

开始时还连连惊叫，不久就习惯了，还弯腰把海参捡在手里。

一潜入海里，就觉得太阳照着海面闪闪发光，耀眼的光斑白晃晃地摇动着，朝着沙漠一般的海底扩散。而且，那里还静静地躺着成千上万个黑色海参，有的相互偎靠在一起，也有的身子扭曲成一团，简直就像在那里生息着的神秘的植物。

一幅奇妙的情景。

这是一个无声的世界。静谧一直渗透到我的胸膛深处，渗透到我的脑海里。

花娘在海滩上等着。我从海里出来，向花娘那里走去。

"这些海参真了不得。"

花娘穿着蓝色泳衣，喝着罐装啤酒。

她淡淡地说："那是睡眠在大海彼方的幽魂，是在战争中死去的人呀。"

"你别说了！"我坐在她的身边喊道。

"我说的是实话。它们静静地睡着。大家担心游客们会讨厌它们，所以一早就把它们送到远海里去，但是它们怕寂寞，不知不觉又回到了浅滩上。"

"你不要说了。"

"我说的是真的呀。你不觉得它们的数量和死去的人数量差不多吗？"

"也许吧。"我点点头。这里曾经死过几万人。

这是一个不可思议的事实，与战争的悲惨之类的无关。

比如，躺在墓地里的同样是死了的人，死于各种不同的场所，不同的死法。但是，这里的死者则不同，他们是在一定的时期内，以一种特定的难受的方式死去。这令我感到非常离奇。在这片绿色之中，平静的海边，蔚蓝色的天空下，无声无息。大自然的喃喃声太多反而变得无声。我就是那样的感觉。

"原来是海参啊。"我说道。

"你不想再游了？"花娘笑着。

"不，我还要继续游。"我说。

"是啊，应该这样。"花娘不住地点头。

喝着啤酒，躺在帆布床上。

身上涂着防晒油，真希望把自己晒得漆黑。

花娘就像是个本地人，路过海边的人不断地向她打招呼。有各种各样的人，街坊邻居，卡拉OK的朋友，店里的顾客。花娘颇有人缘。她坐在海滩上，总是微笑着向他们抬抬手。

也有专门搭讪异性的人，不是因为我把后背对着别人在睡觉的缘故，而是被花娘吸引而向花娘搭讪。尽管我不会说英语，但调情的话还是能听懂的。

"喂，你在干什么？"

"去不去喝酒？"

"一起吃晚饭怎样？"

"就你们两个人，不去兜兜风吗？"

我一边听一边想，看这样子，难怪丈夫会不放心。不过，花娘的推辞方法非常老练，有一种得心应手的感觉，让人释然。

"你叫什么名字？"

"花娘。"

"什么意思？"

"'爱'。意思是'爱'。"花娘答道。

是吗？是那个意思吗……我一边想，一边感受着太阳灼烧后背的感觉。那样的对话渐渐远去，我不知不觉地昏昏欲睡。

在海浪声和店里传来的音乐之间，一个梦极其强烈而短促地挤进我的脑海里。

夏天。

蝉叫声。我在家里，还是一个孩子。我趴在草席上睡觉，父亲赤着脚走过我的眼前。是黑色的脚，剪短了的趾甲。妹妹在一边看着电视，帘子，窗外的绿色，妹妹的背影，梳成两根辫子的头发。传来父亲的声音："孩子他妈，朔美在睡觉啊，你帮她盖点什么。"母亲回答："现在我正在炸东西，听不见你说什么！"厨房里传来油炸东西的声音，还飘来香味。我看见母亲手上拿着一双长筷子的背影，父亲没有办法，为我拿来了被子。妹妹回过头来，说："姐姐醒着呢。"笑声。令人怀念的虎牙。

我知道"喂养"这个词就是那样的意思。我有切身的体会，即使一切都已经消失，我也不会就此遗忘这份体验。所有的人都是那样。一般的人只要父母健在，就会将其铭记在心。虽然在为人父母之前很少会回忆起这份体验，但记忆还留存在脑海里，直到死亡。即使父母已经去世，房屋也没有了踪影，即使自己已经有了孙辈，那样的记忆也永远不会消失。

"你再不翻身就要烤糊了。"

花娘推推我，我猛然醒来，在沙滩上睡着了，还流出了眼泪。

"嗯。"我翻了个身仰天躺着。

"虽说快到黄昏了，但阳光还是很灼烈的。"花娘微微地笑着。

她的笑脸有些沉痛。

她原来是看我独自一人在房间里无聊地睡大觉，所以才特地跑来陪了我一天。

我这才领悟到她的好意，因为她装得太若无其事，所以我没有明白过来。她能够让人毫无察觉地推进事物的进展。

这里，就是这样的地方，这样的人。

"哟，男人们都回来了呀。"花娘朝商店的方向挥手。

我回头一看，古清的汽车已经开进了三明治快餐店的车库。感觉已经变黑了的龙一郎和古清抱着行李从车上下来。

太阳已经西斜，所有的一切都呈现出淡淡的橘黄色。大海已经静悄悄地准备入夜，商店的灯开始闪烁。

两人边笑边朝这边走来。

花娘站起身来。

我为她能有这么好的归宿而高兴。

于是，我也站起身来。

我们一边吃晚饭，一边谈论着今天遇到的事情。

日子就是这么过的。

13. 0091

没有风，天气非常闷热，我们赤身裸体地睡着。半夜里，电话响了。

在这镇上会给我们打电话的只有古清他们这一对夫妇。也许是那样想的吧，睡在电话旁的龙一郎顺手拿起听筒，"喂喂"地喊道。

从龙一郎那一句"好的，我让她来接"和映现在黑暗里的表情，我的直觉感到那是荣子打来的。

"喂喂。"我喊道。

"糟透了。"荣子在电话线遥远的另一头说。

我始终牵肠挂肚地担心着她的安危，所以一听到她那生龙活虎的声音，才真正地放下心。

"什么糟透了啊，吓了我一跳。"我说道，"我想打电话的，但又怕你母亲会追根究底地向我打听你的事，所以我没敢打，正担心着呢。到底是怎么回事？出了什么事？"

荣子咪咪地笑着。细细的声音越过大海传过来。

"大概的事情女佣都告诉你了吧？我被刀捅了呀。现在是在医院的走廊里给你打电话呀。我已经厌烦透了。这下可了不得了。"

"是了不得，他没事吗？当时他在不在场？"

"我不是和他一起租了一间房子吗？他去公司上班以后，我一个人在家里吃饭，他的夫人突然拿着刀来了。我听到门铃声，还毫不在意地打开门，说着'你早'，不料她迎面就是一刀。我吓坏了。我是穿着浴衣被抬上急救车的。像是电影里的场面一样，很妖艳吧。他夫人一看见血也害怕了，我说快叫急救车，她就把急救车叫来了。既然肯救我一命，又为什么捅我一刀呢。真是奇怪呀。"荣子窃窃地笑着。

我说："幸好还活着。吓死我了。"

"她捅得不深，而且我还穿着浴衣，幸好浴衣的布料很厚。真是厄运当头吧。"

"你好像很镇静啊。"我说。

"不过啊，朔美，当时我真的害怕极了。"荣子的嗓音突然恢复了读高中时的那种率直，"穿孔耳环、戒指，不都是金属吗？"

因为她问得太唐突，所以开始时我还以为她母亲在她身边，因此她无法再把对话继续下去，故意这么说着蒙混过去。

然而，我错了。

"平时我喜欢佩戴饰物，总是寸步不离地戴在身上，睡觉时也从来不把耳环和戒指摘下来，所以总是有着一种与皮肤连在一起的感觉，但菜刀捅进我的浴衣里面的时候，我内心里真的第一次感觉到，我的身体和金属截然不同。我最先感觉到的就是这一点，是一种很强烈的异物感。"

她的话音里隐含着扣人心弦的力量，我什么话也讲不出来。

"是啊，是那样的感觉。"我只能在她说话的间隙随声附和着。

"你自己也做过头部手术呢。"荣子笑了。

"可是我是打过麻醉的。你有没有受到惊吓？受打击了吧。"

"头一天我的脑子还有些混乱，很激动。第二天起就没有了。我自己也弄不清是怎么回事。现在我头脑里乱哄哄的，尽想着到外面去，想赶快出院去新宿，去吃中村屋的咖喱饭或和田门的牛排，还想在家里用贝佳斯浴液好好洗个澡。我预订的 D&G 不知道有没有送来。总之，头脑里满是贪婪的欲望。我觉得普通人的生活真是太棒了，充满极其美好的幸福。不过，就算真的出院以后，我也许再也不敢去那幢公寓了……他好像已经帮我把房子退掉了。不管谁来，我想我都不敢去开门了。不过这些全都是我自己想的。我要出了院以后才知道下一步怎么办。"

"出事以后，你和他见过面吗？和他谈过吗？"

"没有，只是和他通过电话。"

"你父母呢？他们没有生气？"

"这不用说了。他们只有眼泪和愤怒。父亲连看也不来看我。一想到出院以后怎么办，我心里就感到害怕。所以白天母亲在的时候，我尽量装作很沮丧的样子，哈哈。警察要来，我的那个他却不能来，朔美又不在，真是无聊透了，运气太坏了。"

她说自己捡了一条命，我觉得可笑，也跟着笑了。

"他夫人呢？"

"好像住院了吧。"荣子说，"不过，马上就会出院的……我也不知道。我们会怎么样，我觉得现在已经与我无关。还是明晚重播的连续剧《东京爱情故事》更令我揪心。"

"你还是休息一下吧，这么折腾，出院以后还有很多事情需要考虑。"

"好像是你布置给我的暑假作业啊。"荣子说，"不过，我被刀捅了以后，一直到急救车赶来之前的这段时间里，我一想到会不会死，头脑里就全都是他和朔美你。哈哈。是因为我朋友少的缘故吧。"

我心想，在飞机上我感觉有人在喊我，以及她第一个会想到我，也许都与我已经死了一半有关。但是我没有说，只是笑着说："这是我的荣幸。"

"等朔美回国，我肯定已经出院了，而且正是郁闷的时候，你要打电话给我啊。"荣子说着挂断了电话。

"她好像平安无事啊。这下可好了。"龙一郎说。

他没有再多的话，想说什么就说什么，他肩膀上的线条和吸收着他体温的被子的皱褶，以及呼吸时胸膛的起伏……

这一切都在肯定这一点：他是多么健全啊。

人人都是在无意中证实自己还活着。

我感受着这房间里的空气，思绪沿着在窗下伸展的那片黑夜的大海和海浪的气息驰骋着。在月光下，海岸边的贝壳和海参任凭海水静静地冲洗着，显得那么的冰凉和黝黑。

我竖起耳朵感受着窗外黑夜里那清晰的私语，星星眨着眼睛，树木在清新的氧气中摇曳着。

和另一个人肌肤相亲，与同一种素材构成的、除了自己以外的宇宙相依相伴。

打呼噜，磨牙，说梦话，指甲和头发长起来，眼泪和鼻涕淌下来，小脓疱长出来，医治，饮水排泄，一直这样反复下去，时光流淌着，既没有停滞也不会结束。这里确确实实存在着这样的潮流。

心脏的跳动。

心脏在黑暗中正确而有规律地跳动着。

我用自己的耳朵清晰地听着心脏的跳动。

"但是，古清为什么能越过大海知道陌生人的危险？"我问。

"如果想要知道的话，总会有办法知道的。那种办法我不太清楚。"龙一郎回答得像非常蹩脚的诗朗诵。

"你是指什么？"

"我是说，不管有名还是无名，总之有非凡能力的人格外地多，完全超出了我们的想象。这好像是理所当然的。在印度，在中国的西藏，有很多能力非凡的人，什么事情都能未卜先知。不过，不一定都是以这样的形式，如胆大的冒险家、实业家、受到人们拥戴的人、让人无法想象的人，这样的人到处都是啊。人真是很伟大啊。最了不起的就是将那种非凡的能力与自己的日常生活结合在一起。每天每天，大家各自在某一个地方吃饭，在某一个地方睡觉，真是不可思议啊。"

"是啊，因为是人吧。"

"很神秘。"

"龙一郎，你现在还在写小说吗？"

"你这样问我太不礼貌了吧，我已经积起不少稿子了。"

"那么你为什么不再多出几本书，不是有人在等着要读你的书吗？"

"所以呀。"

"你喜欢哪个作家？"

"我每次出去旅游，总是感到很迷惘，不知带哪本书去合适，但最后总是带着一本卡波特①的《给变色龙听的音乐》，我想大概是喜欢吧。因为不是文库本，所以很重，但我一直带着，把它放在枕边，反反复复读了好几遍。"

"我也想看一看啊。"

"我现在还带着呢。"

---

① Truman Garcia Capote（1924—1984），美国小说家。

"借给我吧。"

"好吧。"他从枕头边取出陈旧的精装本交给我。

虽然上面污迹斑斑，已经泛黄，但我明白这本书还活着。

"作者很幸运吧。"

"我也想写这样的书。"他说，"他生前肯定没有想到过，在这样的地方，这本书能够成为一个陌生的日本人旅途中的精神支柱。"

"是啊。"

"你喜欢我的小说？"

"很喜欢，尽管有些晦涩。"

"真的？还有呢？"

"就这些。"我笑笑。这样的笑脸也许能传递给他比语言更多的信息。他也笑了。

半夜里平平常常的对话，它的美妙就在于两人交谈时相互紧紧依偎着的温馨的感觉。与另一个人在同一个房间里，却比我独自一人更自由，更有依靠。除了语言之外，一切都丰满得散发着芳香。好像身在沉默和宽恕的圆屋顶下，四周弥漫着清新的空气。

龙一郎传出鼾声的时候，我的头脑还有些清醒。就好像给小狗戴上手表就能够使之安然入睡一样，他打呼噜的节奏变成了催眠曲笼罩着我。

人很快就会习惯当下的生活。

的确，吃饭、睡觉的地方就是自己生活的场所，那是最基本的生活场所。包括所见所闻的一切信息全都是英语，黑夜的海边异常荒凉，在商场里出售的服装都非常粗糙。

再也没有比这座岛更容易生活的地方了，但因为战争留下的后遗症，岛上依然有着一种让人感到喘不过气来的东西。

每天早晨一阵非常短促的头痛，痛得让人忍不住弯下腰来，还有半夜里常常沉重地萦绕在我头脑里的噩梦，或者在没有人迹的空空荡荡的海边闭着眼睛，每到这样的时候，我就能够感受到几万人的气息和喃语。

对那样的事，我也有些习惯了。

大批人的死亡是一种遭到扭曲的能量。这种能量在这岛上像海参一样贪婪地午睡着，但由于我这个日本人而被搅醒了。我感到很烦闷，却无能为力。

"如果不是像花娘那样以超度亡灵为职业的话，"古清说，"一定要把自己牵涉进去是很残酷的，所以还是不要听的好。"

我点了点头。

于是，他笑着说："龙一郎很善良，所以开始时还真受不了。他想去聆听，结果把身体弄坏了。他现在好像明白了。是否相信幽灵，或者对幽灵感兴趣，这都是个人的自由，听说这世上有一个地方聚集着只有专业人员才能够操控的特殊能量，唯独这一点是真实的，你没有感觉到吗？"

我回答说："来到这里以后，我开始这样想了。"

花娘唱歌，古清将他弟弟的灵魂招到这里来祭拜，就像旅游旺季过后在避暑胜地捡空易拉罐那样，会永远让人感觉不到成就感。虽然这话对死去的人似乎有些不敬。

他们总是让人有一种退隐人生的颓废感觉。这对夫妇远离故国，凝望大海，还非常年轻，精神却已经衰老。

人生真是不可思议。

我躺在三明治快餐店的沙滩上，读着跟龙一郎借来的书。这成了我每天的功课。

下午，感到头脑有些昏沉，但我还是在遮阳伞下读书。我眺望着大海。太阳从这边移到那边，随着阳光明暗的变化，大海的颜色也在发生变化。

店里总是门庭若市，最早遇见的那位颇具塞班岛特色的皮肤黝黑的日本打工仔请我们喝温啤酒，还嘟哝着说没有时间去潜海。活泼轻快的音乐和人来人往的喧闹给无论怎样明亮却总显得有些昏暗的海滨送来了活力。

当地的节奏很好融入，我感觉即使永远在这里住下去也无妨。

我既不会写小说，也不会祭拜灵魂，仅仅只是活着。大自然为我分担了那种感受的沉重，简直就像在对我说："你只要住在这里，就是在参与啊。"

不久，不知是出去采访还是潜水的龙一郎就要回来了。

差不多他潜水三次我会陪他一次，我潜水不穿潜水衣。如果滞留在这里的时间再延长一些，我也许能获得许可证。因此，在我不陪他的时候，他好像是和当地的朋友或古清一起到很远的地方去潜水。

傍晚，太阳渐渐西斜。

我正感到书越来越看不清的时候，龙一郎沿着海滩向我走来。他晒得黑黑的，一边换衣服一边冲着我笑。

恋人的身影融入大海和夕阳的金黄色里。

我站起身来，拂去身上的沙子。

我说："去吃点什么吧。"

如此简单的事情，在我的祖国现在是难以做到的。

我忽然想起，弟弟现在也许会用身体在感受着这些事情。我想起弟弟在高知生气勃勃地钓鱼，想起早起早睡的他那孩子一般孱弱的四肢。

"听说今天晚上花娘要亲自下厨请我们。"龙一郎说。

古清夫妇住在三明治快餐店二楼一个十分宽敞的房间里。

室内装潢以橘黄色为基调，有一种南方特有的明快感，虽然完美却有点不拘小节，还有一台巨大的电视机。

房间相当舒适，但这天晚上刚刚吃完晚饭，我突然感到一阵剧烈的头痛，还发了烧。我倒在了沙发上。

"不会是吃东西引起的，这么好吃的菜。"我强忍着这么说了一句，用双手抱着头。

龙一郎担心得脸色苍白，古清焦急地做冰枕，花娘把我抱在她那柔软的胸脯前为我唱歌，但不见好转。

"偶尔会有这么疼痛的时候。"花娘说着递给我药，"你把这药服下去，稍稍躺一会儿。"

"不用了，我回去睡觉，就在隔壁不远，哎，痛……"我挣扎着说。但两人说明天休假没关系，硬把我推上卧室的双人床，逼着我躺下。进口的强力阿司匹林很有效，把我打垮了。

我在朦朦胧胧中看了一眼时间，记得是夜里八点。

我突然醒了。

就像打开电灯一样，"啪"的一下就醒了。

一看时间，是十一点钟。我睡了有三个小时吗……我这么想着，转动了一下脖子，看来尽管时间短，幸好还是睡了一会儿，头痛和发烧几乎都已经消失了。

当地的风俗真是不可思议。

房门半开着，从外面传来笑声和电视机的声音。窗外看得见黢黑的大海和关着店门的商店里白色的椅子。

在异乡他国，大家在对面的房间里有说有笑的情景令我感到安心，而不是孤独。我就像患了感冒的孩子，迷迷糊糊然而幸福地听着大家谈笑风生。

我很喜欢花娘那种自然流露的亲切。

她的亲切是无私无偿的。是因为不断受到人们亲切的对待和帮助，还是因为受到人们太多的冷遇才学会的？只能是两者兼有。

我下了床，摇摇晃晃地走到起居室。

"呀，你起来了？"花娘颇感惊讶。

"要不要喝咖啡？"古清站起身来。

"你已经好了？"龙一郎说。

大家都七嘴八舌地关心我，非常友好，脸上洋溢着笑容。

我产生一种错觉：难道这里是天国？

"能得到你们这样的关怀，闹闹鬼也不错呢。"我说着笑话。

是啊，只要认为这是水土不服就可以了。

我吃着花娘制作的糕点，服药后模模糊糊的感觉消失的时候，忽然发现刚才听到的 MTV 的音乐全都是硬摇滚。

"这是特别的 MTV？"我问。

"是啊，在日本还没有流行，硬摇滚的音乐节奏很强。"古清的回答充满着热情。

"古清你喜欢硬摇滚？"我问。

"喜欢，喜欢得要死。"他喜形于色地答道，这是他出人意料的另一面。

"我不太喜欢，但和他一起生活以后也渐渐地懂了。"花娘说，"这是他活力的源泉。"

"哦，你也知道他喜欢这个？从他的服装和为人来看真是难以想象。"我问龙一郎。

"我早就知道了。因为一起出去短途旅行时他在汽车里听的就是这个。睡觉时还要偷偷地试着穿金属乐队的 T 恤，我马上就发现他是一个隐藏的硬摇滚乐迷。"

"人真是不可貌相啊。"我说。

他几乎失去了家人，在塞班岛搞事业，在灵魂缠绕的商店里忙于经营，硬摇滚是激励他的心灵支柱。

这绝不是夸大其词，我从来没有看见古清这么快乐过。我随口提了一个问题，他就探出身子，像夸耀自己孩子似的开始热情地解释起了这些音乐。电视机里，披着长长金发的歌手和着激情的声乐、刺耳的吉他重复乐节，疯狂地叫嚷着。花娘机灵地调高了音量，仿佛让人觉得这个房间里是硬摇滚乐迷的聚会。古清边看电视边喝酒，一副很陶醉的样子讲解着，说这个歌手以前在这个乐队里待过，发生过那件事，这个曲子是歌唱那件事的……

我在播放着雷鬼和六十年代摇滚的酒吧里打过工，所以对这样的风格很陌生。奇怪的是，我并不讨厌这些我觉得格外不顺耳的音乐和他的讲解，也许是因为他发自内心地喜欢这种音乐的缘故。

"这音乐流行的时候，我们刚刚认识，两人还特地一起去日本观看演唱会呢。"花娘也开始说道。

"你没有把那盘新曲录像带带回来，我们还大吵了一架呢。"

"啊，对了，就是三首曲子的那一盘吧。"

里面还铭刻着夫妇两人的历史。

与一对男女相对而拥的热恋姿态相比，我更喜欢看见两人相互依偎着朝同一个方向凝视。无论是面对孩子，还是观赏电影，或是眺望景色，我更喜欢看到两人一起欢笑，朴实体贴，相互成为对方的心理支柱。

大白鲨乐队、KIX乐队、大屠杀乐队、瘦利兹乐队、特斯拉乐队、铁娘子乐队、RIOT乐队、AC/DC、克鲁小丑乐队……这些词，对我来说像是咒语，但对他们两个失去家庭的人来说，却是支持小两口过日子的精神食粮，能在不经意中得到很大的救助，就像卡波特会在龙一郎的不眠之夜来陪伴他一样，那样的琐碎，却至关重要。这是意想不到的礼物。

"反正很好。有东西能值得你投入。"我说。

"我只是喜欢。"古清害臊地笑了。

这时，我茫然地想：是这种坦率把他引导到这里的吧。

花娘就坐在对面笑着，她的表情陡然变得僵硬，同时龙一郎也"呀"的一声惊叫，两人都不约而同地朝起居室的门望去。门外是通往楼下大门口的楼梯，我和古清也紧接着朝那边望去。

是弟弟，我的弟弟由男站在门口。

他穿着蓝色的睡衣，一副茫然的表情，身上笼罩着远离尘世的清纯。那张脸使我想起躺在棺材里的真由。

他茫然地打量着我们，慢慢朝这边走来。

"由男？"我喊道。可是，他好像没有听见，径自从我们之间穿过去，快步朝露台方向走去，在窗玻璃上映出的露台外的椰子、大楼、星空中瞬然消失。

对了，真人不可能来这里的。

"是生灵吧，那么清晰。"花娘说，"但是，他是谁？"

"是你弟弟？"古清问我。

"嗯。"我点点头。

"打个电话吧。"龙一郎劝我说。他的脸色变得苍白。

我说"我去打"，便慌忙往家里打电话。

"喂喂，嘿，你那里怎么样？"传来母亲悠闲自在的声音。

"很好啊。呃，由男在干什么？"我问。

"他在家，很好啊。要让他来接电话吗？"

"你让他来接吧。"

"你等一下啊。"

听筒里传来的音乐煽起我焦虑的情绪。

片刻后，传来"咔嚓"一下的声音，还是母亲拿起电话。

"对不起啊，他还睡着呢。"

"真的睡着？他没有死？"

"还打着呼噜，睡得像死了一样。"母亲笑了。

我稍稍松了一口气。

"我会再打电话的。你告诉他我打过电话了。家里怎么样？"

"还是老样子。干子感冒躺了一个星期，她男朋友来探望她，我们大家都见到了。"

电话里传来我在日本那个家的生活气息，那是一种母亲一旦去世就会霍然消失然而却十分强烈的气息。只有那个家里才有那样的气息，平时因为过于平淡，所以谁也没有感觉到。

"是个很时髦的小伙子。"

"我好想看一看啊。"

"他们好像刚刚开始交往。"

我们不着边际地聊了几句，便挂了电话。

"好像什么事也没有发生。"见大家都望着我，于是我对大家说，"说他还睡着。也许他是在做梦，梦见这里了吧。我弟弟有些古怪。"

在这些"专家"的面前，我作了一个奇怪的解释。

"是有特异能力吧。"古清说，"你刚才灵魂缠身，准是在梦中求助。所以他是来探望你的。"

"真是个好孩子！这么远的路。"我像说别人的事似的大声嚷着，好像在亢奋中阅读一部虚构的鬼怪小说。

"现在他准是累极了在睡觉。一定是的。给你留下如此清晰的图像，真是太累了。"

"这样的情景我还是第一次看到。"龙一郎趣味十足地说。

我在既没有服用药品也没有喝酒的情况下确确实实地看见了我的弟弟，这里的每一个人都亲眼看见了，这意味着某种空间连结在一起。将那种空间连结起来的，既不是执着，也不是咒语，仅仅只是"弟弟爱我"这样的心意救了我。那种心意通过弟弟那鲜明的表情和他的身影传递过来。

"他这样的年龄就有那样的功力，太累了。他有多大了？"

"今年有十一岁了吧。"

"小时候就有这么强的能力，和长大后体内滋生出那样的能力是不同的。因为产生了这种能力，就必定会减去某些方面的东西以取得平衡。虽说失去的不一定是成长中必不可少的东西，不过他现在还不会自我调节吧。"

"你弟弟是个很可爱的孩子，一定会长得很英俊的。"花娘笑着。

大家都习以为常，好像是看到弟弟的照片一样平静，这使我感到很欣慰。我心想，如果是普通的人出现了那样的事，大家准会大惊小怪乱成一团。如果弟弟也待在这种什么都司空见惯的地方，他也用不着感到惶恐不安了……

龙一郎也许看出了我的心思，说道："把他带来就好了，应该硬把他拉来的。"

"哪怕来几天也好，我去接他吧。"我点点头。

这件事非常困难，但并非不可能做到。

他们两人都怂恿着我说好想见他啊，去把他接来吧。半夜里，电话铃响了。

我们回到旅馆的房间里，龙一郎已经睡下，我因为在古清家里小寐过一会儿睡不着，便起来看书。

我立即拿起听筒。

"喂喂。"弟弟说。

"是由男？你还没有睡觉？"我吃惊地问，"你的身体怎么样？每天都过得好吗？"

"还算过得去。阿朔姐不在，我就感到很没意思。"弟弟压低声音。

"大家都睡了吧？"

"幸好你教会我怎么打电话。刚才我梦见你了。阿朔姐被军人缠住了，于是我赶去救姐姐，在一个音乐声很吵的地方，看见一个女人和阿龙哥，还有一个长得白花花的男人，还有阿朔姐。我猜得对吗？"

"我看见你了呀！还穿着睡衣。"我说。

"还省了机票钱吧。"弟弟笑了，"不过，房子里的摆饰，我没有看清。"

也许只是意识中感觉到房间里的模样吧，我想。

"你到塞班岛来吧。"我说。

我希望他来这里。

"不行啊，我不能去。"

"我们商量商量，你来玩吧。"

弟弟沉默了。他很平静，却无精打采的。我在电话里明显地感觉到在高知时已经恢复的某种东西正在枯萎，绝不是因为刚才在梦里发挥过多的能量而劳累的关系。

"你考虑一下。你不是想来吗？坦白地告诉我。"

"母亲会……"

"母亲那里没有问题。"

"……嗯，我考虑一下。"

"你还是坐飞机来一趟吧，亲身感受坐飞机的感觉，用自己的鼻子闻闻大海的气息。你一定要来哦。"我劝说着。

"我想去。"他说。

我差点以为他是说他想活下去。他的话音里充满着恳切和真挚。

"我来跟母亲说说看吧。"我说，"你借口说脑袋不太对劲，在床上躺几天，这样我就容易帮你说话了。"

"我明白了。"弟弟说。

我强烈地感受到弟弟发自内心的激动情绪。

挂断电话以后，我心里有些后悔，我并不急着谈恋爱，一开始就把弟弟带来就好了。的确，不能说开始时我没有希望撇下弟弟和龙一郎单独在一起的想法。

刚才，有一件事只有我一个人知道，其他在场的人都不可能知道。

弟弟在幼年时有一个习惯，每次遇到不悦或求助于人的时候，就故意在家人的面前穿过，走到阳台上去。

14. something's got to give①

近来，我一直在考虑有关"循环"的问题。

我坐着龙一郎驾驶的汽车去接弟弟，路上车窗全部开着，温热的风迎面扑来，覆盖着岛屿的茂盛的绿色耸向天空，天空蓝得令人发怵。我用自己的眼睛和耳朵感受着那些情景，有件事却始终萦绕在脑海里。

就像那时花娘来迎接我们的时候一样，我站在机场前宽敞的路上，风儿抚摸着我的裙子，我抬头仰望着令人目眩的天空，于是最近总是跟随着我的那种感觉成为一个美丽的信念，像风琴的旋律一样开始鸣响。

我相信循环往复。笃信宗教的人将它称为"轮回"，其实它非常简单而理所当然，根本用不着用那样的名字来称呼。

比如，弟弟和我在高知度假时体验到无上的快乐，在那里播下了这次来塞班岛的种子。现在种子结出了果实，弟弟就要来到这里。稍稍改变形式，扩大尺度，追求同样的快乐，坐飞机飞向这里。

大致说来，所有的一切都是如此。播下种子，种子萌芽，结出果实。有始有终，有开始就会招致结果的产生。无论多么细小的琐事，都会引发某种东西，然后产生某种结果。

只是在我的内心，却衍生出一种与轮回截然不同的东西，而且我终于能够理解它了。

我不知不觉地已经来到了无法返回的地方。

我已经不可能再回到头部被撞之前的现实里。现在的我早晚会和以前的我妥协、融合，恢复到和以前的人生能够贯通的状态里……我知道这样的想法是自欺欺人。来到塞班岛上，思念的情感令人感到痛苦，在海潮的气息和绿色芬芳浓郁得令人窒息的岛上生活一段时间，那样的信念便日趋加深，某种东西已经产生了决定性的偏差，不可能再恢复了。

满怀着对未知和未来的期待，越过轮回的框架而产生的细胞，像癌细胞一样在我的大脑里扩散着。

已经不可能回到过去了。

我既没有对此感到忧伤，也没有因为充满期待而怅惘，只是在这里像现在这样融入人生和景色中。跳舞。仅此而已，理所当然。就是这么一回事。

"飞机好像到了！"龙一郎对我说。

我把龙一郎留在汽车里，向入境处走去。

---

① 英文，爱是妥协。

弟弟那小得不相称的身体，随着巨大的行李一起出来了。他一副灿烂的笑脸，充满朝气，比住在这里的人长得更白。

我兴奋地向他挥手。

让弟弟到塞班岛来，是一件既简单又费力的事情。

母亲先是吃惊，接着犹豫，最后却意外爽快地同意了。

反而是纯子直到最后还是坚决反对，说不让他去上学却放他一个人坐飞机，这太糟糕了。无论我怎么解释，说有我看着他，我们一起回去，而且马上就回去，她也不放心。

打了好几次电话商量，都不见纯子有丝毫松动，我焦急得很。

只是最后，凡事都没有欲望、像绵羊一样老实的弟弟，这次却哭哭啼啼地说想去，表示出一种执拗，这才使事情有了转机。

"阿朔姐，你很黑呀，像外国人一样。"这是弟弟的第一句话。他一边往机场外走，一边不停地说太热，像深呼吸一样嗅着户外的空气。

龙一郎靠在车子上等着。

他笑着挥手。

"阿龙哥，好久不见。"弟弟简直像跳起来似的奔上前去，龙一郎接过弟弟的大行李放进车厢。一副非常融洽的情景。

"这岛上的空气很浓烈吧，好像有很多人一样。他们是什么，是幽灵？"汽车驶到我刚来时第一次感到呼吸沉重的地方，弟弟皱着眉头这么问道。

"你马上就会习惯的。"我说。

"你不是来工作的，那种事就交给专家，你只要像一个休假的孩子一样就可以了。"龙一郎说道。

"好的！"弟弟兴高采烈地答应着。

我一想到不久就要回国，映现在眼睛里的一切就都令我喘不过气来。

旅馆里的房间，露台上像墨鱼一般被晒干的简易潜水衣，从古清的商店传来的收音机里震天的声响，排列在海滩上的白色椅子，大海，椰子，被太阳灼烤着的人们，附近的狗，声音嘈杂的空调，常去的那家廉价的咖啡店，超市里的红色购物筐，一切的一切，都让人感到依依不舍。

在这里居住的时间并不长，却仿佛已经过了很久。

早晨起来去大海边，吃三明治，洗衣服，上街，直到傍晚天空布满晚霞的时候，被太阳晒得迷迷糊糊的头脑才会变得清醒。

置身在那样凉爽的海风里。

猛然间极目望去，大海染成了橘黄色，于是就如同向那样的美景表示敬意一样干杯喝啤酒，淋浴，在饭店里吃饭，沿着海滩回家，一路眺望着夜景，看电视，睡觉。

每天都过得非常充实，一切都宛如置身在遥远的梦境里，单纯得可笑，美好得可恨。

在临近回家的一天里，和龙一郎一起开车去兜风。

弟弟已经和古清、花娘混得很熟，今天跟着他们两人上街去买土特产，或许是想让我和龙一郎单独放松一下。

"你想去哪里？"

"去植物园吃午饭。"我说。

那是坐落在岛屿北部、占地面积极大的植物园，我曾经和花娘去过一次，在那里的小卖部可以喝到鲜榨的果汁。

"好吧。"龙一郎开动汽车。

道路非常开阔，被太阳照得白花花的。路上几乎看不见其他车辆，道路两边的绿色飞快地向后移去。从树林间可以看见闪闪发光的大海，炫目的光波一直伸到遥远的地方，好像在不断扩展。

车窗敞开着，头发和面颊被风刮着，喘不过气来……大海的气味，道路上尘土飞扬的气味，白色的建筑物，来来往往的行人和他们身上五颜六色的服饰，全都以惊人的速度向后移去。

开得这么飞快会出事的！我想对他这么说，但声音也许会被风刮跑，他会听不见，于是我没有说。

龙一郎全神贯注地驾驶着汽车，目光炯炯有神地注视着前方，所有的景色都飞速离去，充满新奇。

就在那个时候，我忽然产生一个强烈的想法。

在这个紧紧围绕着我的世界的中心，在这令人眼花缭乱的景色里。

我真真切切地有了痛苦的实感。

是啊，是的，我和龙一郎早晚都会从这个地球上消失。

化为骨头，化为泥土，融入空气里。

那些气体联结起来，团团地覆盖着地球。日本、中国、意大利，全世界所有的国家全都联结在一起。

我们早晚会乘风去巡视整个地球。此时此刻存在于这里的肉体会消失得无影无踪。

大家迟早都会走那一条路。

就像真由，就像父亲那样。

现在活着的人早晚都会追随他们而去。

那是一件让人心醉的事。

此刻，我确切无疑地生活在这里，靠身体感受着周围的一切，这是多么地美妙。

我突然被感动得热泪盈眶。

速度容不得伤感。伤感的情绪立即干涸了，在转眼之间烟消云散，化为一连串炫目的瞬间。

于是，我的眼泪也消散殆尽，就像从来没有过一样。我们钻过低矮的木槿行道树，坐在视野开阔的山坡草坪上，吃着有三明治和果汁的如诗如画的野餐。

草地非常辽阔，如果深入腹地去探险，也许真的会遇难。

浓郁的绿色无边无际地延伸着，天空蓝得透明。从我们所在的山坡上可以俯瞰整个岛屿。景色一览无余，甚至能感受到风在远处的街道和热带丛林里穿梭的情形。

"由男能来，这太好了，你看他那副快乐的样子。"龙一郎说。

"是啊，我觉得趁年轻时体验各种生活，一定会有好处的。比如独自一人乘坐飞机，生活在讲英语的国家里亲身体会购物的情景。总之，那样对用头脑来思考的孩子来说，一定会带来很大的自信。"我说。

"是啊，我这样的人是长大以后才开始有那种体验的，也许是感觉很悲惨吧，觉得自己在这个世界上微不足道，好像还不如一条虫。有这样的生活体验也不错。我不是指受到虐待，比如行李被人偷了，里面还放着护照，连旅馆也不能订，又比如租借房间，房东冷言相对，语言又不通，洗澡水放不出来，等等。遇上这样的事情，我不由会产生一种斗志，无论如何都想要闯过去，难道不是吗？于是，我会觉得自己的内心又萌生了一种新的、未知的感觉，于是又开始学习语言，因为觉得自己不是特别安全，所以也不敢再做蠢事，也就不会陷入尴尬的困境了。在他那样的年龄，至少可以增加这样的体验，这是好事。"

"是啊。"我回答。

朋友亲手制作的三明治非常好吃，甜甜的天然果汁。天空蓝得像要掉下来，以仿佛伸手可触的高纯度在无限遥远的地方覆住我们的头顶。云甜甜的，微微透明地移动着。

可以微微闻到大海的气息。

伸展在眼前的景色像豆粒一般渺小又延续到远方，毫不吝啬地展现出这座岛上所有一切的平衡，如绿色和街道，荒芜和人们的营生，森林和大海。天空那种惊人的颜色融入在那些景色之中，使这些景色变得更加明亮。

"天空真是美极了。"我抬头仰望天空，连脖子都酸了。

"真的，看着天空的碧蓝，脑袋会变得恍惚起来。"龙一郎答道。

于是，我们两人都沉默了。

那时，想必我们两人都在回想着真由。

不知为何，仰望着这样的天空，有关弟弟的话题，以及今天的气氛，都有意无意地会让我们联想起真由。

在我和龙一郎之间有着一个真由，我有一个妹妹，总觉得这样的天空与景色和真由很相似。以前我没有这样想到过她，真是不可思议。

如珍珠一般的皓齿，那双从小就长得很灵巧的小手。

弯腰吃西瓜时的背影，修过趾甲的伸直的脚。

盘在头顶上的棕色秀发。

这些所有的一切。她酷爱晴朗的日子，即使在狭小的房间里，也尽想着要晒太阳。

她那独特的笑脸含情脉脉而又甜蜜，笑声如水面的波纹一样扩散开来，如响亮的银铃声。

记忆中所有关于妹妹的碎片突然在我的脑海里苏醒过来，分外鲜明，令我惊讶万分。我只渴望能再见她，我变得坐立不安，因为那份渴望而感到痛苦不堪。

妹妹已经去世，不可能再见到她了。然而，在异国他乡的天空底下，自从妹妹去世以后，我第一次如此渴望见到自己的妹妹，这真是太奇怪了。这孩子先我而去。我觉得我的内心深处还有着被她厌弃、受到她背叛的委屈心理。我心有不甘。

不久前，男人们都去潜水的时候，我在花娘的房间里看过玛丽莲·梦露最后一部电影。那是她死前正在拍摄的未完成的喜剧片，可以说是展示她出洋相的演技合集。

片中的画面充满活力，梦露非常美丽、开朗、温柔，她大声地笑着，笑得如此灿烂，谁都没有想到没过多久她便葬玉埋香……

她穿着西式礼服，紧紧抱着从游泳池爬上来的浑身湿透的孩子们，或者看着演技拙劣的狗哈哈大笑，或者裸身在游泳池里游泳，绽放着自然的光彩，令人怎么也想象不到她会酗酒、吸毒，发高烧到了站也站不稳的地步。

然而，她却始终在散发着什么。透明、闪亮、眼看就要消失的神秘的光线。因为太漂亮，所以焦点都集中在她的身上，光彩夺目得怕人，然而那光却绝不妖艳。

看过录像带以后，某种情感牵动着我，我茫然地思考着。

直到夜里睡觉的时候，我才好不容易明白过来。那份牵动我的情感源自真由。真由也是那样的，消逝之前正如梦露一样好似融入了蓝天里，融化在空气里，融进了夕阳里，没有丝毫的生气和活力，然而却非常耀眼，心荡神驰怡然自得，举手投足都与这世界融合在一起，像一件贵重物品一样令人非常注目。

原来如此，我想。那样的相似如果不是服毒的缘故，就是死期临近的缘故，或者两者都有。

真由真的已经不在了？真的已经不在任何地方了吗？

天空是那么蓝，影子是那么深浓，如果仔细品味，一切都那么宏伟，那么慑人，然而真由却已经什么都感觉不到了。

"你们回来了？"弟弟像小狗一样从海滩上跑过来。

而且，他轻声地说："你们两个好好聊过了吧？"

"也没说什么，我们只是说说人生和旅途中的趣事。"我说。

"你们有没有度过一段像约会一样的时光？"弟弟接

着问。

"什么呀，你在说什么呢？你是吃醋了，还是在为我担心？"我笑了。

"我没有为你担心。"弟弟说。

我们在三明治快餐店外的桌边坐下。眼前是大海，弟弟一直在游泳，刚刚上岸，头发还在滴水。花娘端着盘子从里面朝这边走来，满满一盘西瓜。

这样的时候，她为什么脸上总是洋溢着那样的笑容呢？她的手上托着西瓜，使她的笑容显得格外甜美，就好像在观赏一部古老的南国电影，连心情都变得甜蜜起来。我喜欢这样的人和这样的才华，喜欢得不能自己。

"这西瓜是招待你们的。"花娘说，"我还在里面干活，你们慢慢享用吧。"

花娘放下西瓜，回店里去。

"阿龙哥呢？"弟弟问。

"去加汽油了，说马上就来。"我说，"你不要为我们操心啊，像个傻瓜一样。"

"不过，如果我不来的话，你们还不会想到回国吧。"超能力的弟弟非常了解我的痛楚。

"我自己的事情自己会考虑，你不用为我操心啊，弟弟。"我满脸笑容地说，"还是说说你自己打算怎么样吧。"

"我不想回去。"弟弟说，"我想一直待在这里，不行吗？在这里，你不用为我的生活发愁，我可以去店里帮忙呀。"

弟弟那恳切的愿望打动了我的心。

"不过，你知道这很勉强吧？你自己也感觉到是很难的，不是吗？"我说。

"我知道的。"弟弟点着头。

"我们以后还要去各种地方，见识更多的东西，和各种人打交道，躲也躲不掉吧。何况如果要到这里来，我们随时都可以来的。"我劝说着。

"嗯，我知道。我的意思是说，无论我思考得怎么多，看得怎么多，总还是一个孩子，有许多事情还是不要参与的好吧？就拿母亲来说，她早晚要结婚，我们大家不可能永远和母亲一起住下去吧。"弟弟像个老人似的说着，显得非常诚恳。

"由男，你会成为一个好孩子的。"我说，"你要坚持锻炼自己，就会成为一个很有人缘的男人。"

如果那样，我就能够像当初所希望的一样带着弟弟到处炫耀。

"唉，世上真是各种人都有。古清哥和花娘这样的人，我是第一次见到啊。"弟弟说。他的脸已经被太阳晒黑，依然很小的鼻子，孱弱的四肢，像大人一样深邃的眼睛。我可以感觉到，他的头脑里满是未来、可能性等说出来便显得非常无聊的念头，隐藏着像大海里的海参那样无数的、无穷尽地蠢动着的力量。

"我和由男回去，龙一郎，你怎么样？还留在这里住一段时间吗？"

那天晚上，在我和弟弟将要回国之际，花娘要在隔壁的海滩酒吧开一个演唱会为我们饯行。

现在提这个问题还不算突然，因为与上次的诀别相比没什么危机感，所以提问时我很平静。由男在洗澡，我在换衣服。

在塞班岛的最后一夜，身上穿的衣服应该是白色的吧。我漫不经心地想着，穿上了白色的连衣裙。我已经被太阳晒得黝黑，连自己看了都觉得害怕，反正我是想用白色来衬托自己。

"唉……"龙一郎沉重地叹了口气。

"什么呀？"我问。

"如果到了最后你还不问我这句话，我真不知道该怎么办呢。"他笑着。

"不可能不问吧。奇怪，"我笑了，"男人有时也会变得很细腻啊。"

"但是，你我不是亲人。在机场分手，然后各奔东西，不是不可能的。"龙一郎露出认真的表情。

我觉得他说得没错。我想象着分手时的情景，忧伤至极，寂寞至极，我觉得很不对劲。

"怎么样，没有见到你要订机票的样子，你不回家？"我问。

"我再过一个星期回去，而且我还要在日本住一段时间。"龙一郎说。

"住在哪里？"

"我要租房子，就住在你家附近。"

"真的？我太高兴了。"我说。

如果这样，回到家里也不会感到无聊，我很放心，很快乐。这是最最完美的，这样也很好，没有任何值得担忧的事。

"嗯，那要先出一本书再考虑的。"

"那么，还要等一两年啊。"我笑了。

"嗯，我们一起去国内旅游吧。"

也许是他这个人很怕寂寞，需要有一个人老陪着他，也许是太喜欢我了。我不太清楚他的心思。也许需要以后两人一起来理解。

"由男是第一次听花娘唱歌吧？"龙一郎问。

"是啊，他一定会很吃惊的。"我说道。

真的很快乐，塞班岛真是快乐极了。这是夜晚的开始，好像空气一直在歌唱似的。风儿悄悄地从窗户涌进来，带着黑暗的气息，树林里的树枝沙沙摇动着。

真的很快乐。

刚刚入夜，酒吧里人影稀疏。

大海的波浪声就像演奏会开始之前演奏厅里轻轻流淌着

的音乐一样，使人们充满着期盼。

在那里，弥漫着海潮的气息和已经渗透我肌肤和头发的强烈的芳香。

月亮以搅动人心的压力在半空中闪烁着光辉。

伴奏的是古清的吉他，他在舞台上开始调音。我是第一次看到他弹奏吉他，心里祈盼着但愿不要带硬摇滚的味儿。

花娘穿着塞班岛上特有的彩色礼服，完全不像日本人。她静悄悄地走上舞台。

"很了不起啊，阿朔姐，她的歌一定棒极了吧。我的心怦怦直跳。"弟弟坐在我边上说道。

"你看着吧。"龙一郎拍拍弟弟的肩膀。

花娘开始唱了起来。

15. 3·AM·永恒

回到国内已是冬天，街上寒冷彻骨。我头脑昏昏沉沉地想：东京这个地方是多么空闲啊，既然空闲，为什么既无山又无水却令人目不暇接呢？

还有，我原来的那份工作已经没有了。这令我措手不及。回来一看，老板已经歇业，好像是我去塞班岛旅游的事刺激了他，他游兴大起，去了牙买加。

我往酒吧里打电话，没有人接，第三天我终于决定亲自去看看，只见门上写着一行字："临时休业。贝里兹。"

嘿嘿！"临时"是什么意思呀！我想。

我完全忘了老板是一个比我还心血来潮的人。知道早晚会有这么一天，但没有想到会是现在。我这才知道我每天准时去店里上班，已经成为"抑制他游兴的镇石"。

我在酒吧门前茫然地站立了许久。冬日淡蓝色的天空，枝头上光秃秃的街树，穿着毛衣来来往往的行人。

我不由感到一阵忧伤，便离开了酒吧。

这天夜里，我给老板的朋友打电话。

"那个家伙呀，在什么人的家庭酒会上遇见了一个从西藏来的算命的，那个算命的说他前世是牙买加人，应该马上去牙买加，于是他就带着妻子去了。大概要一年左右才回来吧。还要我代他问候你，说会写信给你的。"

我尽管嘴上说"知道了"，心里却很纳闷，为什么西藏来的人要他去牙买加呢，真是蹊跷得很。也许来人看他穿着怪里怪气的服装，猜出他的嗜好，瞎蒙的。

但是，我没有想到分别就是这样猝不及防地到来，我陡然觉得伤感。我和老板相交的时间很久了，我在打工之前作为客人就常去那家酒吧，只要开门营业，贝里兹总在店里。从洗餐具时水龙头出水的大小，到玻璃杯、碟子的摆放，播放音乐营造的氛围，都像昨天的事一样渗透到我的肌肤里，然而没有想到我已经不能再回到那里去了。

"你我不是亲人。在机场分手，然后各奔东西，不是不可能的。"

在分手的前一天夜里，龙一郎说着这句话的时候，我只是觉得这是恋爱中的男人产生的不安情绪，只是各人感受的程度不同而已，但我却清楚地记得他脸上分明是认真的神情。原来是这样一种感觉，我总算体会到了。这样的猝不及防，这样的惘然若失，在任何人之间都随时可能发生的。

想必龙一郎在旅途中已经领悟到这样的感觉，而且深有体会。

以前我不知道这些，现在大彻大悟了。

受这件事的影响，我不得不考虑在日本找一份工作。

我不喜欢办公室的工作。

那样的工作会让我发疯的。如果是打工，就在自己喜欢的店里工作，或者搞收发。即使在服务行业中，我选择的面也很窄。

我先向朋友们打招呼，说自己失业了，然后每天去游泳池游泳。干子已经有了新的恋人，根本没有心思再去游泳，弟弟回国后开始认真上学，所以我只能一个人去游泳。

每次从游泳池回家，路上看见冬天的夕阳，我便怀念起塞班岛和古清夫妇，还有龙一郎。

那有着"理解者"的天空。闪烁着夕阳余晖的大海。

我希望有人能够了解我，了解我现在在这里，了解我正在得到赦免。

阿朔：

　　我生活得很愉快。

　　有一件事想求你。

　　母亲的咸梅干，你可以分一些给我吗？

　　阿龙不喜欢吃咸梅干，我在这里吃不着。每年夏天，我都是靠咸梅干度过的！你相信吗？

　　但是，我一直在想，这就是所谓的"结婚"吗？不过，我还是很想吃咸梅干，想得不得了，后天见面时带来吧。

这样的事情，本来我可以打电话给你的，但我愿意在有空时能给你写写信，直到两年之前我还在演艺圈生活时，每天只睡两个小时的生活坚持了过来，却不懂得如何来消磨时间。我一个人又从不出去玩，凡事都有经纪人担着。

我不知道，经纪人并没有特别喜欢我（也没有特别讨厌我，因为我是一个不会胡搅蛮缠的女孩）。这是工作呀！现在我们已经不见面了，这就是证据。那人绝不会作为朋友私下里与我见面，因此我感到很寂寞。我们同吃同住，一起外出，工作也是在一起，然而对方却不需要你。那人是一位女性，我们关系非常和睦。

我常常在观赏自己出演的电影或电视，是自我陶醉吧。我一边看一边想，演得真差劲，缺乏演技。阿龙没有那么说，他还夸奖我，说真由演得有分量，能够营造出一种奇特的氛围。但是演技这么差就无可救药了，看来隐退还真是明智之举。

不过，看着在画面中活动的自己，觉得很不可思议。

就像梦里一样。

这个人是这样笑的？是这样睡觉的？躺在意中人的臂膀里会是这样一种表情吗……于是，我感觉仿佛见到了自己最喜欢的、最亲近的人。不过，那就是我自己。

我真想把这个人搂在怀里疼爱一番。

我是说我想见你呀。

那么，后天见吧。见面的时候就不谈这些话了，反正我快乐地等待着与你见面。

真由

我整理书架时，发现一封真由的来信，真的很意外。

我丝毫也不记得自己曾经收到过真由这样的信，我觉得这与我头部受伤有关系。

真由的情况那时大概已经变得非常糟糕了。

那个时候，真由根本听不进任何人的劝告。

当时，她正精疲力竭地用全身表现着自己，希望别人不要忘掉她。

是真由，真由还在。她的文字、她的语气，所有的一切都形成怀念的波涛冲击着房间。我犹豫着是不是要给母亲看，但最后我还是没有让母亲知道。

如果给母亲看的话，母亲也许又会深深地懊悔，后悔自己没能阻止她。

现在连我都这样自责着。

死亡的气息，绝望的印象，枯萎，企盼。

她的精神状态让她觉得失去的东西远比得到的东西多。

任何事情都能够说明这一问题。

我们没有能够阻止她，于是她加快了走向死亡的速度。

闲着没事，我决定去看看荣子。

她出院以后，我担心她家里为了这件事闹得不可开交，所以没敢打电话给她，不料她却打电话给我了。

好像自从高中毕业以后就没有去过荣子家。说"好像"，是因为我一点也不记得自己是否去过。荣子在电话里说："你读高中以后还没有来过呢。"因此我才知道我在读高中时曾经去过。想必是与头部受伤有关吧，我真的一点儿也不记得了。

但是，在她家门前站下的一瞬间，一幅映着我这双脚的画面，突然以瞬息万变的快速涌进我的脑海里。

当时我身上穿着的裙子的下摆，HARUTA 学生鞋。在宽敞的院子里，我踩着铺石小道向设有漂亮门铃的厚实的木门走去。

啊，对了，我不是来过这里吗？我看到过这个院子，踩踏过这个院子里的泥土。

能够回想起来，我感到喜出望外。

就好像时间倒流，我遇见了高中时代的自己，宛如在拜访只在梦境中见过的西式洋房。

我兴奋地按响门铃，比记忆中稍稍苍老的女佣和荣子的母亲一起出来开门。

这更使我产生了一种虚幻的感觉，脑海里又恍恍惚惚起来。

"欢迎你来玩，真是谢谢了。"荣子的母亲微笑着说，"遇到这样的时候，父母总是无计可施，这孩子常常闷闷不乐地把自己关在房子里。"

漂亮、完美、有情趣，可以说无懈可击。太完美未必是好事，会令人感到压抑。我"嗯嗯"地答应着，径直走向荣子的房间。

"朔美，我想死你了！"她欢快地上前紧紧拥抱我。她有了黑眼圈，人瘦了些，精神萎靡，却依然兴致盎然，百无顾忌。

我有着一种感觉，她虽然在气质上与真由相似，但不管发生什么事都不会像真由那样。什么地方不一样呢？我体会着"成长环境"这个词，心中感到极其惆怅。

银制的糖壶，深紫色的陶制茶具，饼干加三明治。女佣用手推车送来全套的英式贵族下午茶。荣子微笑着表示感谢，但面容和她母亲一样显得阴沉沉的。

"你被软禁了？"我大口吃着三明治问。

"我又不是孩子，也长了那么大了吧。"荣子笑了，"但是，她执意要问我去找谁，不允许我在外面过夜。"

"这是当然的！"我笑了。

"你也同意这么做？"荣子也只好自嘲地笑了，"不过，我决定去夏威夷。母亲和阿姨一起去，准备住半年……总之，等她们的情绪稳定下来再说。"

"无论到哪里，你都是这样一副有钱人的派头。"

面对着房子里舒适的压迫感，我开始感到有些喘不过气来。

从窗户射进来的淡淡的冬季阳光，窗前挂着花边窗帘，看得见窗户外院子里修剪得整整齐齐的花木。水池的水面在寂静中颤动着，水面上掠过的鲤鱼的影子显得通红。

在这样的环境里长大，受到宠爱，在这里被喂养，却不能离巢远飞。

这恐怕就是荣子真正的烦恼。

"你不要这么说啊。我不是特别想去，当然也不是不想去。"荣子说。

"不过，出去走走一定可以改变情绪的。半年算什么呢，很快就会过去的。先让身体和精神恢复一下。"我说，"我在塞班岛只待了一个月左右，像我这样的人都马上就振作起来了，像脱胎换骨一样。首先，景色就不一样，光这一点就大不相同啊。"

"真的？那么，我可以寄予厚望吗？也许会很好吧。什么也不想，什么也不做，只是买东西、游泳。是啊，就当成孝敬父母了。"荣子这才由衷地笑了。

她到底也感到疲惫了吧，一定是觉得害怕了，我想。她脸上没有化妆，身上穿着开司米毛衫，头发扎成三个辫子，像个孩子似的，总觉得纤弱得让人怜爱。

我们一直没有谈论男人，只是说塞班岛和电影。

于是，在这庭园式盆景一般的房间里，时间过得特别懒散。我感觉到一抹孤苦的悔意，即使去夏威夷也无法消除的悔意。

过了好半天，我问她："出事以后，你没再见到他？"

"没有。"荣子只是淡淡地说了这么一句，微微笑着，没有再让我提问。

然而，过了片刻，她自己主动对我说："我只是不愿意让母亲为我擦屁股，然后做出一副若无其事的样子。如果那样，不是和青春期的小女孩一样了？我想和他见一面，好好谈一谈，不过这太难了。"

"为什么？"

"出了那起惊天动地的事件以后，我就不能再去他公司找他了……只是在电话里谈了一会儿，我已经没有勇气再约他见面了。要和他旧情重燃是轻而易举的……只是我还没有弄清楚自己究竟想做什么，近来就在脑子里胡思乱想。"

她讨厌凡事都毫不掩饰地表露欲望。她既然说想见他，就说明真的想见他，而且想得快要发疯了。

"我可以帮你一下啊。"我说。

"怎么帮我？"

"我带你出去散步一两个小时。他的公司在银座吧，估计来回一趟要四十分钟，你能和他见上一面。我们再一起回来，你母亲就不会见怪了。我在公司门口用自己的名字喊他出来。虽然没有做爱的时间，但喝杯茶的时间总是有的。"

"你用不着那样帮我啊。不过，你说的当真？"荣子的眼睛发出光来。

"就这一次。"我说。

荣子伶俐地对母亲说："我们去买一点东西，喝一杯茶，晚饭之前回来，朔美可以在我们家里一起吃晚饭吗？"

母亲和女佣都露出欣喜的笑脸，看着我们离开了家。

一坐上出租车，荣子便沉默了。被人用刀捅了，这不是在演戏，而是有人要杀她。这是一种极其沉重的压力。

过了许久，她终于开口。

"我已经很久没有到远处去了，只是在家附近转转，街上真漂亮。"她说。

的确，色彩缤纷的商店橱窗映着冬天的清澄空气，像童话故事一样美丽。

出租车里有些昏暗。荣子靠在座位上，她那没有化过妆的面容也像是童话故事里的一部分。

我知道，对一个外出时必然要化妆还要穿上套装或连衣裙的女人来说，这样穿着家居便服去见男人，需要多大的决心啊。

到了荣子情人的公司，我在传达室请人将他喊出来。

我从来没有见过他。等他时，心里不免有些发毛。

不久，从电梯里疾步走出一位稍感疲惫、看上去很富有且品位优雅的普通大叔。

他毫不在意传达室小姐好奇的目光，装着一本正经的样子，和我一起堂而皇之地离开了公司。

要说起来，荣子的父亲也是这样一个人。

"荣子在那家咖啡店里等你。"

我用手指了指，他说了声"谢谢"，便穿过马路走去。

原来说好两人幽会三十分钟，然后我和荣子在三越百货大楼的美国蒂芙尼珠宝店见面。约定时间过了十分钟，荣子还没有来，我心想这家伙怎么了。十五分钟后，看到她朝这边走来的身影，我决定原谅她了。

她简直像整过形或化过妆一样。

脸上散发着光泽，眼睛恢复了生气，神采奕奕，判若两人。

她那没有化过妆的面容和羊毛衫的白色，像半月一样朦朦胧胧地浮现在黄昏之中。

脸上没有涂过红色，面色却通红，脚步像跳舞一样轻盈。

"对不起，来晚了。"荣子说。

"怎么样？"我问。

"他说，等我从夏威夷回来，我们就正儿八经地结婚。"荣子说。

"真的？"我说。

"好像是真的。"荣子害羞地笑了。

原来她是想和他结婚。既然如此，也可以明明白白地告诉我（尽管告诉我也没什么用）。荣子竟然如此认真，我一直都不知道荣子心里居然还存有那样一份沉重和企盼，也不知道荣子从母亲和环境中继承过来的那份执着。

人，真是太单纯了，单纯也是一种伟大。

冬天傍晚的城市，闪光的街道，霓虹灯。

人们从公司下班后匆匆地回家。荣子那小巧玲珑的身体在熙来攘往的人群中穿梭着。

她轻声对我说："我们回家吧，朔美，谢谢你了。"

她流露出孩子般欣慰的笑脸，人又长得十分漂亮，以致反而是我感到害羞了。

就像幼儿园的孩子给初恋的漂亮老师献花，老师微笑着道谢而感到脸红一样。

半夜里，我独自在起居室里看录像，弟弟下楼来。

"阿朔姐？你在干什么？"

"我在看电影。"

"嗯。"

弟弟去厨房喝热水壶里的麦茶，我说给我也来一杯，他把麦茶倒在茶杯里给我送来。

"还是问问你自己吧，你在干什么？怎么睡不着？"我问。

"没有，我九点就睡下了，刚刚醒来。现在几点……三点？"弟弟说。

"三点了吧。"

"阿朔姐，你总是熬到这么晚还不睡啊。"弟弟就像长得非常健康的幼儿那样，表情明快地说道。

"是啊。"我说。

画面是歌手在夜总会里唱歌的场面。

"花娘她好吗？"弟弟问。

"昨天我和龙一郎通过电话，他说大家都很好。"

"我真想他们。"

"是啊。"

"他们真了不起啊。"弟弟说。

"你是指那天半夜里唱的歌？"

"是啊，真的。我很吃惊。"

某些事物如果让人过分感动，人们就绝不会轻易地谈起它。关于那次唱歌，我和弟弟回到家后还是第一次谈起。

那天晚上，是逗留在塞班岛的最后一夜。

记忆中的碎片不断浮现在我脑海里。

我身上穿的白色连衣裙，夜风和海潮的气息，海滩酒吧里龙一郎那放在桌上的黝黑手臂，还有月亮，在大海里摇曳着的月光，弟弟的短裤，甜甜的廉价鸡尾酒，欢闹着的人们，月光下朦朦胧胧的海滩。

花娘在古清的吉他伴奏下不断地唱着歌。尽管古清的吉他弹得很蹩脚，音色却很有味。

花娘唱了好几首歌，有比莉·哈乐黛的不出名的歌和一些古老而优美的歌。因为歌声和气氛实在太吻合了，所以光是听着就感觉整个人快要融化了。然而，我心里却隐隐地有些紧张，只觉得令人怀恋的感情闸门在体内旋转着想要打开，那是一种强忍眼泪般生怕被冲走的感情闸门。我害怕闸门一旦被打开，就会知道太多美的事物，因此身体僵硬了。

但是，在听着她的歌声时，我或多或少地被那暴力性却又柔美似水的歌声所解放，任凭自己漂流在塞班岛那艳丽的夜色中。

我希望自己永远留在这里。

父母，兄弟，恋人，都不要。

因为他们好像都在这里。

我希望自己在这个空间，在这只有一次的生的音符中永远地畅游。

谁听了都会这样想。这是天才的歌声。

那歌声是由白色的、颗粒极小的、甜蜜的、闪光的、习习凉风般的东西构成的。

弟弟惊讶地瞪大了眼睛。

而且，就像在巨大的殿堂里一样，雷鸣般的掌声和喝彩声笼罩着她。大家都为今天夜里能有幸听到这样的歌而欣喜若狂。

"对不起啊，全是一些很无聊的歌，感觉就是在满足古清的演奏技巧和一般人的喜好。"花娘一边解释一边回到桌边。

"花娘，你真了不起。"弟弟赞叹道。

花娘吻了一下弟弟的面颊。古清微笑的表情仿佛在说孩子的话我就不计较了。

"你的吉他也弹得不错啊。"龙一郎笑着对古清说。

一切都显得那样的和谐。海浪声笼罩着已经平静的酒吧，不断有人端着酒来我们桌边请我们喝。

我们当然只有从命，就连弟弟也喝酒了。

不久，时间已过凌晨两点，酒店关门，灯都熄了，海滩变得黑暗。人们向花娘道谢着告别，在黑夜中各自散去。

"我们散散步吧。"花娘提议道。

大家都喝得烂醉，弟弟连走路都摇摇晃晃的。

大家走在海滩上，吵吵嚷嚷地发着酒疯。

这里与我们借宿的旅馆以及三明治快餐店所在的角落还有很长一段距离，四周已经漆黑一片，杳无人影，只能感觉到眼前的大海黢黑而宏大。花娘脱去鞋，光着脚戏耍海浪。

她突然穿着衣服游起水来。

"好舒服啊！"花娘坐在闪着黑光的浅水中嬉戏。

"你不能去海面上，鲨鱼出来你会害怕的！"

古清不着边际地劝阻着，脱去鞋，哗啦啦地跨进水里，把花娘拉了回来。真是一对恩爱无比的夫妇啊。我们其余的三个人都笑了。

不久，花娘像美人鱼一样浑身湿漉漉的，脚步沉重地走上海滩，开始在月光下唱歌。

那曲调就像用鼻子哼唱的一样，在夜的气息中袅袅远去。

我下意识地看了看手表以确认时间。模模糊糊地看见表示凌晨三点钟的九十度直角。三点了。

我正这么想着，花娘冷不防放大了音量。

真可怕！我心里想。

我的身上起了鸡皮疙瘩，有生以来第一次感觉到想要逃离这里，为此我什么都愿意做。

我害怕花娘。

她好像是什么东西而不是人。我不是指她的美貌或歌声的婉转，也不是说她是上帝或是恶魔，而是我仿佛已经触及人之所以为人的根源。

那是很可怕的，即使是花上一辈子也很难触及，就好像注视着无底的深渊，或没戴太阳镜直视太阳一样。

那歌声好像会永远持续下去。

又好像只是一瞬间。

我断断续续地记得弟弟因为害怕而猛然握紧了我的手，还有龙一郎想要凭着意志将一切都铭刻进心里的凝目注视的脸。

古清已经没有了动静。

我还记得那样的情景。

从大海那边，从身后的热带丛林那边，一股浓重的空气以惊人的速度向我袭来，我只能得到这样的感受。

但是，在弟弟那种有超能力的人眼里，这会是一种什么样的东西呢？

"阿朔姐！"弟弟猛然哭丧着脸紧紧抱住我。

这个时候，我绝没有夸张，全世界都"啪"的一下闪出耀眼的光来。

那种光刺得人睁不开眼睛，甚至站也站不稳。

这时，歌声停了。

花娘的秀发湿透了，衣服都贴在身上，她向大家行礼致谢。大家愣愣地拍着手。

接着，是一片静谧。

那是令人发怵的静谧，我知道这不只是花娘的歌消失之后外部世界的静谧，而是在自己的内心深处也平静得宛若出现了一个空洞。

"那是什么呢？"我问。

"阿朔姐，我说出来你会不会笑？"弟弟问。

"我不会笑啊，你说说看。"我说。

"当时有很多幽灵聚集过来，很多很多，多得数也数不清。"弟弟说，"闪光的时候，我看见一道裂缝，那个就在那道裂缝的后面啊。"

"嗯。"

"我看到了永恒。"弟弟说。

"嗯。"我回答。

16. 哲学家的密室

两周前一个寒冷的早晨，我收到老板的来信。

朔美：

　　我突然停止营业，没有通知你，真对不起。

　　你尚未领取的工资，另外补上一些钱，算是你的退职金，已经存进你的账户。

　　请你放心。

　　我现在很好，每天和妻子一起去舞厅。

　　我也已经有了新朋友。

　　每天悠闲地过日子，真是天堂，快乐极了。

　　我打算再住一段时间。

　　欢迎你来玩。

贝里兹店主

信上的笔迹是我所熟悉的，像出自女人之手一般的纤细。

这么看来已经没有希望了，他回来后继续开店的可能已经完全没有了，老板已经消失在音响系统和 EP 唱片的另一边。我想，他置身在现代日本，又生活在七十年代，一定是累垮了。

无奈，我只好认真地开始寻找工作。

我在高档住宅区的一家面包房找到了工作，每星期上六天班，从上午十一点到晚上八点。

老板是法国人，只会讲片言只语的日语。他是巴黎一家经营了几代的老字号面包房的二少爷，一个循规蹈矩的人，怀着要把正宗的法国面包打进日本的志向来到日本。

而且，这位大叔和贝里兹又是完全相同的类型，我很容易被这样的人所喜欢。来面试的人很多，我只被问了一句话就录取了。

这是一家小店，烤面包的人有三个，结账、领班、打下手全是我一个人。

对我而言，这样的工作是最轻松的。

我既可以学会烤面包的方法，还可以学会用法语对话。

这里只做法式长棍面包，一天只出三次炉。我从面包出炉的三十分钟前就站在店堂里，这时店堂里面排着一溜面包，我等待着热气散去、酵母味消失。

傍晚的情景真是美极了。

我站在账台边，家庭主妇、学生、穿戴整齐的老人，在昏暗中一个个走进店里，开始排队。

也许是因为四周商店很少的缘故，所以面包房里那亮丽的灯光在朦胧的街影中就像灯塔一样。

最先光顾的客人几乎全都是居住在附近的人，而且排着的队列看来也不能将面包全部卖完，所以人们的表情并不显得焦急和迫切，只是洋溢着一种平和的喜悦，仿佛在说："明天早晨可以吃到美味的面包了。"

不知为何，面包烤制的香味令人有一种幸福的感觉，那种幸福令人感到可怕。

它会引起人们的乡愁，想要回到某个有着那种光辉的早晨。

即使吃了一百斤刚出炉的面包，也够不到那种香味所拥有的印象。

我伫立在面包的香味之中，注视着队伍在悄悄地形成。黑夜慢慢来临，窗口透着亮光的住宅街区，晚餐的动静，房子的影子像山脉一样相连，不久大批的面包送出来，我忙着给它们打标签，以一种如同上帝一般崇高的心境，将面包装进袋子里，微笑着递给顾客。

因此，我又渐渐地喜欢起了这份工作。

就好像喜欢塞班岛，喜欢我的弟弟，喜欢我的恋人一样。

这样，我就已经心满意足了。

周而复始，每天只是重复同样的事情。

难得一个休息日。

快到傍晚的时候，我悄悄去弟弟的房间窥探，想请弟弟陪我一起去书店。弟弟正对着一台小电视打电脑游戏。他回过头来的速度比我窥察他的速度更快。

我没有什么惊动他的地方啊！这让我暗暗吃惊。

"阿朔姐，你要出门？"弟弟问。

"是啊，陪我一起去书店吧。"我说。

"嗯，我想把这一关打掉，我就不去了。"弟弟说。

"知道了。那么我先下去了。"说着，我关上了房门。

没有任何值得怪异之处。

普普通通的笑脸，有着我们家人特有的淡漠，一切都很平常，但房间里的气氛和弟弟那双眼睛里都有着一种细微的疲惫。

我无法弄清这是处在成长期的男孩特有的，还是他的大脑疲劳了。即使变得神经质也无可奈何。只是我清楚地觉得，他近来不像在塞班岛时那样充满着勃勃生机，也不像那个时候那样向我敞开心扉了。

街上非常寒冷，人们都还穿着大衣，但阳光里已经透出一丝春天的气息，就像某种崭新而甜蜜的东西一样在微微发光。这种微妙的感觉，大概只有在日本才能体会到。街上的人们已经感受到了春天的气息，那就像他们柔软的肌肤的一部分。

车站附近的大楼里有一家很大的书店。以前我刚出院闲得无聊的时候，有一段时间每天是这样度过的：去观赏翻车鱼，回来时顺便去那家书店，买回很多书，去贝里兹那里躲在暗处看书，然后回家。

贝里兹的老板非常同情我这段离奇的境遇。那时我从石阶上摔下来伤及脑袋，脑子还迷迷糊糊的不能工作，过了一段时间我仍然什么也回想不起来，处于懵然无知的状态，但老板依然雇用着我。

正好是冬天。

我开始了新的人生，作为新的人生的第一步，我站在那家店里，从窗口眺望着纤细的枯枝。

感到伤怀，是因为我太空闲。

精神上一旦松弛下来，回忆就会变成亡灵充塞在我的胸口。回忆能让人感到心情舒畅，但随即就腻味了。我希望尽快结束，让意识刹那间跃入重现的强烈光芒之中，转瞬之间又拉回来，但我仿佛觉得，近来贝里兹的事还是模模糊糊地萦绕在我的周围不肯散去。

书店里非常拥挤，混杂着学生和公司的女职员。我拨开人群，挑选了许多书。

有简单的法语会话书，还有关于面包的书、杂志等。

陈列新版书的地方，我也浏览了一遍。

在堆积如山的书中，有一本厚厚的书引起了我的注意。

《哲学家的密室》，笠井洁著……我从未见到过，也从未听说过，是我平时不爱看的推理小说，而且很厚，拿在手里沉甸甸的。我身上已经没有钱了，然而不知道为什么，我宁愿放弃有关面包的书，还是把它买下来了。

这就是所谓的命运。

我只觉得无论如何也要买下这本书。

我只是有着一种强烈的感觉，不知道来自何方，远得让人束手无策，却也近得让人触手可及，那种感觉在催逼着我把它买下来。

回到家里，弟弟已经出去了。

"最近他有朋友了，好像去玩了。"纯子说。

奇怪呀！我想。

不过，有时候也需要离开姐姐吧。我心里想着，回到房间开始读这本书。

舞台是在巴黎，主人公是一位聪明的巴黎姑娘娜迪亚和她所敬爱的神秘的日本青年阿加。

……对于爱情，她健全得近乎傲慢，又充满着好奇心，而他则更是多方位地注视着人世间的结构，在难以排遣的黑暗里生活着。呵呵！我这么想着往下读。

然而，读到一半时，我开始感到无精打采，坐立不安。不知为什么，我觉得他们很可怀恋，很可爱，像我多年的老朋友一样亲近。我感到非常焦躁。

那种感觉甚至有些异常。

这和我上次去荣子家玩时，在大门外忽然想起以前曾来过这里的感觉很相似。

这是为什么？

我仔细地斟酌着。

是因为阿加这个人物原本是个好人，却有些阴暗，然而这阴暗的一面与龙一郎很相似？或是娜迪亚的小姐形象与我自己重叠在一起？还是因为我对他们那灵魂的明朗能产生共鸣的缘故？

不，不对，不仅仅是这些。不知为什么，我总觉得与他们见过面。以前我读过的任何小说，都没有让我产生过这样复杂的怀恋之情。

为什么？

当时我那投入的方式，在旁人看来也许会感到很可怕吧。

我抱着脑袋，深深地潜入自己的内心，寻找着谜底的线头。

我没有想到这样琐碎的小事竟会成为解开谜底的开始。

我甚至根本就没有预测到。

嘿！线头解开了。我茅塞顿开，就像傍晚变成黑夜那样顺畅。

结论非常鲜明地浮现出来。

原来是这么一回事，如此说起来，我读过的。

我读过这位作者写的系列丛书，非常喜欢，曾经像孩子一样热衷于读他的书。

我记得有《再见，天使》《蔷薇的女人》，还有《约翰默

286

示录杀人事件》，书一出版我就买了。阿加在西藏修行，科尔对他说："到地上去，与恶交战。"他即使在夏天也不开冷气，不开窗户。娜迪亚则失去了母亲，与父亲住在一起，父亲是警察，记得是警长吧。

我第一次看他的书时非常兴奋，读了个通宵。当时正值春季，清晨我还打着瞌睡时，母亲和真由来敲门，邀我一起去赏花。那时真由正好有空闲，剪了短发，在赶庙会的日子里，大家坐在樱花树下吃炒面。

那个时候，我们家的窗帘是黄色的，在夕阳的衬映下显得分外漂亮。

那时我的身高还在长，大概有一米六二。弟弟还很小，穿着爬爬服，后来开始穿短裤，去幼儿园，第一次受到小朋友的欺负哭着回来，秋天时母亲与前夫分手，她喝着酒哭，令纯子很为难，再以后纯子就住到我们家来了……

用语言来表达就是那样的感觉，但绝不像这样用简单的一句话就能概括详尽，而是有更多非语言的信息蜂拥而来。封闭着的某些数据，由于按错了按钮而喷涌而出的大块信息，猛然撞入我的头脑里。

我感到不知所措。为什么这样的开端，会演变出这样的结果？

这些信息不断地翻滚着，沿着一条线瞬间排列在一起，眼看就要形成一个故事。这些信息的排列随意地进行着，不会停止。我只能目瞪口呆地注视着，不知道它会创造出什么来。

"我"这个故事，只能称为"自传"的故事，在更高的高度形成更完美的东西，丰满而立体，严密得甚至不容我掺入丝毫的情感。

巨大的旋涡，像大海一样将周围的人和事全都卷入，毫不外溢，旋涡飞快地转着，将创造出被我特有的色彩染透的世界里唯一的或者与大家共通的一个剪影。

就像仙女座流星群，一个熟悉而美丽的身影，可望而不可即。

我从书本上抬起头来。

所有的一切都灌满各自的历史存在于那里。

于是，眼前的世界显得与刚才的世界截然不同。

是我记忆中欠缺的部分得到了恢复？

我失声问自己。关键是我已经回想不起直到刚才还盘踞在我心头的那种感觉，那种曾经因失去记忆而产生混乱的感觉。

只感觉到房间里的东西尽管没有任何变化，却突然间一个个表示出另一种信息。

而且，它们依次将信息全都展现在我的面前。

书橱是上小学时母亲为我买的。父亲死去的那天夜里，我愣愣地坐着，凝视着书橱的一角，角上那道伤痕是干子高中时想站到窗边却跌倒了，连同书橱一起倒下时留下的。

书橱是在西武百货商店里买的，那时西武百货商店仅池袋一家。同时购买的还有放在楼下的餐具橱，新的父亲在夫妻吵架时说了一句台词一样的话："你是忘不了前夫吧！"他把桌子"嘭"的拍了一下，里面的玻璃器具都震出了裂缝。当时弟弟也吓哭了。

那些无关紧要的琐事不断浮现在我的脑海里，就好像用电脑把这个"书架"调出来了一样。

不知为何，信息的质和量都非常混乱，毫无选择。

所有的信息都是那样。

剪刀、书籍、走廊、房门、铅笔。

我觉得很有趣，决定到楼下去看看。

母亲在家。

厨房里的那张餐桌，对了，是前年购置的胡桃木餐桌。母亲去逛伊势丹，看中这张餐桌后，让他们寄来商品目录。将桌子送到家里来的是一家类似于德尼罗那样的搬运公司。弟弟一下子跳坐在餐桌上，母亲为此生气了很久。

思绪怎么也不能停止。

我怯怯地望了一下母亲。母亲到底是人，所以就连我在胎儿和婴儿时看不见的、只有感觉的记忆，都会一起挤着推着涌入我的脑海里。汹涌而来的混乱，只管随着记忆的碎片一起跃动。

"你怎么了？朔美，怪怪的！"母亲说。

"什么地方怪怪的？"我望着母亲。

"你的脸色很无精打采，像小时候一样。"

"是因为我刚睡醒吧。"我走进厨房，回忆像洪水一样涌来，每一个片段都好像在责怪我将它们忘却了一样，不断地打出信息……我一边泡着咖啡，一边对这种排山倒海一般涌现的回忆方式感到不知所措。

仔细找一找，头部被撞后的记忆就像在面包上涂一层薄黄油一样微妙地、香味十足地自然而然重新涂在我的脑中。这是一种非常奇妙的感觉，过于鲜明，过于容易理解。直到昨天我还是用手在探摸着、凭着直觉存活于"今天"，与此相比，现在我感到很沉重，感觉就像行走时手上提着好几本百科大辞典。一想到以后要在这个不可思议的世界上生存下去，就觉得有些可怕，又觉得好像占了便宜。同时，我觉得这样的情形其实用不着很在乎，可以自然地应付过去。

我为母亲端了一杯咖啡，一边在心里暗暗感谢给我带来这种状态的娜迪亚和阿加，一边上二楼准备继续读那本书。

我走到楼梯上时，不料弟弟站在那里。

他一脸诧异地望着我。

脸上流露着畏惧似的神情。

我正要问他怎么回事，他抢先问我："你想起什么了？"

"你怎么知道？"我很惊讶。

我拼命地集中精神，不让用"弟弟"这个标签储藏着的信息，即从出生的那天早晨起到塞班岛的所有信息塞满我的脑海。

"我是在担心。我刚才感觉到家里旧的阿朔姐和新的阿朔姐突然分裂成两个人，然后又合在一起了。"

我心想不要把人分成什么新的旧的，还有什么合成一体的，说得像玩具一样，怪没有礼貌的。但是，想到他能够如此分明地感受到我现在的状态，我就没有说什么。他的目光告诉我，他很理解我。

记忆如同照前后身的镜子一样，在拼命地展示着它的能力。有的人在这种记忆力的作用下很可能会发疯，但我对那样的状态却感到非常稀罕，希望尽可能地记录下来。

人的头脑就好比是一台有着惊人容量的计算机，甚至还具备着一种将不需要或不适合自己的东西贮藏起来的功能。这并不是什么比喻。如果光输入好事，头脑里就会光考虑高兴的事情，连带着人的面相也会改变，这种说法未必是谎话。而且，只要不输入否定性的消极的东西，那么成功啦、修正阴暗往事的遐想啦，总之是修改程序之类的事情，都是有可能做到的。可见，人脑构成的电脑是很机械的，非常精确，又诚实得可爱。

不过，我不会选择那条路的。

因为我是好不容易才来到这个世上的。

我还想体验各种各样的事物。古怪可笑的事情、可怕的事情、憎恨得想要杀人的事情……我早晚要一一尝过。

我居然在自己的脑海里纯真地描绘着如同幼儿园小朋友一般的抱负。

"也许头脑里会混乱一段时间。"弟弟说，"但很快就会得到整理，人会镇静下来的。"

"我很喜欢听你的劝告，但你为什么老是一副灰暗的表情呢？"我问。

因为弟弟在说这些话的时候，他的面部表情非常悲壮，就像将要被宰杀的鸡。

"我觉得很寂寞。"他说，"我觉得阿朔姐还是失去记忆好，记忆有偏颇，才能够理解我的难堪之处啊。"

"别说混账话。"我说。

关于这个问题，如果在今天早晨以前，我也会和他有同样看法的。

"你能直截了当地说出自己的感觉，这是好事，但那样的想法不会产生任何东西。苦命人因为同病相怜而交上朋友，这是最糟糕的事了。天气晴朗，面对着大海，大家有说有笑快乐无比的情景，那时你不是看见过了吗？"

弟弟不住地点头。

"你真傻啊。我们不是有共同的经历吗？一起长大，吃同样的东西，有同样的父母，尽管父亲不是同一个，但我们同是孩子，这一点没有改变啊。"

我盯视着弟弟，觉得弟弟非常惹人怜爱。我在他的目光里微微地感觉到一种未来，但我没有说。

"嗯，我能理解啊。对不起。"弟弟轻声说。

我笑了，回到自己的房间。

我兴致勃勃地给花娘打电话："不知道怎么回事，各种各样的事情在我的脑海里不断浮现出来，怎么也止不住。真是不得了啊。"

"哦，是吗？想起了很多事情吧。"

花娘笑着，若无其事地对身后的古清说了一句："朔美记忆恢复了。"他们非常耐心地听着我的诉说，好像什么事也没有发生过一样。我非常喜欢他们。

"古清说，各种信息猛然间在头脑里苏醒过来，头脑会产生混乱，但会平息下去的。他说是他死去的弟弟那么说的。"

她说的和我弟弟说的差不多。

"谢谢你们了。"

"跟龙一郎说了吗？"

"还没有。我想写信告诉他，这样的感觉毕竟不是常见的。"

"那么，我们就不跟他说了。"

"以后我再打电话给你们。"

"好吧。我们这里还是老样子，一成不变，欢迎你再来玩啊。"花娘说。

由于是新结识的朋友，所以这么交谈着头脑也没有产生混乱，心情倒是确实变得安稳了。

如果安稳下来，如果像他们说的那样安稳下来，我会变成什么样呢？

龙一郎：

我感到非常寂寞，无聊之极，所以才想到给你写信。

蓝墨水很美，白信笺却很悲伤。

我记得有一首歌是这么唱的。

龙一郎，你好吗？

我非常怀恋塞班岛。

我这里，就像电话里告诉过你的一样，贝里兹已经不在了，我在一家面包房里当售货员。

我过得很快乐，但依旧怀念塞班岛上花娘他们开的三明治快餐店，如果能在看得见大海和高山的地方从事这样一份工作，心里也许会更加愉快。

我真切地觉得，人类就是牺牲了高山和大海的气息，牺牲了森林的呼啸，作为交换条件才创造了高档住宅区。

有关安谧和舒适的印象，我始终没有改变吧。用打开或者关掉豪华的照明来取代太阳移动的感觉，用遥远的房顶的剪影来取代大山和大海，人们就是这样在创造着自己舒适的环境，愿意放弃这种舒适环境的只有塞班岛吧。他们放弃了太多，而拥有着太多自然的美景，有大山，有大海，有热带丛林，多得奢华，多得腻味。

与大自然的力量相比，人们创造的那些模拟景色虽然贫乏却优雅，而且从不背叛。

盆景式庭院固然美丽，但没有日照，没有台风，也没有惊涛骇浪。

总之，住在东京高档住宅区里的人们，舍得花钱来表现他们很体面的食欲和对大自然的强烈憧憬。这样一种切实的美的意识，不可思议得简直可以写成小说。

像我们家这样的房子，是造好后出售的旧房子。

有院子，也有樱花树和毛毛虫。

和我打工的面包房所在的那条街相比，算是还感觉不到人造美。

我尽想着那些无用的事情来消磨闲暇的时光。

你早一点回来吧。

我的记忆几乎已经恢复，前后连贯，条理也变得分明了。

记忆恢复的起因是因为读小说。

小说营造的空间非常鲜活，它真的可以穿透时空吧。

写小说是一份非常美好的职业，是一种特殊的技能。我越来越尊敬你了。

如果没有经历过这样那样的事情，我们在看书时就会漫不经心，在心灵的银幕上映出印象或人物之后又忘个干干净净，不过内心里显然会拥有着"某个人"的记忆，而且永远拥有。

有些人在那里生活着，思考着，感悟着各种事情，对了，显然是以一种人格生活着。

就像得知高中时代那些朋友的消息一样，我与故事里的人物见面，往日使我感动或痛楚的记忆强烈地苏醒过来，同时在我和我相联结的一瞬间，那些人物的人格也仍然依偎着我。你能理解我这样的感受吗？

无论喜欢还是讨厌，我们都知道希斯克利夫和凯西①的人格。

你喜欢的卡波特小说里那个叫什么来着……叫"讨厌鬼乔尔"的那个淘气包，固然很令人讨厌，却善解人意，不由你不喜欢。

小说是活着的。

它活着，而且像朋友一样影响着作为读者的我们。

我亲身体验到了这一点。

哪怕只是短短的两个小时或一个晚上，我们在阅读的时候，都会活在书中的世界里。这尽管是司空见惯，老生常谈，但却是真实的。

那部小说叫《哲学家的密室》，是笠井洁这个人写的系列小说之一，我在读高中时曾非常入迷，而我把那

①《呼啸山庄》中的男女主人公。

些全都忘记了。无意中买回了他的新作，仿佛觉得书中的人物都很熟悉，于是我的记忆苏醒了。只是一瞬间，快得令人感到恐怖，就连我曾经有过忘却这件事，都已经恍如隔世，显得非常遥远。

对我来说，书中的形象好像与你龙一郎、塞班岛、弟弟还有其他各种事情重叠在一起，渐渐拨开了我脑海中的层层迷雾。在和这些日常生活、荣子还有你的接触当中，记忆的确在渐渐地恢复。在这期间，我还读了许多书，有时在电视上看影片时，我会忽然觉得这个影片在小时候看过。但是，我无法在感觉上把它们前后连贯起来，或许这本身就是一种错觉。也许我忘记的事情还有很多，也许记忆早已全部恢复，只是我自以为丧失记忆而已。因为这件事是无法与别人比较的，只有我自己知道。

只是恢复记忆的直接原因既不是以前的老朋友，也不是家人的摄影集，而是虚构的世界、虚构的现实，这是一件饶有兴趣的事情。

在我的大脑里，那个"看不见摸不着但的确存在"并掌管什么的部分，即记忆中与故事最相似的某个部分，因一个恰当的契机而受到了刺激。

我满脑子都在想着：我想见你，想见你，你不在我身边我会感到很乏味。

也许是小说里那对情侣的相处方式与这么想着的我

重叠在一起了。我仿佛觉得这样的东西在我的头脑里不断堆积，从无谓的琐事到重大的事件都杂乱无章地存活在我的脑海里，那个鲜明的地方一定就是你在写小说时映现在头脑里的那种画面，是超能力者坚持说看得见或听得到幽灵的地方。

完成一部小说，它就会作为一个宇宙而永远地发挥它的功能，把人杀死或者封闭人的一生。这是一个可怕的职业！因为你一直在干那样的事，所以总显得很沉重，好像没有自由，被不是来自这个人世的某种重力束缚住了。

很奇怪吧。

奇怪的是，主人公娜迪亚获得的结论是："对幸福和舒适这些语言无法体现的东西怀有热切的希望，将眼前的人生甚至爱情升华到极限。"这给我留下深刻的印象，因为这个结论与我现在的处境非常相似。

我不知道那是因为我和主人公同样在娇生惯养的环境里长大，还是因为我是女性的缘故，或是两者都有。

所有的一切，即使是很久以前的往事，也觉得离我很近。

房间里的一切和附近的街树，又都隐匿着多少信息呢。

我真心觉得活下去就是忘记。

因为一下子想起了所有事情，所以头脑里极其混乱，就和失却记忆时一样。

好像是一台发生故障的计算机。

下次见面我会变成怎样呢？我又有什么地方在改变呢？

我没有像小说里写的那样，一旦恢复了原来的记忆，以后又会把新近发生的事情都忘得干干净净。有关塞班岛的一切我还历历在目，那天夜里并排坐在阳台上，久久地望着街道上的行人和天空的星星时产生的幸福感也依旧在我心中。

总之，现在我能够立即回想起大家都已经忘记的事情，或者亲戚家儿子的名字，家人把我当作活宝，是一部百科全书。

母亲说："和你接触时，依然还保持着以前认为你丧失记忆的习惯，丝毫也改不掉。"

这是一种非常有趣的人生。

如此说来，我想起来了，以前真由去世时，人们说我们是对幸福贪得无厌的一对姐妹。

现在我非常理解这句话。

这是遗传，母亲，还有我和真由的父亲，都贪图快乐和舒适，而且为人正直，甚至让人怀疑他们是意大利人。

然而，我和真由的差别很大，尽管这不足挂齿。

到景色绝美的地方去旅行……比如奈良。

我们全家从三轮山的瞭望台眺望着夕阳，那种景色好像已经把"大和"这个词的灵性当作景色，云霭像薄雾一般轮廓分明，隐含着世间少有的恬静和祥和。在夕阳的照耀下，浮现在眼前的街道清晰得像古代的金色城堡一样，令人心荡神驰。

父亲和母亲，年幼的真由，还有我，我们四人坐在那里吮吸着清新的空气，回头望去，身后的绿色丛中耸立着一座更加漂亮的绿色浓郁的山峦，沐浴着夕阳的余晖。

我们大家都不知道以后会发生什么样的事情。

那时，假设有人看见我们这样享受天伦之乐的情景，口出狂言说："你们的父亲会死去，母亲再婚生下个男孩，然后离婚。小女儿会当上女演员，却是昙花一现，经过像结婚一样的同居生活之后自杀。大女儿头部摔伤，以后会和小女儿的男友来往。"

听到这样的话，我们大家也许会气得发疯。

然而，我们只是自得其乐地观赏着夕阳。父母亲恩爱地商量着晚上吃怀石料理和茶粥，那幅情景就像很久没有出门旅行的恋人一样。我们谁都不会相信以后将发生那样的事。

想不到，事情却会变得那样。

这是一件多么可悲的事！

反正，那时真由还是个孩子，景色过分艳丽，她会感到害怕，绝不是因为颓废，却闹着要回家。

　　我却不然，我觉得这里肯定有地方能更清楚地看到这个景色，所以坚持爬上山去。我就是这种孩子。

　　这样的差别是从哪里产生的？

　　在胎儿的时候，在出生的时候，就有着一种叫作"灵魂"的东西，灵魂有不同的颜色，区别就在这上面。但是，为什么会这样呢？各人走的道路为什么会这样大相径庭呢？尽管拥有同样的父亲和同样的母亲，然而却有着生与死的区别。

　　我还想活下去，还想懂得更多，还想见识更多的事情。我很高兴有这样的区别。我丝毫也不知道自己身上这种"希望"之类的东西源自何处。

　　我徜徉在自己出生的街道上，往事的记忆如洪水一般可怕地袭来。我对着日本特有的淡淡的夕阳，差一点喊出："爸爸！"这称呼是多么地令人感到怀恋啊。

　　那份记忆里散发着小时候的气息，我还鲜明地感受到父亲身上毛衣的气味和路边那口井里井水的冰凉的气味。

　　和塞班岛那不容分说的天空不同，日本的风景纤细、脆弱，无论从哪里望去都显得很神秘，如果不是全身心地去感受它，就无法正确地观赏和领悟。

　　我在这里出生，在这里长大，好长一段时间里，我只能回忆起往事的碎片。在这期间，我与你重新相识。

我仿佛觉得自己躺在死亡的地板上，头底下枕着冰枕，在迷迷糊糊似睡非睡之中做了一个好梦。

遥远、美好、甜蜜。

好像花娘发出的独特的声音和旋律，好像塞班岛的早晨那没有人迹的海滩上的白沙。

正如这些情景何时会陡然消失一样，某一天一切都得到赦免的日子到来的时候，我也许又会和父亲、真由见面吧。

为什么我会留在这里呢？磨砂玻璃外面下着雨，我的心情……我不能写了。

因为我在说谎，今天天晴。

从早晨起就是一个大晴天。

日本冬天的清澄空气也很令人怀恋。

你早点回来。

我们可以一起吃火锅呀！

我想见你。

见面后，我有很多事想对你说。

我希望自己能够永远保持着对你诉说的冲动。

我不愿意迷失自己。我希望随时都能把自己的冲动传递给你。即使没人能理解也无妨，但我希望能把自己的心情传递出来。

我不知道自己在写些什么。

我觉得我们两人的历史是非常美好的。

像故事的发展一样理所当然，和全世界的电影或小说里说的一样，独一无二。

要感受那种理所当然的事情，就应该失去记忆以后再恢复记忆。

那是一种很美好的感觉，宛如秋天枯叶的干燥气息、颜色、声音一样。这是一种非常古典的措辞，"深知万事万物均在于此"。

我久久地陶醉在这样的感觉里。

就此搁笔。

朔美

我把信重新读了一遍。我能够知道的，就是我非常非常想见龙一郎。

我把他当作一个非常了解我的人，渴望向他传递什么。

我把我的这种幼稚和内心迷惘当作某天夜里苦闷又兴奋的心情，深深地铭记在心里。

我要这样生活下去。作为场景之一，我要记住那天夜里在信笺底下透出的桌子的颜色和自己那双映照在灯光底下的手。

我要记住火炉散发的热气和炉火映烤着的面颊，以及楼下传来的母亲和纯子的说话声、那天晚餐时咖喱饭的香味。

我想着这些事睡着了，却做了一个梦，梦见了老板。

我倚靠在贝里兹的柜台边，心里想着时间怎么过得这么慢。

傍晚悄悄降临在柔和的褐色店堂里。

不知为什么，梦里的季节是夏天。

青草的香味从窗口涌进来。

看得见傍晚的天空一片湛蓝。

老板正在烤肉。

店里充满美妙的声音和香味。

没有客人。

"我们偷着吃一块吧。"老板说着在小碟子里放了一块肉递给我。

他的手指上总是戴着土耳其宝石戒指。

我说这烤肉烤得松软鲜美，真想喝啤酒，老板果真拿出啤酒请我喝。

老板说："现在有空闲，所以没问题，今天Z君他们要来，晚上会忙得不可开交，所以现在应该充电。"

老板说着笑了。

我觉得老板是个好人，非常喜欢他。

老板说："我们这家店不错吧，你们在这里帮忙的孩子又都是一群好孩子，既轻松又文静，我在二十多岁的时候压根儿就没有想到过自己会营造出这样一个好地方来。"

传来蝉的叫声。

听得见一对母子在黄昏的街道上行走时的对话声。

我说："傍晚吃着烤肉喝着啤酒，氛围柔和而充满爱，因为心情太好反而有些伤感。"

我又说："不行啊，老板，好事是不能说出口的，否则就会失去好运，我也喜欢这个地方，喜欢这里的人，我也不愿意失去。"

老板只是笑着说："我会永远把店开下去的。"

这是冬天的早晨，醒来时竟然只有我一个人被赶出了梦乡。

我感到非常哀伤，哭哭啼啼地起床了。

是啊，人是多么愚蠢啊。要生活下去，令人牵肠挂肚的人和场所在不断地增加，让人反复体验痛心疾首的感觉，这究竟是怎么回事？

我仿佛被梦的余势驱赶着，只管呆呆地这么想着。

17. 快活的人

"感觉你好像真的又变了呀。"打开房门一看见我，龙一郎便说道。

无论多亲近，我都不太喜欢到成田机场去迎接从国外回来的人。

这也许与我不愿意别人到机场来接我的心情有关，因为坐过飞机以后，人显得万分疲惫，脸色憔悴，皮肤变得粗糙。

我常在从机场回东京的汽车里呼呼大睡，那时的我估计就算有百年之恋也不会留恋，只想尽快回家洗澡然后睡上一觉。因此，龙一郎回国那天我没有去机场迎接。

尽管如此，想到自己的恋人与自己置身于同一时光的流程之中同度朝夕，一如往常的黄昏也显得格外甜蜜，即使通个电话也会念念叨叨地说个不停。

能够感觉到夜晚变得宁静而悠长。

我发现平时那因为不愿意感到寂寞而硬要麻痹自己的感觉，如今在一个个地舒展着。

就像受到四季的阳光照射的花朵一样，平静然而踏实地绽放开来。

龙一郎回国的第二天，我去旅馆里与他相会。

以前在我小的时候，我非常喜欢父亲去国外出差回来，总觉得从国外回来的人都有些紧张，散发着清新的气味，对方本身有着一种很新鲜的感觉，好像换了一个人。

他难得睡一次好觉，甜甜地酣睡着，他的那颗心还在塞班岛的海边彷徨，唯独这样的他才显得格外新鲜。

从天气晴朗的窗口望去，可以眺望到新宿区高楼的景色。我仿佛能够看见清新的春风轻轻地吹过街头。

龙一郎为我泡了一杯茶。

"你不出去吃点什么吗？"我问。

"嗯，出去吃点吧。我从早晨到现在什么也没有吃过，肚子饿了。"他说，然后久久地沉默着。

"你在想什么？"

"我一直在找一句合适的话来表达，现在我找到了。"他说，"你看上去很幸福，一副很快活的样子。"

是啊，我很幸福。

并不是说我变得很别致，"别致"这个词必然会附有不公平的偏颇状态。说不定哪天夜里，失衡倾斜的部分会突然向我涌来。

我宁可说更接近于"安心"的状态。

我在无意中变得轻松起来。对我来说，自从头部摔伤以后，平时靠着一连串模糊的记忆勉强度日，此间已经相当疲惫。我更多的时间是在揣摩自己记住了什么、记到什么程度、什么东西已经全部忘记了。这显然是极不正常的。

以前尽管我装得很不在意，但内心总是盘踞着深深的不安。现在那种不安的情绪已经消失，我每天都会过得很快乐。以前我与人交谈时总会隐隐感到一丝紧张，现在已经从那种笼罩着我的紧张感中解脱出来了。

早晨起床，一打开窗户，我就能闻到柔和的阳光和青草的气味交织在一起的春天的气息，看见樱花结出花蕾，过不多久樱花盛开，会酿造出一片淡淡的粉红色空间。

我看着窗外樱花的花开花落，年复一年，今年也将如此。我还要继续那样生存下去，一切都显得不可思议。我有着一种很神秘的感觉，甚至怀疑那样的事情为什么会如此不可思议，就像"自己"这个词的精髓从身体深处涌现似的，视力也比平时好了许多。

常常可以看到和尚和嗑药者中那些自恋的人，书本中将他们的心态称为"多福感"，说他们有多么的幸福。到了自己身临其境，才体会到那种满心舒展的感觉，世上没有任何东西能够损害自己的心情。

酒吧老板的执意劝说弄得我都有些心烦了，于是有一段时间我集中读那样的书。那时我心想，那些人真是太烦人了，还特地把自己的幸福写成书，但有过那样的体会以后，受一种使命感的驱使，觉得一定要把什么东西写下来留给后人，这也是顺理成章的。

这种感觉就像是闯进了前所未闻的人生里。我非常理解既不想让那样的感觉打搅任何人，又希望别人分享这种体验的心情。就是说，因为经历过艰辛难熬的时期，所以才产生了想要写下来的冲动。想必这是一种心灵的激荡，未来的自己想要对以前的自己有所教诲。

但是，尤其是无与伦比的幸福，经历过那样的体验以后，才能领会那种感觉只是一种状态，就像精神衰弱者沉浸在悲伤里不能自拔一样，仅仅只是一种状态而已。

我把这样的感受讲给龙一郎听，龙一郎用力抱紧我。

"看着你在不断地发生变化，我深深觉得，人真是一种容器，是一种简单的容器，里面装什么都可以，甚至还可以变成另一个人。和街道上的行人基本上没有什么区别。由于命运的安排，你必须不断向容器里装入新的东西，你只不过是那种会产生变化的容器，在'你'这个容器的深处，有着一种'朔美'特有的感觉。我想这大概就是'魂'这东西吧。不知道为什么，唯独这一点永远不会发生变化，它始终盘踞在那里，容纳着一切，试图寻求快乐。一想到它始终盘踞在那里直到你死去，就会有一种疼爱和痛苦的感觉，令我坐立不安。"

我笑了："你说得太好听了吧。"

龙一郎也笑了。

我从他的身上也有所收获。

我的收获与洒满这房间的耀眼而温暖的阳光非常相似，最重要的是一种事物得到伸展的感觉。

性格如此强烈的两个人在一起，被那个叫作"恋爱"的惊涛骇浪给弄翻了，却还没有沉没下去，这应该归功于他这个人身上天生具有的一种对距离感的把握能力。

人与人的相互关系在这世上都是独一无二的，两人之间产生的空间也只有一个。

明白了这一点，进而明白那里还有着一个特殊而有趣的空间，人无意中就会希望缩短彼此之间的距离，看得更加清楚。

然而，他是作家，所以能坚持站在原地不动，并且万分珍惜地培育着只存在于两人之间的阳光一般的东西，培育着独自一人无法创造的温暖而明亮的空间，培育着能在那里衍生出各种事物的微妙的空气。

那种优先顺序非常明确的地方，就是他的有趣之处。

而且我想，真由感到难以忍受的，多半也是他身上那样的地方。

一天夜里，我因为口渴得厉害而醒了。

月光映照在天花板上。

一片寂静，仿佛连时间都已经消失，肃穆得没有任何声息。我看看钟，三点，正是深夜。

我久久地睁着眼睛躺在床上。

来了，我有一种久违了的感觉，觉得很久没有来这里了。

我已经很久没有陷入这样的状态了。头部摔伤住院时，我常常在这样的状态中半夜里醒来。那真的就是一种"状态"，等到回过神来时人已经在那里了，所以无法用只言片语来表达清楚。

只是，什么都没有了。只知道自己飘浮着。按道理是能够理解的，也有那样的心理准备。现在是什么时候，我在睡觉前做了什么？一片茫然。

然而，显得非常遥远，既没有感情，也没有感觉，只感到自己在一个虚无飘渺的空间里休息着。自己到底是三岁，还是三十岁？我实在是不知道。今天是何年何月何日？睡觉前我是怎样度过一天的？如果有人对我说，这一切都是梦，你是即将出生的婴儿，我也会信以为真。我只是静静的、赤身裸体的一张白纸。

我是不是快要发疯了？

我总是在这样想。

但是，我这样躺着，记忆就像小溪的涓涓细流，点点滴滴地苏醒过来，把我这条漂泊的小舟轻轻地拴在令人怀念的岸边。

睡觉之前看见的、和我道晚安的母亲的笑脸。

还有许多我喜欢的人。

曾经和现在已经不可能再见面的人度过一段美好的时光。

夏夜的焰火，在岸边闪闪发光的萤火虫，大雪纷飞的夜里，和真由一起趴在桌边看着黑暗里飘动的白色的结晶，在小小的灯光下，和着收音机里传出的心爱的歌声一起唱歌。

奇怪的是，回忆起来的全都是那些琐碎的片段，现实的、自己的空间占有量在一点一点地增加，拴住了我这条小舟。

塞班岛上那如梦如幻的血红的太阳将要沉入大海的时候，被太阳照得通红的花娘的面颊和烈日下透着棕色的头发……

那风景给人一种探头观赏含苞欲放的郁金香时花香扑鼻而来的感受。

是年幼的弟弟哭叫着四处寻找母亲时慌乱得令人发笑的脚步。

脚的感触，就像是龙一郎的或者以前同床睡觉的人那同样温暖而沉重的感觉。

如同电影放映结束，从电影院里走到外面时大白天那刺眼的阳光。

又像调换花盆时接触到的泥土的冰凉。

全都是这种感觉的碎片，撩拨着我想要活下去，想要牢牢地记住它，企图想要把它们连贯起来。

我还是希望能连贯起来。

那种欲望很像是祈祷，祈祷自己的孩子、亲属、家畜、田地都能够平安无事，祈祷今年是个丰收年，希望自己能够感受到丰收的幸福。对人类自古至今周而复始地经过的某个地方的呼唤。

然而，命运依然是叵测的。自己的明天会如此靠不住，头部被撞后至今还活着，这和当场死去一样都是常见之事。人们害怕的正是这种人生无常的感觉。

我觉得自己不知不觉地懂得了这些道理，情绪也得到了恢复。我起床想去厨房喝点什么。

泡咖啡时发现桌上放着一个信封。我顺手拿起来一看，吓了一跳。那是专门招收自闭症儿童和逃学儿童的私立学校印发的小册子。我能想象到这意味着什么。但是，我没有听到任何人说起弟弟已经变成那副模样，而且我记得昨天还看见他去学校的身影。

是发生了什么事吧？在塞班岛上，我和弟弟亲近得就像搭档一样，而现在弟弟却好像离我非常遥远。

尽管同住在一个屋檐下，吃着同样的食物。

唯独那件事，我却知道得异常清楚。

"他自己说要去那里读书呀。"早晨我问纯子这件事，纯子这样回答我，"那本小册子是他自己要来的。不过，今天早晨你母亲带着阿由一起去参观了。"

"可是，学校会怎么想啊？转学的事放在以后考虑不行吗？"我吃惊地问。

"其实我们已经知道，他从塞班岛回来以后，一次也没有去上过学，我们是上星期知道的。"纯子说。

"什么！"我惊讶地大声嚷道。

"他确实没有去上学。"

"但他是背着书包出去的？"

"是啊。不知道什么人，是大人吧，或是年龄较大的朋友，那些人常常打电话到学校帮他请假，等到知道已经晚了。"

"我一点儿都不知道。"

"是啊，第一次听说时，我们还说呢，说那电话也许是朔美打的，这次她又想干什么？我们没有想得太多。后来才听说打电话请假的人好像是个男的，我们知道是搞错了，我和由纪子都慌得不知道怎么办才好！"

"他有没有说起过在外面已经有朋友了？是什么样的人？"我问。

"不知道呀。他不肯说，只是说那样的学校他不愿意去，要去就去这样的私立学校。"纯子说，"也不知道这究竟是怎么回事啊。"

"对不起，我们家的孩子全都让你操心。"我由衷地说。

纯子笑了。

是别人家的事，然而却如此担惊受怕，因为对纯子来说，这里是她现在的居住地。

家人是可以增加的，如果扩大居住的空间，只要生活在一起，家人就可以无止境地增加。

纯子是一位极其普通的、温文尔雅的女性。我不知道这对纯子来说是不是一件好事，但只要是有关弟弟的事，她性格中刚毅的一面就会显露无遗，有时甚至还会发挥出我和母亲都不具备的才能，这可以说是出自母性的热情吧。

每到那样的时候，我就对她肃然起敬倍感亲切，即使有朝一日与她各奔东西，她在我心目中也仍然是我的家人。

这真是不可思议。

我和纯子说着话，母亲回来了。她开口就要求我带由男出去，弟弟则哭肿了眼睛，径直跑进了房间。

母亲对我说："事情的经过以后再告诉你，这孩子一个人哭会越哭越伤心的，你带他去吃一顿吧。"

母亲的眼神仿佛在说：事情会变成这样，你也有责任呢。我一口答应说，好吧，就交给我吧。便去了弟弟的房间。

弟弟躺在床上，他的目光让人看了不觉心里生疼。

与被丢弃的猫因为天真可爱而令人心疼的感觉截然不同，我一眼就可以看出他的身上背负着他个人无法承受的重荷，却又无法为他分担而令人心疼。

但是，我身上快乐的能源丝毫也没有为那种感觉所动。

"出去吃饭吧。"我笑着说。

"我不想去，今天阿朔姐很精神，在我身边只会让我感到累。"

他依然毫不留情地刺中了我的痛处。

这孩子这么小，他身上怎么会有如此敏锐的直觉？这是一种非常神秘的技巧，大人都不一定有。

而且，对这孩子来说，这种能力会发生什么样的作用呢？

"你待在家里肚子会饿的，母亲她们在楼下谈论着你的事情，你最好还是出去吧。我什么也不想问你，听说你想转学？"我说，"听她们说你没有去上学？你干得真好，我一点儿都没有发现。"

弟弟变得沾沾自喜，脸上稍稍发出光来："我是累了呀，心想这次不劳你操心，我自己一个人来解决。"

"这段时间你到哪里去了？"我问。

我毫不掩饰自己的好奇心，于是弟弟兴致勃勃地说起来。

"我搭乘电车游览了各种地方，比如多摩川的堤坝之类，还交了大朋友，有的还有超能力，也有我喜欢的人，他们教会我各种事情，还请我吃饭。后来还跟着一个人偷过点心。我只干过一次。他人很好，我和他混了一天，以后就再也没有见到过，我是在游戏厅和他认识的，他就坐在我的邻座，还请我吃冰淇淋。"

"听你这么说，你还是一个挡不住别人诱惑的人。"我说。

反正，我总算明白了他是想干一番事情，希望一夜之间成为大人。

"那是因为我身上带的钱不多嘛。"

"说的也是。"

我想了想，准是在路边萍水相逢却让他颇感珍惜的新新人类或小混混。尽管算不得很妙，但我知道这孩子是在拼命努力，也体会到他有一种焦灼，因为他希望向我或者其他人炫耀一番，又不得不瞒着。

见到弟弟其实隐藏着活泼的一面，我总算松了一口气。原来我还以为是诸如受到同学欺侮之类更加悲伤的事情呢。

"交朋友是一件好事，但你要注意，绝不能受同性恋之类的人引诱，小心被人诱拐了。"我说。

"你放心吧。我知道有的人不能交朋友。每天上街，就会发现真正有空闲的人、真正在东游西逛的人还真不多呢。无论在公园里还是在堤坝上，大家看上去很空闲，但心里却忙得像起了风暴一样。"弟弟继续诉说着自己的成果，"那些人给你的感觉很差，说着说着随时都会翻脸，所以我光和看上去头脑很单纯、在街上闲逛的人交朋友。"

"说的也是。"我说，"起来，去吃饭吧，吃饭时再接着说。"

"不过，我求你一件事，我没钱了，有件事怎么也做不了。"

"什么事？你是想去吃牛排？"

"不，我想去见父亲。"弟弟说。

趁我还没来得及回答，他接着说："我去见他不是想得到他的安慰，也不是向他告状，是有件事想问问他。"

母亲不愿意去见已经离了婚的男人，连我自己都不清楚他们为什么离婚，如果弟弟想去见他，母亲绝不会反对，但心里是不会感到高兴的，因此弟弟自然就和父亲疏远了。

母亲的意思也许是他到了自己能去看父亲的年龄，用不着经过任何人的同意就能去了。

弟弟还年幼，不便对母亲提起那样的事情。

他的父亲现在住在横滨。

"行啊，我陪你一起去见他。而且，我们可以到唐人街吃中餐。"

"真的可以吗？"

"我觉得母亲事后会知道的吧。"

"嗯。"

我提出我们不用走着去，让龙一郎开车送我们，弟弟说不用了。

"为什么？我倒想起来了，你最近好像不喜欢阿龙哥？"

要说起来，自从龙一郎回国以后，弟弟没想过要去见他。我猜想也许是嫉妒。

"我明白了，我们坐电车去吧。"我说。

弟弟欲言又止。

"你想说什么？"

"你知道吗？阿朔姐，你受骗了呀。"弟弟说。

"说什么呀，你是说你父亲有个姘妇？"我笑了。

"不是。"弟弟结巴了。

"你不要吊我胃口啊，说呀。"我紧逼着弟弟问。

"你知道吗？真由打过两次胎，都是阿龙哥的孩子。"

"我不知道。"我说。

要说我为什么感到吃惊，其实并不是因为这一事实，而是弟弟竟然知道"打胎"这个单词并把它说出口来，这更让人感到惊讶。

"你小小年纪就会使用那种词语，搞不好很快就会弄大女孩肚子的。"

我一边说，一边心里想，果然还是与小混混打交道学坏了吧……

而且，我还在思忖着。

这孩子的确有一种与肉眼看不见的东西有关的才能，而且他还知道如何去利用这种才能，并深谙如何让人产生动摇并站在自己一边之道。我不想因为他是一个孩子尚且年幼无知而原谅他，但眼前这件事确有不同。我明白弟弟是不愿意让我受到伤害，我感到一种莫名的悲哀。

"你是什么时候，又是怎么知道的？是直接听阿龙哥说的？"

"对不起。"弟弟说，"你是不是受打击很重？"

"没有……我要想一想，"我思索了一会儿，"这是很早以前的事吧……会不会是真由提出不要孩子？因为真由这个人，除了你之外，其他孩子她都不喜欢，她自己还是一个孩子嘛。可是，她明明可以告诉我的。这样的事情，她说也没说就撒手去了。我呢，如果一定要我说出心里话，他们有过性关系令我感到难堪啊，就是姐妹一个不漏全让他占了，这不是很体面吧。"

我是认真思考过，所以对弟弟说了实话。

"你为什么一点儿都不在乎？"弟弟说。

"你很在乎吧，因为你一直都很依赖真由的。"

母亲过分严厉，而我则有些男孩子气，他多半在真由身上产生了对女性的憧憬。我心想，这家伙真傻，将来一定会因为女人而受苦的。

像真由那样的人会把男人拉进她的泥沼里不放走，我也有这样的特点，只是很巧妙地压抑着而已。真由依靠非常古怪的价值观在生活中挣扎，男人只要与她交往过一次，无论多么疲惫，在现实中就会对其他女性视而不见，感觉不到其他女性的魅力。

然而，真由偏偏没有自知之明，所以就不免有着更加阴暗可怕的一面。每次看到她这副媚态，我就暗自庆幸自己不是男人。

真由是一个小小宇宙的女皇，她的技巧不会带来任何和平，她的做法最终是把女性朋友全都赶走，只能和男性交往，潜意识里还认定在这世上只有自己一个人受苦受难受伤害。

我竟然和坠入真由情网的男人交往着。真由实在是一个非常真挚的女孩，他又是一个非常聪明的人，所以难免会对真由那悲惨的命运怀有一种怜爱。

"你怎么知道的？你还没回答我呢。"我说。

"我是在梦里见到的。"弟弟说，"但那不是梦。你相信吗？"

"你不用刨根究底地问我信不信了。"

"我在梦里和真由见面了。"

弟弟说，在梦里，他在一个从来没有去过的地方。

那地方有长长的走廊，有花圈，有许多小房间，有五颜六色的布，还有招贴画，但有一种"背面"的感觉。

我心想那是后台。真由刚开始和龙一郎同居时曾上过舞台演戏。那是真由在演艺生涯中获得评价最高的一出戏剧，我想多半是那个剧场。

弟弟穿过繁忙的人群，走进挂着真由姓名牌的房间。

房间里非常杂乱，抹着雪白浓妆的真由独自坐在一张小椅子上，面对着带灯光的镜子，据说还穿着金黄色花纹的和服。的确没错，我还记得，那时候真由担当观音菩萨的角色，穿着某位名人设计的华丽衣裳。

弟弟非常羡慕，想要触摸真由的戏装，但他不敢。真由那透白的笑脸显得特别神圣，弟弟感到害怕，再说他尽管在梦境里，却知道真由已经死了。

"阿由，你坐下。"真由和颜悦色地说。

弟弟坐下。

想要看个真切，真由便变得模糊，如果不经意地看去，她却显得十分清晰，令人目眩。

"我有两个孩子没有出生。"真由对他说。

弟弟当时还没有领会她的意思。

"我感到悔恨的就是这一点，你要告诉阿朔姐，就说这一点我很遗憾。你对她说，他们两人在塞班岛的丛林里想起我，我非常感谢。你告诉她，阿朔的'朔'不是新月的意思啊。母亲已经忘记了，父亲对此感到很遗憾，父亲说，阿朔如果连这个都知道，他就没有遗憾了。你能记住吗？"

弟弟点点头。

"你真是一个好孩子啊，你已经长大了，"真由微微地笑着，"你一定要长大成为一个幸福的人啊。"

弟弟哭了。

因为他知道真由是硬撑着的。

"你知道'大团圆'这个词吗？"

弟弟摇摇头。真由搜索枯肠地寻找着词语继续说下去：

"如果能看见大团圆，我就没有遗憾了，真的。我也许会投胎转世重度一次，但以后我不会这么着急了。我只是太着急了，怨不得别人，我一直这么想。阿由你也是早熟，所以要当心，不要像我这样急于求成。你要好好地看着母亲做的饭菜、为你买的毛衣、班级里同学的长相，还有附近的邻居因工程而毁坏了房子的时候，你要多多留意。

"其实啊，活着时是稀里糊涂的，走下人生的舞台后就看得很清楚了。天空是蓝的，手指有五根，有父亲和母亲，与路边的陌生人打招呼，就好像大口大口地喝着可口的水。每天不喝水就不能活下去。一切都是那样。如果不喝水，活着却不喝水，就会口渴，最后死去。

"我很笨拙，所以词不达意讲不清楚，但确实是那样的。你要转告大家，说我没有后悔。以前我总是在放暑假的头一个星期就把暑假作业连同日记一起全部做完，我很羡慕大家在暑假快要结束时聚在一起匆匆忙忙地赶作业，但以后我还是会这样做，我怕做不完。我就是这样一个孩子。不过，下次重度人生时记日记，我就不会那样做了，而是会每天记，记下夏天的酷暑和阳光，记下每天的事情和我当天的感受。我的时间不多了，就对你说这些。"

弟弟点着头。

真由笑着站起身来，拿起水壶要为弟弟沏茶……

这时，弟弟醒了。

真由已经不在了，弟弟躺在自己房间里的床上。

这就是弟弟诉说的梦境。

我坐在开往横滨的电车里，一言不发，冥思苦索着那个梦的含义。

窗外，看得见黑暗中城市的闪光。

列车静静地摇晃着，将车上各色人等的人生送往目的地。

只是我感到很寂寞，一想到真由就感到非常哀伤，如今我感觉到的只是凄凉。

只要我还活着，只要我没有去真由那里，今生今世就永远只能是这样的感受。

我想见真由，希望真由能够回来，我感到很伤感。

我喜欢她，有时还觉得可恨，但我想触摸她。

这种感觉反反复复，不停地旋转着，如同一个封闭的圆。

在车站打电话一联络，弟弟的父亲大吃一惊，但他说现在正好有空，马上就赶来，并指定在唐人街入口处的茶室里见面。

我已经有好几年没有见到他了，顿时感到紧张。我非常怀念以前曾经度过的那些古怪的岁月，一个可爱的姑娘将素昧平生的人叫"爸爸"并住在一起，还要为他的换洗衣服操心。

我们喝了好几种中国茶，吃着芝麻汤圆高高兴兴等着时，"父亲"走进门来。他穿着毛衣和牛仔裤，显得很年轻，只是和住在一起时相比，脸上的皱纹有些增加，身材也显得有些萎缩。

"你们两人一起离家出走的?"

"父亲"笑了。他眯起眼睛望着弟弟，表情松缓，一副打心底里感到高兴的样子。我觉得他那副欣慰的表情对弟弟是最有效的，弟弟也许会因此觉得幸好自己长大了。"父亲"用不着说"尽管离得很远但我还很爱你"这样的话，就已经明白无误地向儿子传递了这样的信息：我非常想见你。

"由男，你长大了呀。"他由衷地说。

"爸爸。"弟弟眼看就要哭了。

"朔美，你给人的感觉不一样了啊。好像一个大人了。我们有多久没见了?"

"是在真由的葬礼以后吧。"

"那个时候真是很可惜，真由还那么年轻。不过，我们真有那么久没有见面了吗? 我感觉好像没那么久吧。你母亲她身体好吗?"

"是，她一点儿也没有变。"

我为自己的恭敬态度感到有些可笑。

我们曾经同住在一个家里，然而如果没有理由的话，他就仅仅只是一位普通的大叔。"理由"是那么地重要。

临时组合的模拟家庭在唐人街上走着。

唐人街上熙熙攘攘热闹非凡，行人都眉开眼笑，恍如在异乡他国过节一样。路边在出售热气腾腾的糕点，店铺里陈列着从没有见过的食品材料。

我喜欢唐人街，小时候第一次来的时候，还欢闹得淌出了鼻血。

母亲说我"真不害臊"。

这种难以形容的活力，撼动了沉睡在我体内的某种热乎乎的东西。杂乱地重叠在一起的廉价霓虹灯广告，来吃饭的人们那种跃跃欲试充满企盼的模样。每一条小巷里都开着好几家小店，人来人往，门庭若市。

这里有着一个国家，有着一种秩序，我对此感到惊讶和敬意。就是这样的感觉。

"父亲"和弟弟牵着手。

"父亲"一家商店一家商店地做着介绍，弟弟认真地听着。灯光将两人的表情照得很明亮。

幸好来一趟，简直像做梦一样。我心里想。在唐人街上漫步，感到很陶醉。我从相爱的人们的脸上和行人的脸上，感受到了什么相似的东西，如爱怜、晚餐的香味、挂在那房间里的水壶和茶壶，还有他们的爷爷奶奶、结婚仪式和盂兰盆节、曾经到过的外国，以及那个国家的土特产。

全都带着一种土腥味，被土腥味勾起的怀乡之情、风貌、人类繁衍生息之处的气息。大家都有父亲和母亲，都要经历换尿布或者夫妻吵架，经过如此折腾而在这里闲逛的人们，无论多么有钱或是多么贫困，夜里同样都要钻进被窝里做梦。

那一切都充满温馨。

如今走在这里，不知何时命归西天。我死去以后，这条大街依然会这样热闹，我为此而感到一种奇妙的平静和寂寞，我觉得自己会像气体一样蒸发，甚至忘记自己还有肉体。

我这样信步溜达着，如同行将消失的幻影。

"爸爸还是在大学里当老师？"我们完全融洽之后，我这样问"父亲"。

我们跟着"父亲"走进一家中华料理店里。吃饱喝足以后，我们一边吃着餐后点心木薯淀粉，一边谈到这个话题。

"还没有被开除。"

他在研究亚洲文学，会讲多国语言。

"我想什么时候干脆去父亲的大学里读书算了。"弟弟说。

"到那时我也许已经不干了吧。我已经不给学生上课了。"

"听说你再婚后生活得很美满，已经有孩子了吧。"我说。

"是我的弟弟还是妹妹？"弟弟一副不可思议的神情问。

"是个一岁大的女孩，名字叫'庄子'，这个名字非常好记，又有些傻气。"

"将来会成为一个伟人吧。"我说着，心想果然很好记。

"同样取自中国，但不像你'朔美'的名字那样有来头。""父亲"笑了。

什么？我感到纳闷。弟弟兴许也有同感，我们两人互视了一眼。

"我这朔美的'朔'字，不是新月的意思吗？是月亮刚刚满弦的意思。我是听母亲那么说的。"我说。

"名字不是我取的，所以我不知道真正的意思。我听到的意思不一样啊。是你母亲忘了，还是记忆模糊了？"

"那么，你知道是什么意思？"我问。

"我不知道自己能不能讲清楚。嗯，你父亲不是经常看经济类的书吗？就是教人如何获得成功之类的书，好像是引自那样的书。是中国的典故，那故事我也知道，所以有些印象。"

"那故事说什么？"

"说以前在汉朝，有一个很奇怪的人，叫'东方朔'，不知为什么很得皇帝的宠爱。这人很古怪，无论皇帝赏赐给他什么东西，他都丝毫没有感恩之意。如果皇帝赏赐给他布帛，他把布帛往肩上一搭就走了，皇帝赏赐他生肉，他就朝怀里一塞，弄得浑身都很脏，皇帝如果赏赐他银子，他马上就去找女人玩，就是这样一个人。"

"这不是什么好故事吧。"

"不，接下来就有趣了。据说左邻右舍因此都说：'你这个人很古怪，是一个怪人。'他回答说：'不，不对。古人小隐隐于野，像我东方朔是大隐隐于朝。'就是这样一个故事。"

"我还是没有听出它的好来。"我说。

故事的含义我是知道的，但我不知道真由在弟弟的梦里想告诉我什么。

"浪漫的是月亮，适合当女人的名字吧。"弟弟说。

"我觉得你和这个名字很相配。""父亲"说。

"我似乎能听懂。"弟弟说。

"我知道你想说的意思……"我对"父亲"说。

我虽然知道得很清楚，但还有一个地方连接不上。我只体会到真由对我的一片好意，只体会到真由期待于我的一丝淡淡的关怀。

"这就可以了嘛。""父亲"说。

"父亲"是一个很会吃醋的人，跟母亲在一起的时候非常浮躁，没一刻安宁，现在却很沉稳，充满自信。

我不愿意认为他与母亲生活在一起是阴差阳错弄错了地方，但现在他一定是在一个很舒畅的氛围里生活着。

弟弟的情绪已经完全得到了改变，他像个孩子似的欢笑着。他能够如此快速地作出反应，恢复得这么快，证明了他的年轻。

送我们坐上出租车时，"父亲"不停地叮嘱着"以后再来"，又吩咐司机"请从大桥过去"，然后站在那里不停地向我们挥手。

弟弟没有向"父亲"提出任何值得一提的问题。但是，弟弟多半想问他："你还认不认我是你的儿子？"这个问题从刚见面时父亲的笑脸上就得到了答案，那样的挥手也是答案。我感动得不能自己，觉得仿佛要去远方旅行一样。

和弟弟两人，到一个非常非常遥远的地方去旅行。

那种感觉，在驶过黑夜的大桥时变得越发强烈。

大桥在朦胧的灯光下呈"H"形的剪影，附近海港里的灯光层层叠叠交相辉映。停靠在港湾里的众多船只静静地照亮着夜晚的海面，红色、橘黄色、白色的光，远近不一。

道路呈螺旋形，灯光排成美妙的弧形。汽车穿过大桥，宛如在光的海洋里移动。我们不多久便穿越了一切都显得豪华的夜景。

"像银河一样。"弟弟说，"你来过这里吗？"

"来过啊。"

我来过好几次，但觉得今天是最漂亮的，比上次来时要漂亮得多。

"好像在旅行。"弟弟说。

我们交谈时，汽车已经穿过光的螺旋，驶到黑夜里的高速公路上。

回顾某一段被浓缩的时光，当时最让我感到惆怅的就是旅行。

回家后给龙一郎打电话，还是只字未提真由，心想见面以后再说。我只是先讲了我这个名字的由来，他听了哈哈大笑。我说行啦，他依然笑个不停。

想到我所爱的人这样的大笑可能代表着真由的意思和去世的父亲对我的期望，我就忍不住沾沾自喜起来。

18. What about your friends?^①

荣子寄来了信，是来自夏威夷的情书。

你好吗？

我这里是夏威夷的感觉。

每天都很夏威夷。

上次的事，谢谢你了。

真的，我非常感谢你。

只要有那个美好的回忆，我吃饭也觉得香。

游泳也游得很快乐。

我既能尽孝心，又能享受购物的乐趣。真的非常感
谢你。我爱你，非常非常地爱你。

荣子

她的笔迹非常老练，文笔却如此幼稚。尽管如此，我却
仿佛能够看见荣子那晒黑的笑脸和高尔夫球服里伸出的纤细
的肢体。

我能够清晰地感受到荣子在那样的地方想着我时是什么样的心情。如此想来，觉得就连自己的心情也变得好起来，变得清澈了，变成了一个善良的人。

在一个温暖的五月的早晨，弟弟要离开家了。

那天刮着强劲的大风，树林的枝条疯狂地摆动着，路上行人的衣服都飘动起来，因此街道的景色显得比平时更充满活力。

我因为起得早，便去窥探弟弟的房间。

弟弟在晨曦中打着行李，他把一些重要的东西拼命地往一个小包里塞，好像真的要到远方去旅行一样。

"你怎么也不愿意去普通的学校读书吗？"

我站在门口望着他忙碌的样子，拼命地想要挽留他。

"我试过各种方法，怎么也不能正常读下去。"

"走读呢？就是不住校舍，可以走读的。那所学校也有走读的学生吧？"

"不行啊。肯定不行的。反正我已经决定了。"弟弟说。

"我会寂寞的！很无聊的。"

见我纠缠着他，他反而劝导着我说："阿朔姐，我周末会回来的。"

母亲穿着套装，一副"监护人"的模样送弟弟一起

---

① 英文，你的朋友呢？

去。两人的背影走出大门远去以后，阳光普照的院子显得很空旷。

我和纯子两人回到厨房里，看见餐桌上还放着弟弟的茶杯，里面的茶他才刚喝了一点。

我觉得有些受不了。

住在这个家里时，他总是像小狗小猫一样，整天聒噪得令人感到心烦。从他还是婴儿的时候起，直到今天，我压根儿就没有想过有朝一日会和他分开来住。虽说那一天早晚会到来，但我没想到他是在这样的时候以如此辛酸的感觉开始独立生活。准是因为大家逼得他太紧，弟弟不得不做出这种人小鬼大的举动。

"如果这对阿由有帮助就好了。"纯子说，"阿由的事也令我想了很多。我在想，我也不可能永远在这里住下去。"

"啊？连你也要出去？"我的嗓音里充满悲伤。

"我不会马上搬出去的，你不要做出那副孩子似的表情。"纯子笑了。

一旦习以为常，奇怪的事也会变得熟视无睹。和没有血缘关系的人，和表妹，和母亲，和我，和弟弟，大家杂居在一起，吃饭，各自拥有各自的权利生活着。弟弟的身上也许出现了这种杂居生活的弊病。不。这是没有答案的。不能断言我的记忆与此没有关系。贝里兹关了门、我和龙一郎的交往等，一切都在相互渗透相互作用着，最终变成了现在这样的形式。

一切都在演变，无所谓好坏，只是不断地变换着形式。时间在流淌着。

我一直在陪龙一郎找房子。

看过了多少家呢？有二十家。但是，他对那样的事神经过敏，不管别人说什么。我看得心烦了，提议说"这里不是很好吗"，他仍然不肯将就。

看过几间没有人居住的空房间以后，我的感觉也变得奇怪起来。

每次一打开房门，房间里一瞬间会飘荡出以前住在这里的人的气息。如果是新建的房子，散发的就是油漆味。而且我的脑海里会浮现出龙一郎住在那里的情景。如果附近有小巷，我就会想象出两人在那里购物后回家的情景。于是，我在有限的时间里创造出若干个未来，每次说不要那个房子，若干个未来便随之死亡。

没有人能够阻止这种人类的空想。

"不管到车站要走多远，不朝阳不行，也不能有西晒。"

看着他力陈己见也很有趣。他很少如此固执，所以要不是遇上这样的事情，还真不会发现他这样的一面。

好不容易找到理想的房间，想不到是在弟弟离家的那天。人世间既有不如意的事情，也会有好事临门。

更巧的是，那个房间是一个旧公寓，就紧挨着我那次跌跤的石阶。从窗口望去，可以看见那座石阶。

他一定能够看见我登那个石阶吧。

"如果我看到你站在这个窗口，朝你挥手，不小心又摔下去，那我又会失去记忆的。如果那样，我的人生到底会怎样呢？"我对龙一郎说。

我们让房产中心的店主在屋子外面等着。空旷的房间里弥漫着骄阳和灰尘的气味。地板冰凉，说话声显得很响。

"你一定还会回想起来的。"他说。

"你看那里！"

"什么？"

"还有我的血迹呢。"

"胡说。你不要吓唬我，身上都起鸡皮疙瘩了。"他真的一副不堪忍受的样子。

东侧和南侧都有窗户。风一吹，前任房客留下的白色窗帘就像极光一样摇曳着，用音乐来打比方，窗帘的摇动如同风琴的旋律。

"就选这里吧？"龙一郎说。

"我说龙一郎，你有钱吗？"

"你不要问了，我跟你说过，上次那本书卖得很好啊，现在还在卖。这种事，你不要让我自吹自擂了嘛。"

"你有积蓄吗？"

"有啊。"

"有吗？"

那间房子无论采光还是壁纸的颜色，都与塞班岛那家旅馆的房间很相似。我这么一提，龙一郎便说："真的，就像能看见窗外的大海。"

这时，我觉得我们不像是素昧平生的一对。

直到不久以前，我们还在不同的环境里长大，然而我却没有那种感觉。

我仿佛觉得我们在很久很久以前就是如此融洽的一对了。

置身在古代遗址那样空旷的地方，就会有真切的感受，因为生活的亡魂没有显露出丝毫的行迹，唯独我们两人的声音清晰可闻。如果是在街上，就不可能伫立在这样的空间，就不会联想到这些事。

但是，这里一切都是空白，所以我有一种很强烈的感觉：他和我在这里，原本是互不相关的两个人，却将某种东西用力重合在了一起。

没有弟弟的日子就像观赏没有声音的电影一样，总是有一种失落的感觉。

每次走过弟弟的门前，虽然他并没有死去，却会像看见真由或父亲的照片一样，心里"咯噔"一下，仿佛有一层淡淡的阴影蒙在心头。

无论做什么事情，心里都会久久地牵挂着弟弟。干子也会无意中多买一块蛋糕回来，于是大家就垂头丧气地分着吃掉。

"原以为要等阿由上大学，或者交上第一个女朋友后常常不回家，才能体会到这样的心情。现在是不是太早了？"

干子言者无心，但她的话却震动着我的心。我还不能相信弟弟已经不在家了。

我的心里有一种苦涩，在身边时毫不在意，不在了反而处处牵挂。心中颇似撒手放走了一个重要人物一般懊悔不已。

我在打工回家的路上，独自坐在咖啡馆里喝着咖啡时，一个女人主动向我搭讪了。

当时我正在看书，而且一张大木桌中间放着一只硕大的花瓶，里面插满雪白的香水百合、蕾丝花以及各种枝叶之类的东西，所以我丝毫没有发现有一个人坐在我的正对面，久久地热切地望着我。

"嗯……"

听到那纤细的声音，我从书本上抬起头来，发现那人在隔着桌子望我。她那张白皙的脸在鲜花与枝叶之间露出来，显得非常漂亮，就好像混杂在花枝之间。

"对不起，我猜想你会不会是我朋友的家人。"她飞快地说。

她一头呈褐色的披肩长发，有一种高雅的感觉，长长的睫毛，眼梢有些吊起，深邃的茶褐色眼眸，纤薄的嘴唇，洁白的肌肤，极普通的白色毛衣，配着一条极普通的黑色紧身裙。我漫不经心地留下了这样一个印象：好像英国贵族。

"嗯?"我感到奇怪。又遇上怪人了?如果是怪人,我已经不需要了呀!我身边已经多得可以卖钱了。要说我没有这么想那肯定是假的。然而,好不容易涌上来的好奇心使我的脸上露出了笑容。

"也许是的……你朋友是个什么样的人?"我问。

那女人回答:"是一个读小学的小男孩。"

"那也许是我弟弟。"我说,"你坐到这边来吧?"

她这才笑了,还微微地皱起鼻头,露出整齐的皓齿。那是一副令人心动、招人疼爱的笑脸。于是她端着盛有皇家奶茶的杯子坐到我的身边。尽管是第一次见面,但我还是觉得,她的饮料与她这个人非常相称。

"你是在哪里遇上我弟弟的?我弟弟的名字叫'由男',我叫'朔美'。"

"对不起,我在读大学,学校里大家都给我起了一个绰号,叫我'宽面条',因为我每天的午饭都是吃宽面条,嘿嘿……"

果然是一个古怪的人。难道我平时总是在播放着怪人专用的频道?

"我是白天在公园里和由男认识的。他好像逃学了,一副闲得无聊的样子。我那天正好学校放假,偶尔到公园里来散步,就跟他打招呼。我们竟然谈得很投机,谈着谈着就成了朋友。后来我们还在公园里见过几次,不过现在他不来了,我真为他担心,不知道他怎么了。因为他还是一个小朋友,连他的住址、电话、名字,我都不知道。"她说。

"你怎么知道我是他姐姐？我们长得不太像，年龄也相差很多。"我说。

"那种事，我有的时候能够感觉到，由男也有这样的本事吧？刚才我喝着茶时，看见你从那扇门进来，坐在我的对面，我便有意无意地产生了一种很奇怪的印象，觉得你和由男说的'失去记忆的姐姐'很相似，所以我就想问问看，如果不是也没有关系。"她说。

"原来是这样。"我总算能够理解她了，因为弟弟和塞班岛的朋友们的缘故，我已经对那些与感应有关的话题产生了足够的免疫力。

"那孩子已经休学，去一家寄宿的私立儿童福利院了。那所学校好像从早晨到晚上都把课程排得满满的，所以他没法出来吧。"

"嘿！真的吗？我一点儿也不知道。不过，只要精神振作起来就好。我只是担心，心里胡乱猜着他是去上学了呢，还是搬家了呢，或是身体不好？"她笑了，"我把我的住址和电话号码写给你，请你转交给他。"

她在店里的餐巾纸上唰唰地写着。一个很普通的名字，叫"铃木加奈女"。

"我会交给他的。"我把餐巾纸接了过来。"还是不应该让他去的。那里不就像军队一样吗？不上学也没有关系，还是待在家里好啊。"

一天，母亲去弟弟的儿童福利院接受面谈后回来，歇斯底里地大发脾气。因为弟弟去儿童福利院时间不长，周末还不能获准回家。

"为什么？是没有自由吗？还是那里的人都很讨厌？"我问。

"我说的不是那个，他们待人都很亲切。可是啊，他们老打听我离婚时的事，真是难以相信。烦死了，那些事，我早已经忘记了……"母亲不停地抱怨着。

"弟弟怎么样？"

"精神很好，说比去学校快乐，好像也交上了朋友。"母亲说。

"那不是很好吗？"我说。

"我不乐意。凭什么连我也要接受他们的面谈？"母亲说。

"你这么说，我就不知道怎么劝你了。"我说。母亲有时不该宽容的地方却很宽容，遇到这样的事情却又变得很任性。

干子在一边看着电视："不过，我知道阿姨说的意思。阿由本来就没有什么问题，又不是自闭症。即使不愿去上学，也只是逃学去玩，不能算精神颓废，他和那些爱钻牛角尖的小孩还是有些不一样的。"

"说的是啊。"母亲说，"像他这样的年龄，说想离家，不愿意去上学，那么就只有这个办法了？可是，不会的，还有更好的办法，只是这孩子不用脑子去想，不是吗？"

"也许吧。"我说，"比如，去寄宿制的私立学校，或去国外的学校上学。"

"读不起那样的学校啊！"母亲说。

"那么至少该转个学校。"

"这我考虑过。"

"可是，他为什么坚持去那样的地方呢？那种地方，我从来没有接触过。"

"我不知道他为什么一定要去啊。"

"我去看看怎么样？探视，姐姐可以去吗？"

"事先获得准许的话，就可以去吧。"母亲说。

经过几次出门旅行，如今家里有关弟弟的事情都由我来作决定。我把手伸进口袋里，探摸着宽面条给我的住址，心想还是去看看弟弟吧。

探视定在星期六的下午。

我还无端地想象我们姐弟俩隔着铁丝网……但是，那里不是看守所，所以完全不是那么一回事。

这家儿童福利院就设在一幢极其普通的大楼底楼。明亮、整洁，有着一种适度的生活感，还有孩子们喜欢的招贴画和玩具等，丝毫也没有寒酸阴暗的感觉。从传达室里望去，可以看见里边来来往往的孩子们。他们喧闹着，一副很快乐的样子，没有发现那种感觉古怪的孩子。

我说我是孩子的姐姐，我可以带他出去吗？接待员大姐微笑着说："可以呀，如果在外面吃晚饭，请在七点半之前把孩子送回来。"

因为在预料之内，我松了一口气。

也许有的孩子在家里得不到休息，生活又不顺畅，于是躲到这里来休息吧。但是相比之下，我认为弟弟的行为并不偏激。他只是没有说出来，我无法知道他的头脑里发生了什么事。也许是因为以前发生过的那种灵魂上的事搅得他头脑里一片混乱，夜不成眠，何况向母亲解释，母亲也不会理解。他是明知这种情形，才自己决定要到这里来的。

一位和蔼的男子领着弟弟出来。弟弟笑着说"我走了"，便穿过传达室向这边走来。

"阿朔姐，好久不见了。"

"我们去吃东西吧，你想吃什么？"

"我想吃蛋糕，要吃个够。"

"这里伙食怎么样？"

"还可以，做得很香。"

"是吗？"

两人无意中压低声音悄悄说了几句，离开了那里。

"外面的空气真好。"

走到大楼外，走进柔和的阳光里，弟弟笑得很灿烂。令人不快的是，他的情绪真的比以前沉稳了许多，周身笼罩着像是受到保护似的那种轻松自在的氛围。

"你快乐吗？大家对你都很好吗？"

"很好。我还有了新朋友呢。有的孩子有自闭症，但和他们在一起，我感觉相互之间心灵上不是不能沟通的。还有，有的孩子会莫名其妙地突然哭闹起来，或者乱发脾气，也有的孩子只是不和老师说话，有的孩子刚才还和大家一起很要好地说着话，父母一来探望就突然变得不开口了。"

"全都是怪里怪气的吧。"

"是啊，睡觉前，大家常常说一些在家里过得不愉快的事。"

"他们对你做了什么样的诊断？在咨询会上？"

"说我太敏感。"

"说的没错。"

"我暂且对他们坚持说，父母离婚令我感到很伤心。"

"是啊，这很有效啊。"

"后来在只有父母才能参加的咨询会上，母亲遭到训斥了。"

"也很有效啊，不是很好吗？"我对他说。

"幸好我在这里不会待得很久。"

"是吗？"

"这是我的打算。"弟弟说。

我们坐上电车，驶向我家附近的那个车站，附近一带像样的闹市区就只有那里。我问他要不要顺便回家看看，他说不用了。我觉得他很了不起。他还是个孩子，不可能不想见母亲的。

窗外的景色柔和得像是披了一层云霞，街上到处都点缀着春天的花朵，色彩缤纷。星期六中午，车内乘客稀少，阳光洒满了摇晃得非常舒服的车厢。

"不知为什么，我和大家都很合得来。我能够知道他们头脑里想的事情。他们比普通学校的孩子怪诞或偏执，甚至让人担心，不知道接着会讲出什么话来，但我不知不觉地喜欢起他们来了。"弟弟说。

"你比同年龄的孩子早熟，脑子也好使，所以想的也就多了，于是气氛就形成了。这样的孩子，会不知不觉全身心地去感受普通孩子不用考虑的事情，所以你和他们才很投缘吧。"

我先试着作出分析，但与弟弟的亲身体验相比，这分析就相形见绌了，毫无说服力。

弟弟不停地点着头。

"我相信普通学校里一定也有合得来的孩子，现在只是没有找到。我连去找的力气也没有。"

我原想劝他不要勉强自己，但终于没有说出来。他拼命地要把自己的全身心都磨练得非常敏锐，我能对他说什么呢？不能。

走进经常光顾的咖啡店，坐在那张大桌子旁边之前，我把宽面条的事忘得一干二净。

弟弟要了四块蛋糕，我感到很惊讶，我正回忆着上次来这里吃什么蛋糕，宽面条的面影忽然从我的记忆深处浮现出来。

"对不起，我忘了一件事。"我说，"上次我在这里遇见一个人，对方要我把住址和电话号码交给你。"

"那人是男的?"弟弟问。他的脸上流露出一种无可言状的、僵硬而古怪的表情。我将此理解成是害怕。

"不是，是一个女的。"我将纸条递了过去。

"她是不是叫'宽面条'?"弟弟看着纸条问。纸条上只写着真名，这让他很猜忌。

"是啊，正是她。"

于是弟弟似乎很高兴。他快速的情感变化中散发着隐秘的气氛。

"是你的朋友吗?"

"是的。我在公园里认识了那女人，她人很好，我们就交上了朋友。但她的朋友，那个男的，是一个非常可怕的人。我来儿童福利院的事从来没有向她提起过，所以她在为我担心。"

"你说可怕，怎么可怕?"

"我说不清楚，就是可怕。他好像很喜欢我。"

"是同性恋吗?"

"不是指这个。"

"是怎么回事?"

"他每天晚上故意跑进我的梦里。还有，总是向我送来什么电波。"

"呃，你说的像画中的故事一样，莫非你觉得这咖啡店里的人都是间谍，在监视着你的举动？"

他终于患上精神分裂症了？我这么想着问他，不料弟弟勃然大怒。

"你说的什么呀！"他接着说，"我总觉得害怕，而且也没有去上学，上次我想问父亲能不能让我住一段时间的，真的。"

我不知道这些事，感到胸口堵得慌。

"是吗？"

"但是我一想到他那里有个小孩，已经够累的了，我提出后他也许不会拒绝，我就不好意思提了。"

"你真了不起。自己的事情全都由自己来考虑。"

"嗯。"

弟弟贪婪地吃起端来的蛋糕。我只是喝着咖啡，望着花瓶里与上次不同的鲜花。

除了鲜艳的橘红色唐菖蒲之外，还点缀着七扭八弯的深褐色的枝叶。

上次插的是白色百合花和蕾丝花，那位女子……

我刚想到这里，弟弟开口了："宽面条这个人，我很喜欢。你没有感觉到她有些神秘？"

"嗯，我知道。上次她就坐在我的正对面，从花朵之间露出白皙的脸，怎么说呢……"说着，就像儿时的回忆一样，那人的面影以模糊的映象散发着她的气息，在我的脑海里苏醒过来。当时的印象就像回忆恋人般浮现在我的眼前，令我感到很酸楚。

"打个电话试试吧？"弟弟问。

"你很积极呀。"

"她是我的朋友啊。"他说着便跑去打电话，回来说她好像不在家，没人接电话，然后继续吃蛋糕。

我漫不经心地继续喝着咖啡，一边茫然地望着窗边排列的陶器柔和的线条。这家咖啡店使用的器具全都是日式的，供应的是用烤得很透的咖啡豆煮出来的浓咖啡。桌子全都是木制的，又宽又大。地板也是木地板，走在上面会发出很好听的声响。蛋糕不是那种涂满大块鲜奶油的蛋糕，而是欧式糕点，非常精致。

我很喜欢这家咖啡馆。下班到这里喝一杯咖啡再回家是很有乐趣的，也是在都市里生活的人的小小喜悦。

我每星期都要来几次，却很少留意周围的人，那个女人以前就常来这里吧……我这么想着。

这时，门口的铃声轻脆地响起，女服务员说着"欢迎光临"，随之吵吵嚷嚷地进来一伙学生。在那伙学生的背后，那女人如影子一般悄悄地，又如风一般轻盈地走了进来。

"宽面条！"弟弟像发出暗号一样大喊了一声。

她露出惊讶的神情，旋即笑容绽开。

那是一副灿烂的笑容，仿佛在说："果然在这里啊。"又仿佛在说："我知道早晚会见到你。"

19. 弟弟的回家路

在和宽面条交谈的时候，我觉得自己有一种极其复杂的心情。我凭着以往的知识搜索枯肠地寻找表现这种心情的词语，却无济于事。我就是怀着这样一种无法说清的情感。这样的情感就是对龙一郎也从来没有过，我甚至怀疑自己是否在初恋。

这样的心情与性格如何、长得是否美貌之类的挑剔全无关系。我的确也很喜欢女性，比如觉得花娘和荣子都长得很漂亮，有一种怜爱之感，但仅此而已，没有再多的感觉。

只要有对方在身边，心里就会觉得很平和，就是这样的感觉。这个人不可能不在这个世上，不可能与我不在同一片蓝天底下。我感到心里很宁静。

比如老街里宏伟的教堂，经常在照片上或电视里看到的粲然生辉的寺院。在清纯碧蓝的天空下，在清新的空气中。用生动的目光望去，就会有那样的感觉吧。它果然早已在那里了，在我认识它之前，在我来到这里的现在，它都已经在那里了。而且，我对它的存在感到崇敬。

一股眷恋的、甜蜜的思乡之情涌上我的心头。宛如小时候听过的歌，只有旋律在流淌，影影绰绰，就像微微地、美美地沉浸在光亮里。

我究竟怎么了？我为什么会如此感动？

我的思绪极其混乱。遇到未知的事物，人们都会感到混乱。

"对不起啊，由男，那个人给你添麻烦了。"宽面条一坐下便说。

"不用了。这不能怪你啊！刚才我对阿朔姐也说了。但她觉得我头脑怪怪的，没有理睬我。"

"呃，你们说的是那个可怕的人？"我问。

"是啊！就是我男朋友，人有些古怪，看来他非常喜欢由男。"宽面条说。

"怎么古怪？"

"你要见过他以后才会知道……"两人居然同时飞快地答道。

我心想，大概又是那样的人吧。

"他是这样的人，总是想不知不觉中将别人拉向自己。"宽面条补充道。

"他不太好？"

"嗯……"她想了想说，"不能一概而论。"

"你一直在和他交往吧。"我说。

"他一定是真心想和由男一起建立新的宗教吧。"宽面条说。

我忍不住把嘴里的咖啡喷了出来。

"对不起，我是真的吓了一跳，人真的会喷笑吧。我还以为只有在电视剧里才能见到呢。"我歉意地望着弟弟。

弟弟的眉间蹙出皱纹。

"好像是真心的，他也没有放过我，硬拖着我，我是和他吵了架才分手的。"宽面条说。

我基本上是一个局外人，所以也没一本正经地听她说。只是宽面条每次说什么，我总会想起什么。

是一件非常重要却一直忘记的事情。

不是带有恋爱性质的事，却有着一种特别浪漫的感觉。

"即使分开后也不死心，想要拉拢我。"弟弟说。

"以我有限的脑浆来推测，你的体内有一个专门承接'可怕'这种感觉的托盘吧？所以你才会害怕他。"我说，"我绝对不会怕他。你至少总会有那么一点想让人知道自己具备特殊能力的心情。难道不是吗？"

"是吗？"弟弟说。

"我明白了。那种感觉我有过。我认为他很有能耐，觉得他能够理解我，所以很长时间离不开他。因为由男的缘故，我现在总算恢复了自我。真是谢谢你了。"宽面条说。

"你也会有那样的感觉？"我问。

"没什么大不了的。只是有时能够帮助别人祛除疼痛，透视箱子里的东西，仅此而已。"她笑了。

尽管她说是"仅此而已"，可我什么也不会。

宽面条今天将头发扎成两条辫子垂披在肩膀上，穿着黑色的毛衣、绿色的裙子。尽管衣着随便，却有着像去什么正式场合的呆板、严谨的氛围。她让人感到谁都不能破坏她的风格，让人感到她会比谁都活得长久，让人感到她隐隐有一丝哀伤。她并没有特地表示出要与人交谈或朝别人笑的神情，却能够让人感觉到自己被她深深地爱着。

"我对朔美真是……"宽面条说。

"你喊我阿朔就行了！"我说。

"我对阿朔有一种很强烈的依恋感，你说奇怪吗？"

我无以作答。原来如此，如果我们双方头脑里想着同一件事，那么接下来该做什么？做爱？不。

一定是做个朋友就行了。那就是朋友。

我已经很久没有考虑如此单纯的事了。小时候就与陌生人一起被关在同一个教室里，并被迫从那里、从那些人中间找到合得来的朋友。如果那就是命运，就是交朋友，那是一件让人多么痛苦的事呀。成人以后就自由了，想找朋友可以用自己的眼睛和耳朵在大街上找，我却依然没有抛弃关在箱子里时养成的习性。

弟弟想要逃离那个箱子，也许唯独弟弟才是健全的。

"我们交个朋友吧。"我说。

"你们好奇怪。"弟弟说，"今天留给我的时间已经不多了，我们去玩玩吧。"

说的也是。

"去不去我家？"宽面条说。

"有什么吃的？"弟弟问。

行了，真不怕难为情，我阻止道。宽面条笑着说，没关系啊，吃比萨吧。

她一笑，感觉上那张笑脸会让空气颤动起来，鼻尖蹙出皱纹，好像隐藏着什么甜蜜的秘密似的。

小时候我非常害怕天黑。黄昏会让我感到寂寞，恨不得一直玩下去，屡次与小朋友一起离家出走。但是，黑夜来临，我就会感到害怕，因为回家后会挨骂。那样的时候，摇摆着的绿叶的颜色就显得更加幽深，黑暗遮掩着未来，明日的阳光显得极其遥远，令人不敢相信。因此，时间的密度越浓，我就越喜欢身边的小朋友，不愿意分开了。

我真希望多待一会儿，一直玩下去。

难道是因为我幼小的内心那时已经明白，与这位小朋友不可能一起长大成人，各自的想法和今后的发展也会大相径庭？

我觉得不是。是因为孩子以自己的切身体会知道"就只剩眼前这一次机会"。他们对"现在"这一刻将要飞逝而去，就像对自己的四肢噼啪作响着快速成长一样，非常敏感。

孩子们会感受到那份惆怅。

和这样有了新朋友的弟弟在一起，我仿佛觉得儿时的那种怅然又苏醒过来了。

在宽面条那单身生活的房间里，在洁白的室内装饰中，我们吃着比萨。我油然产生一种不和谐的感觉：我们像从小就在一起的朋友，但她的事我却一无所知。

我们没有谈论什么重要的事情，时间已到六点半，我有些哀伤，尽管只是刚见面，没有任何值得一谈的重要事情。弟弟更是一副落寞的神情。小时候干子暑假都住在我们家里，每到她回家时，真由总是又哭又闹，我也会感到很寂寞，手足无措。那种时候的气氛开始支配着我们三个人。

收音机里流淌着《米歇尔》这首歌。我思绪联翩，一定是披头士乐队兴起时，大家都像这样难舍难分。约翰和洋子交谈一个通宵直到天亮那决定命运的时候也是如此。世界自古以来一直就是这样运转着。

我们和宽面条告辞离开她家，坐电梯下到一楼，抬头望去，她在四楼房间的窗口轻轻地向我们摇手。因为房间灯光的返照，我看不清她的脸，但她一定是一张笑脸，目送着我们直到看不见为止。

"最近常常有人相送吧。"拐过弯，她窗口的灯光与浮现在黑暗里的许多窗口的灯光混在一起难以区分的时候，我说道。夜里凉风习习，寂寞也随之被风刮去，觉得心里很舒畅。

"是啊。"弟弟说，"开始的时候吧，我很害怕宽面条那个男朋友，整天整天提心吊胆的，我有一半是为了躲避他才住进儿童福利院的。不过，现在有些不一样了，何况我已经有新朋友了。"

弟弟呢喃着，并非要告诉什么人。

我听到这话时，不知为何头脑里猛然间一片空白。弟弟已经不是弟弟，而是一个完整的人，我也已经不再是姐姐。我才意识到这件事。这天夜里，我与他一起走着，这是什么时候开始的？我现在几岁了？我觉得这一类的事情已经毫无意义。

唯独这一点，是我鲜明地浮现在黑暗里的感情。

那天，我一如往常，打完工踏着夜色回家。

打开大门时，有着一种神秘的静谧。

那种极其微弱的静谧有着不同于平时的另一种性质，能感觉到死亡的气息，仿佛家里的某种事情已经完结。我能够明显地感觉到那样的气氛。我害怕起来。因为这种时候会发生许多意想不到的事情，所以我的感觉会变得如同孩子一般非常敏锐。

具体地说，那仅仅是大门口的灯没有亮这一平时不可能出现的昏暗所带来的静谧，但我觉得不仅仅是这一点，于是我也一反常态，蹑手蹑脚地走进厨房。

我发现在对面漆黑的房间里，母亲坐在沙发上喝着葡萄酒。电视里在放黑白电影，不知为何没有声音，那种模糊的画面不时闪着光亮，照出母亲的身影。在黑暗的房间里，发出暗光的杯子里的红葡萄酒衬出了母亲白皙的面颊。

那是不正常的美的光景，我宛如置身在梦境里。

每天的生活里都没有确切的东西，从任何意义上说。

我虽然身在黑暗中，却不忍心破坏这完美的光景。不过，我不知道发生了什么，便狠狠心打了招呼。

"出什么事了？"

你回来了，母亲说。

她的大眼珠直勾勾地盯着我，里面浮现出可称之为愤怒或失望的情感，脸上还有掺杂着气急败坏的有趣的表情。

"纯子跑掉了！离家出走了！"

我惊讶得讲不出话来。说起纯子，今天早晨不是理所当然地在家里吗？我和干子胡乱地吃着她做的早餐时，她还欢笑着向我们描述电视节目，我们出门时记得她在洗东西，还笑着说："走好啊。"她的表情应该没有包含除此之外的任何意思和感慨。

早餐吃的是蛋包饭、味噌汤、凉拌菠菜。她做的凉拌菠菜很有特色，香甜，柔软得过分。我们吃剩下的多半还放在冰箱里。以后再也吃不着了吗？一想到这里，她的形象便突然鲜活起来。那双白皙的手，直到昨天还看见的穿着睡衣的身影，拖着拖鞋的脚步声，与母亲两人直到深夜还在交谈的悄悄的话语声。

"怎么回事啊！又……"我说。

母亲一副垂头丧气很不耐烦的样子，但还是回答了我：

"我怎么知道！我想她不久会来信或来电话的吧。行李大多已经带走，钱也拿走了！"

"呃……"我无法相信这是事实。

我即使听着也不敢相信，内心里拒绝接受。

"从哪里拿的？这确实吗？"我问。

"从那个橱子里。我的私房钱，现金，八十万日元。"

"为什么放在家里呢，放在银行里不好吗？"我问。

"可是，银行靠不住。把现金放在家里，尽管没有利息，但省去了存取的麻烦，临时想旅行就可以轻轻松松地去。"母亲故意岔开话题。

我们都实在不想说这件事。

光看事实就足够了。

"她有什么烦恼的事情吧？你没有听她提起过？"我问。

"你这么一说，我记得好像听到她说起过，但具体的事情不清楚。"母亲说，"如果她向我借，我一定会借给她的。"

"说起来也真是的。奇怪啊。"

"我想她大概有什么突发的事情吧。不过，也可以对我讲啊。"

"我听不懂了。不过，那钱，你的确能证明是她拿走的吗？"我问。我的思绪好不容易才对这样的状况有了现实感。

"她留下了这个东西。"母亲指了指桌子。

我打开灯。在空气终于开始流动的房间里，我看见了那封信。

我一定还你。纯子。是纯子的笔迹。

"真讨厌，人啊，真是琢磨不透！在想什么啊？"

"我没说错吧。"

这就是母亲和我两个人简单的结论。

我们各自沉默了许久，又像平时那样各做各的事情。母亲继续喝葡萄酒，我吃面包当晚餐，但我们都不能释怀。

冰箱里果然还留有味噌汤和凉拌菠菜，我感受到了珍贵。一想到珍贵，便顿觉悲戚，我强忍着不去想它。向干子解释，告诉弟弟，这样做可以使那种异样感溶化于日常生活吗？

仅仅因为是朋友，就让别人住到家里来，可以说这本身就是异样的。

总之，这里只有事实。

她已经不住在这里，而且多半不会再回来了。

心中的遗憾也许是无法修复的。

要想起她就会露出笑脸，这也许需要时间。

那件事作为现实中的事实，带着震荡的声响，撞击着我那无法释然的心头。

"嘿，烦死我了。我不愿意再去想它，和他喝酒去了！"母亲说着走了出去。

这是情有可原的，你就喝个痛快吧。我这么说着，目送着母亲离去。干子放学回家以后，我把事情原原本本告诉了她，干子毫不掩饰地吵嚷起来，像女大学生那样作了各种推测，什么男女之间的情感纠葛，什么女儿与小流氓勾搭卖淫，或者她以前的男人借上高利贷求她筹钱还债……总之，干子列出了好几个假说。听她这么推测，我也拿不准了，甚至觉得这起偶发事件也很有趣。

于是，我们彻底兴奋起来，如同因遭受天灾而在异常状态中聚到一起熬夜的灾民，极度亢奋，直到半夜还坐在桌边喝啤酒、吃水果，连电视也不看了。

接着，干子先上二楼睡觉，我洗了澡仍在起居室里喝咖啡。

我把灯光调暗，用很小的音量收看午夜节目。

时间已过两点。我估计母亲回家时要到天亮了，便将大门锁上。

我一边想着该上床睡觉了，一边涂着指甲油，突然一股难耐的寂寞像海浪一样向我袭来。

再也见不到了，再也不能住在一起生活了。

刚才已经用语言讲清楚的事实，这么简单的事情，为什么却没有现实的感觉呢？我这么一自问，便发觉原因在于我成了孤身一人。

在这深更半夜一个人独处，才体会到家里的气氛已经截然不同。这与父亲去世那天晚上，母亲离婚的第一天晚上，以及真由离家出走的那天晚上很相似。

荒凄、冷寂的感觉。

别人离开时那种无倚无靠的感觉。

生离死别时回天无术的孤独感。

我很沮丧，我能体会到空间里那份异样的沉默所隐藏的含义。空气吸收着生离死别的气息，静静地沉淀着。直到昨天的这个时间还在同一个屋檐下睡觉的人，也许永远不会回到这样的生活里来了。

无论怎样用语言描述，都顶不住汹涌而来的寂寞的力量。

房间里还留有纯子的气息。

要使对纯子的思念像她本人一样在这个家里消失，也许需要很长的时间。

家里除了我之外，只有干子在睡觉。寂寞充满着这个房间，挡住了我的思考，柔和地笼罩着这个家。前不久还是五个人挤在一起热热闹闹地生活，现在却变得空空如也。

我理应已经习惯这种变化，然而……不，应该说正因为如此，所以才会很快地感受到那份空虚。

这种痛楚只能靠时间来消除。

我已经懒得动弹，勉强漱洗完毕，关掉厨房里的灯，正准备睡觉，黑暗中看见起居室的窗外有一个人影。

我大吃一惊，凝神望着。

这时，在暗淡的磨砂玻璃外侧，有一只手在"咚咚"地敲窗玻璃，看得见淡淡的肤色。

是母亲忘了带钥匙，看到厨房的灯灭了，才转到起居室的窗户这边来了？还是纯子回来了？我这么猜想着，悄悄地靠近窗口。

"是谁？"我小声问。

"是我。"传来弟弟的声音。

我一瞬间产生了一种梦幻般的感觉。弟弟此刻应该在那所儿童福利院的宿舍里睡觉的。不过，这次不是像在塞班岛时那样只是灵魂回来，而是现实中真正振动着空气响彻黑夜的他本人的声音。

我慌忙打开窗户。

弟弟踮着脚站立在那里。

"怎么了？你是逃回来的？"

"不是的，我只是有些担心。"弟弟说，"是不是纯子大妈出什么事了？"

"你先进屋吧，赶快绕到前门去。"我说。

站在黑夜的院子里的弟弟显得轮廓模糊，但看上去并不孱弱，而是比什么都稳健。

我打开门锁，弟弟走进屋来。

我一边为他泡可可，一边问："你为什么不按门铃啊？这么冒冒失失地敲窗户，吓了我一大跳。"

"我还以为你睡下了，一看，这里的灯还亮着，我想看看情况。"弟弟说。

"怎么溜出来的？"我问。

"很简单啊。半夜里大家全都睡了，我找个机会就溜出来了。"弟弟说。仔细一看，他果然在夹克里面穿着睡衣。

"可可好香啊，再来一杯。"弟弟笑着说。

不知为何，我有着一种与这时间不能完全融合的神秘感觉。因为这是在孤寂而幽静的时候，情绪激昂的弟弟突然像梦一样深夜逃离儿童福利院飞了进来。

"你怎么知道纯子大妈出事了？其实她真的有事。"我说。

"因为她今天一整天都在向我传送什么，很强烈，很悲伤。"他说得直言不讳。

"你真的能感受到别人的思念啊。"我再次感到吃惊，"纯子离家出走了。"

我向他作了解释，但没有提及钱的事。然而，我不难猜测，他已经感受到是钱使这起事件变得更加复杂、更加阴暗，他已经感受到了那种阴暗的气息。

因为他听着时是一副完全明白的表情。

"怎么说呢，好像是她的女儿偷了父亲一大笔钱离家出走了，感觉上多半是那样的事。"弟弟说，"纯子大妈正在寻找女儿的下落，追寻着只有她自己才知道的线索。她好像很自责，认为原因在她自己的身上。"

这样的推测没有离开干子猜测的范围，真实的情况还不得而知，但我觉得，从感觉上来讲，大致应该是那样的。

"感应很强烈。我甚至脑袋疼痛，还去了医务室。"

"她对你说什么了？"

"不知道，只看到她的脸浮现出来，说不能再住了，也不能再回来了。"弟弟说，"我感到很寂寞，又担心家里不知怎么样了，我怎么也睡不着，怕纯子大妈死了怎么办？担心母亲是不是在哭。"

"她没有哭啊，去喝闷酒了。"我笑了。

"以后肯定会哭的。"弟弟哭丧着脸。我顺着他的目光望去，发现他在看纯子那件捏成一团随手塞在厨房手推车里的围裙。

"我怎么办？要回家吗？回家比较好？"

"随你的便。纯子留下的空洞只能由纯子来填补。家里会有一段时间很阴沉的。"

"母亲会结婚吗？"

我知道这是弟弟最担心的。

"有可能。"我回答。

那位比母亲年纪小的男朋友会趁机住到这里来的，我想。

"母亲如果结婚，阿朔姐怎么办？"

"我已经这么大了，与那么年轻的父亲住在一起可不行啊。到时候我搬出去吧。"

"和阿龙哥住在一起吗？"

"不知道。一般不会。"

"那么，我怎么办？"

这的确令人感到不安。他这样的年龄，简直就和不得不受主人的环境所支配的宠物一样。

"母亲也不会傻到那种程度，她肯定会考虑到你的。虽然他们两人去巴黎玩过，但婚姻比一起出去玩重要得多，所以她一定会拿定主意到底要怎样的。现在这个时候，想得再多也无济于事。"

"嗯。"弟弟好像镇静了一些，他点着头说，"一个人无论做什么，都会像波浪一样影响到大家的。"

他那番自言自语似的恳切话语显得很可笑。

我问弟弟要不要住在家里，等天亮后我送他回学校，向校方解释。弟弟说不用了，回去大多还不会败露，万一败露，再用电话证实一下就行了。他央求我还不如带他去吃拉面，尽管已经夜深人静，我还是决定送他回校时顺便请他吃碗拉面。

我用疲惫的头脑胡思乱想着：姐弟俩深夜在乐声嘈杂的拉面店里吃着大碗面条，在旁人眼里看来，还以为是夜总会女招待陪着年少时生下的儿子在吃拉面呢。

"你满嘴都是大蒜味啊！"在回儿童福利院的路上，我笑着提醒他，"九点钟上床的孩子，睡着时怎么会有大蒜味啊？肯定会败露的。"

"是吗？这下糟了。"

"嚼口香糖蒙混过去吧。"

我把放在手提包里的口香糖和软糖全都掏给他。黑暗中响起了"沙沙"的剥铝箔纸的声音。

夜道上万籁俱寂，令人觉得白天已经安然无恙地进入了梦乡。

但是，我带着一份做完了某件事情的好心情走在回家的路上时，有意无意地回想起今天到底做过什么，于是，纯子的面容掠过我的脑海，我顿时觉得心头一阵紧缩，莫名其妙地感到痛楚，紧跟着眼前一阵发暗。

"呀!"弟弟惊叫。

我慌忙抬起头来。

我沿着弟弟的目光望去，在正前方的天空中央，有一颗流星曳着长长的尾巴划过，那细长的白色如同发光的珍珠。对了，那是一道很长的白线，足够许下任何心愿。

虽然我什么心愿也没有许下。

流星逝去后的清澄夜空里，只有几颗星星在静静地闪烁。

"阿朔姐，刚才看到的是流星，"弟弟说，"不是飞碟啊。"

我憋不住笑了。

"你为什么问我，你是专家呀!"我说。

"可是它太漂亮了，又拖得这么长。"弟弟说，"你说是吗?"

"什么'是吗'?"我问。

"如果和喜欢的人在一起，在像现在这样心情很愉快的时候看到，就会感到很漂亮，就会吃惊，这与星星、飞碟无关。"弟弟说。

20. 夜晚的灰姑娘

一天下午，我窥察邮箱，发现里面有一封神秘的信件，是寄给我的。

信里只是装着一盒磁带，没有信，也没有寄件人的名字。

看收件人的名字，是刚劲有力的大字，好像是男性写的。

尽管心里有些发怵，但因为抵挡不住好奇心，终于还是播放出来听了，原来还以为是收录着色情电话之类的声音，所以冷不防放出音乐时，我真吓了一大跳。里面只有一首忧郁却优美的摇滚乐，是女声四重唱。其余全是空白。

于是，我更摸不着头脑了。

因此，明明可以不去理它，却又猜想里面可能隐含着什么玄机，便拼命地听着英文歌词中听得懂的地方。我觉得歌词大致上是这样的，并不令人讨厌：

闭上眼睛想象一下
你已经判若两人

脱衣舞里最最时髦的女孩
深谙如何扭动才能显示臀部
说说疯狂的旅行故事吧
乱七八糟的星星，或难以形容的特技

闭上眼睛想象一下
那已经面目全非
山丘上那幢巨大的玻璃屋
吸毒又逃学
布鲁斯贝利昨天来了
是个粗野的小伙子，我觉得很酷

闭上眼睛想象一下
事情应该如何结束？
夜晚的灰姑娘
不辨东西
饿得直咬牙
连刀叉都已经忘却
不知谁在记分
也不知谁在门前狂吠

紧紧抱着我吧，我有些害怕

那已是过眼烟云，今非昔比
每当看到我的作为时，你就会想起讲过此话的女孩
无论如何紧紧地抱着我，仅此而已，只是逢场作戏
我记得黑暗，我从黑暗中来，这是玩笑

尽管如此，我还是搞不清是怎么回事。我试着回想所有我能够想起的人，心想会不会是喜欢摇滚乐的古清，甚至还特地打电话到塞班岛去询问，但不是。他喜不自禁地和花娘轮流接电话，只是在一瞬间又带给我一成不变的清湛的蓝天和海潮味。

我依然一无所知，为了听出它的含义，我一连听了好几遍，最后只剩下它的旋律留在我的耳中。

尽管如此，我还是感到其中有着某种真切的东西。

似乎包含着某种信息。

应该是和我的感受方式非常接近的某一个人，为了把什么传递给我而苦恼着。这一残像的回声在我的脑海里不停地鸣响。

纯子那里仍然杳无音信，时间在不断流逝着。

对住在这个家里的人来说，纯子好比是楔子。与母亲相比，在我们的头脑里留下"母亲"的印象的，毋宁说是纯子。

自从她离开这个家以后，母亲常常不在家里，干子原本

就老是和同学们在外面到处玩，回家只是睡觉，我也很少待在家里，大多是在龙一郎的房间里。虽然缺少情趣，但在他的房间里能够让人感到安心、舒坦。

我让他听录音带，问他知不知道这首曲子，他只说听到过，只知道那支乐队很早以前就已经有了。

"会不会是你以前的男朋友寄来的?"他好像有些吃醋。

"我想不起来了。如果是那样的话，就不应该选这样的歌词啊! 根本不能用来坦白自己的爱。"

"你果然已经仔细听过了。"

"没想到你还会吃醋呢。"我感到很有趣。

在这算得上是家徒四壁的房间里，衣服就搭在大皮箱上，好像马上又要打包去国外一样。

不可思议的是，想到他要去国外旅行，我竟然没有感到孤寂。

我只是到这里来玩。傍晚时分，眺望着窗外，夕阳在遥远的地方落下，天空抹着一层淡淡的红霞，不久金星会闪烁出强烈的光，天空的颜色也会变浓。

于是，就会传来步行去购物的大妈们和孩子们回家的嘈杂声，家家户户的窗口都会亮起灯光。到那时，饥肠辘辘，时间……一想到自己的身体上也铭刻着时间，不知为什么，就会感到惆怅和寂寞，简直受不了，不过，我也能感到自己还活着。

我想，如果不是和龙一郎在一起，感觉就不会如此强烈。人与人偶然在同一个地方，时光在眼前流逝而去，光这些就足以唤醒脑海里的某种印象。

延续到遥远的尽头、茂密得连阳光都不能透射的森林。

清晨漾满旭光的湖泊，映在湖面上的山峦颜色。

就像这样。

仰望天上的银河，牛郎星、织女星、天津四星构成一个三角，直到脖子酸痛，头脑里还在描绘一只很大很大的白天鹅。

就是这样的感觉。

我痛切地体会到在时间静止的一瞬间，某种事物依然在流淌。

经过这样的体验之后，我觉得两个人是能够分离的。我觉得唯独灵魂和灵魂会在没有时间的地方永远相互依偎。我觉得自己在一个极其遥远而又不知道方位的地方，一个杳无人迹、只有大海和高山在向我倾诉衷怀的地方，一个忘记自己是人的地方。

但回过神来，生活中就全是肚子饿了或者明天几点钟要上班所以到时候再电话联络这类事情。能做的也就是我能看看这本杂志吗？好啊，我已经看过了，你去看吧。这肉体，这声音。让人费心费神的也就是能去的地方和不能去的地方，受到限制的事情和没有受到限制的事情。

只能做这些事情，只有这样的事情才包含所有的一切。

一天的时光会奢侈地结束，带走这所有的空间。"那首曲子说的是你。你连歌词也听了？"

你能不能想象一下，当你走在街头，一个陌生男子，而且还是年龄比你大很多的男子突然喊住你，对你说这句话时，你的感觉会怎样？

我感到吃惊，而且觉得自己又会成为另一个世界的另一个人，好像忽然跃入与自己以前的生活截然不同的另一个世界。

我以这样的心情回过头去，看到黄昏那清澄得可怕的红色天空，和个子很高的年长者的眼睛。将近四十岁？还是四十多岁？称呼大叔稍嫌年轻，当他是朋友又似乎老了一些，是一个羸弱又有些落魄的人，有着一对透明而神秘的茶色眼珠，令人联想起古清。

"什么事？"我说。我心想，我已经不和古怪的人打交道了呀！

"这……是很久以前的事，你收到录音带了吧。那是我寄的。"他说得很平静，却非常明确。

"啊，是那个呀！"我问他，"可是，你是谁？"

"我可以讲我的真名吗？"

"我更想知道你是谁，你怎么知道我的，为什么突然寄录音带给我，你想对我说什么。"

"我的绰号叫做'梅斯玛'。只要讲这个名字，大家都知道。"他说。

宽面条之后是梅斯玛，我心里暗暗想道。

"我从你弟弟那里听说你的事情之后，就无意中想起那首曲子了。而且我心想，如果能用那样的方法引起你的兴趣，你也许会来听听我说的话。我马上就要出远门，我是完全被你弟弟误解了，想解释一下。"

"你是宽面条的那位朋友？"我惊讶地问。

"你指的是加奈女？"他问我。

我点点头。

"是的，我是她的情人。"他说。

"我听她提起过。"我说道。

我心里不免生疑，这个人这么文静，弟弟到底害怕他什么？因为我尽想象着他应该是更年轻更强悍的人，所以脑子里一时产生了混乱。我根本没有想到竟然会是这样文弱的大叔。但是，先寄录音带引起别人的注意这个技巧，自然而高明得让人不能小看他。我不能疏忽大意。

"你有时间在哪里坐着谈一会儿吗？"他问。

我原来约好去龙一郎家，所以我对他说，如果不超过一个小时的话，没问题。我担心去那家常去的店会遇见宽面条，便决定到车站大楼顶上的啤酒花园去。

时间尚早，店里空位很多。

尽管如此，店内依然人来人往非常兴旺，穿着廉价制服的侍应生忙碌地送着大杯啤酒。

在夕景中浮现的楼群背靠着苍茫的天空，窗户像有空缺的拼图那样闪着清晰的光芒。

我和梅斯玛坐在最里边的座位上。

我不知道从哪里开始问起。有关他的一切，我只听说过不好的评价，而且那些人只说他的不好之处，所以对他我几乎一无所知。

"关于我，你听到的全都是坏话吧？"他问。

"怎么说呢，大家……我说大家，其实就只是宽面条和我弟弟，他们都不愿意提起你，所以我知道得不多，也许是有什么隐情吧。"

"我想带你弟弟去加利福尼亚，为了这件事，我和他们谈崩了。"

"加利福尼亚？"我感到惊愕。

这时，侍应生不堪重荷地送来生啤和干毛豆，我们的对话暂时中断。在旁人眼里，我们就像是一对由上司和部下组成的婚外恋情人。我们为初次见面而干杯，这是我这年夏天第一次喝大杯的生啤。

夏日的气息。与塞班岛不同，夏季与更淡薄的影子一起降临，带着深浓的阴影，不知不觉地融入饮料和树林的绿色里，抚摸着裸露的臂膀，注意到时它已经布满整个天空，弥漫在街头巷尾。

"这么说起来，宽面条的确说过，说你想和我弟弟建立新兴宗教。你说的误解就是指这个吗？"我问。

"什么宗教，我没有那个意思呀！"他露出惊讶的表情，"我只是看他在日本过得很不顺心，才想带他一起去的啊。"

"带到加利福尼亚去？这是为什么？"

"那里的大学设有研究机构，集中着某些有特殊能力的人。他们还为你准备好居住的地方，并不像科幻小说里描述的那样把人当作实验材料或人体武器，也与宗教无关。只是每天参加实验，轻轻松松地发挥自己的才能，所以我觉得很适合像他那样的青少年。而且，那里也不缺熟人和朋友，我从心底里觉得很适合他的。"

"你去过那里吗？"

"嗯，我从很年轻的时候起就出入那里了，因为父母的关系，一直住在那里。和加奈女……宽面条，也是在那里的研究机构认识的。"

我吃了一惊。

"我是第一次听说。"我说。

"她好像不喜欢自己有所谓的超能力，在那里痛苦挣扎，有些神经兮兮的，因此我放弃留在研究室的打算，和她一起回国了。她说再也不愿意缠上那样的事情，只想过普通的日子，因为她的超能力是有些忧郁的一种。"

"什么超能力？"

"你一点儿都没有听说过？"

"没有。"

"她连回想都不愿意回想一下。她能够从失踪者或死者的携带物品中找出各种信息，在那里还协助警察破过案。因为感应过太多的死人，尤其是失踪后惨遭杀害的人，她已经身心疲惫。况且，她的超能力在小时候很强烈，以后渐渐减弱，等到从神经衰弱中康复以后，那种能力就好像完全没有了。不知道这一类超能力是以什么样的契机才消失的。不管怎么样，她也许不会再到那里去了。她一直在说，她在那里吃足了苦头，再也不想待了。嘿，那里的人又偏爱新新人类，感觉与普通的留学不一样。"

"我根本没有听说过这些事。"我说。宽面条的年龄和在学校的年级并不吻合，我以为是她曾经在外游荡或留过级，所以没有深究。

"你呢？你擅长什么？"我问。

"应该说是催眠吧，我专门研究这个。你知道梅斯玛这个人吗？"

"名字听说过，是个医生吧？据说在古代欧洲利用什么……磁石给人治病……详细情况我不知道。"

"对了对了，大致没错。我的绰号就是从那里来的。我一直在研究他，还写了论文。他在十八世纪七十年代利用催眠和昏迷状态为人治病，在那个时候算是划时代的治疗方法，留下了梅斯玛主义这个名词呢。"他沾沾自喜地说着。

大家都各有所长，我感到很钦佩。我想象在大洋彼岸有那么几个人聚在一起，很平常地谈论着如此特殊的事情，觉得像是一个奇异的梦。在弟弟变成那样之前，那是一个与我的人生毫无关系的世界。

"嗯，所以你才叫梅斯玛先生。"

“是啊。”

“你回到那里去做什么？”我问。

“那里有一个协助精神科医生的机构，使用劝导、催眠之类的方法。我打算到那里去工作。如果有必要，也许还会重新去医大学习，但现在我想研究催眠的发展前景，何况我自己也还远远没有熟练。”

“是吗？”我连连点头。

屋顶上渐渐拥挤起来。人们下班后纷纷拥来这里，占满四周的桌子，传来了临时凑桌的人们的傻笑声。桌子上的豆壳眼看就要被风刮跑。尽管如此，天空依然是透彻的蔚蓝，只是渐渐地深浓起来。

我和他茫然地望着这样的情景，突如其来地有一种怪异的感觉，仿佛身在国外，又好像是孑然一身。

我想起以前曾遇到一只流浪猫，因为无法收养它，所以只好装作没有看见，直到半夜，那猫叫声还在我的耳朵里萦绕。又如某同学转校，翌日一个陌生的孩子坐在他的桌边。又如与恋人分手，虽然没哭，但傍晚回家的路上却显得漆黑一片，心想趁现在打个电话还能见面，但那是无济于事的，就那么犹豫着的时候，道路已经渐渐地被黑夜侵占，心里非常苦楚。

头脑里想起的，尽是这样一些事情。

对了，赶快去龙一郎的住处吧，去那个家徒四壁却温暖的地方，那个一直在明亮的房间里等待的他所在的地方。

"可是，"我说，"去不去加利福尼亚是要由我弟弟自己决定的，但我弟弟为什么会怕你？"

"我认为那是他太敏感，对我太了解的缘故。"他哀伤地说。

他一副悲痛欲绝的模样。我想，弟弟是太伤感了。我知道弟弟为什么要躲避这个人，是因为这个人所有的一切都令他感到十分痛苦，甚至不知道该怎么样才好。

"是加奈女误会了，她以为我是缠着你弟弟引诱他，其实不是，我非常理解他的心情，我想帮助他，和他交朋友。因为我在小时候也有过相似的念头，我非常希望能够助他一臂之力。"

"那是一种什么样的感觉？"我问。

他呆呆地望着我。

"因为我也不清楚我弟弟到底在什么样的时候会感到很伤感。"

"别人的感觉，是绝对不可能了解的，无论多么情投意合，无论怎么样共同生活，无论怎么样血脉相连，都是不可能完全了解的。"他笑了，一副羞答答的笑容，如绽开的小花，"我年幼时住在美国，邻居有位大叔是催眠师，我常到他那里去玩，也许是潜移默化学会了技巧还是什么的，在青春期之前就遇到过许多事情。我对某个人强烈地想着什么事，确实就能够影响对方。最厉害是在纽约读高中的时候，我以前一直是喜欢安静的，很少抛头露面，在同学中很不显眼，但看来我对别人感情的影响力太强了，等到我发现时，周围已经有五个人自杀，另外变成神经衰弱患者或像宗教一样崇拜我、愿意追随我的人更是不计其数，我自己也不知道如何是好了。那个时候真的很难堪。因为正值青春期，无法抑制能量，无法克制住自己的感受和思考。"

"真的吗？"

"是真的。因为是我自己的亲身体验。我思前想后，甚至还想到过自杀，最后就到加利福尼亚那个研究机构去试试。那里有很多人为有着相似的感觉而困惑，他们把自己那魔鬼般的部分称为'才能'。在那里我得知，小时候接触催眠术和因为母亲屡次再婚而辗转全美国，这两个因素给我留下强烈的精神创伤，使那种能力大幅度增强。而且我还知道，只要经过训练，就能将这种能力用于治疗人们身心两方面的疾病。因此，我在心理上轻松了许多。"

"那是多大的时候？"

"记得是十七岁左右吧。"

"具体来说，大家都做些什么？会有什么样的结果？或者，就是给人催眠？"

"不是。厉害的时候就完全不是那样的感觉，即使什么也不想做，也已经做了什么，怎么都不能控制自己。就算和自己喜欢的女人在一起，大多连普通的恋爱都谈不成，结果往往还会伤害对方。我一旦强烈地意识到什么，就会一连好几天走进对方的梦里，过分强烈地向对方的意念倾诉。"梅斯玛一副认真的表情说着。

我半信半疑。比方说恋爱，有人能处在"普通"的精神状态里吗？像他这种被人忽视又有着怪癖的人，希望自己对他人产生影响，这不是司空见惯的事情吗？倘若如此，弟弟会怎么样呢？对有着那种念头的人而言，如果的确存在着弟弟那种容器极其敏感又容易接受暗示的人，那么就可以算作是确有影响力吧。那种情况就和恋爱一样，双方相辅相成，才形成某种特殊的氛围，不是吗？谈论此类事情的人不是都有些过虑了吗？他们本应该生活得更加幸福的。

"我嘴笨，讲不清楚，但我想，如果以前的一切全都是梦，那该有多好啊。"他自言自语地说。

我很想哭，因为他的口气证明他是真的这么想，而且我知道他的内心深处不愿意提及与这些想法有关的事情，那些都是以前发生过并在他的心里得到膨胀的事情，他希望能够忘记。

"对不起，你和宽……叫加奈女小姐吧？一般来说，你们会恋爱吧？"我问。最让人难堪的是，我心里怀有的所有疑问中能够有些品位而又不至于失礼的，就是这个问题。

"会的。她年纪比我小那么多，却是一个非常倔强的人。我还从来没有遇见过那样的人。"他非常怀恋地说道，"只有她一个人不畏惧我，不受我的影响。无论我发出多么强烈的意念，她也不为所动。因此，这是我第一次真正的恋爱，我感到很幸福，也能够体会到大家的心情。毫无畏惧地去爱一个人，是多么的快乐，能使人产生多大的勇气啊。"

"是吗。"

表面看来，宽面条丝毫也没有为分手的事所动。她是一个不可思议的人，一成不变，永远在老地方。她的目光里既没有过去，也没有可以企盼的未来。她仿佛已经活得太久太久，把一切都已经看透了。

"看她现在的生活，像是一个很普通的女大学生啊。"

"因为那是她所希望的。如果和我在一起，她就无论如何也摆脱不了她最最讨厌的世界和人群，所以只有分手。我们相互都理解对方，只是因为由男而产生了误解。"

"是吗？"

"请你把我的心意转告他们。拜托你了。分手时还不能消除误解，我会非常难受。"他显得有点寂寞地说。

"我想如果可以的话，最好大家见个面，当面谈一下……我来问问他们，至少我要问问我弟弟。我相信宽面条一定能够理解，我觉得她并不是一个如此想不开的人。"我说。

我还不想和这个人分开。他身上所拥有的寂寞与人类的历史一样深厚，在那里吹拂着的风儿令人感到寒飕飕的，仿佛刚吹过没有人回头的墓地一样。尽管如此，因为他有着一种真髓，一种与人类原本就拥有的寂寞非常相似的真髓，因此我难以与他分开，寂寞得不能自已却装得若无其事的无数个夜晚的痛楚在我身上一下子喷发出来。为了不被这股痛楚的洪水冲走，我只能和他在一起。

难道我已经中了他的催眠术吗？

我感到惆怅。大楼里的窗户，我们的笑声，灯笼里的灯光，都让我感到凄凉和孤单。

"我再问你一个问题。"我说，"你为什么认为那首歌唱的是我？"

梅斯玛直视着我点了点头。

然后，他说："对不起，我不知道能不能回答你的提问，我可以说说今天见到你以后得知的几件事情吗？"

"你讲吧。"

"当我从你弟弟那里听说你的事情时，奇怪的是，我的脑海里马上清晰地浮现出那首歌里'夜晚的灰姑娘'这段歌词。也许是先入为主，我对你的印象就这样固定下来了。今天见面我才知道，你很孤独，很渴求，很无助。在你头部摔伤之前，有很多亲人都去世了吧。接下来多半轮到你了，你们的血缘很容易出现这样的事情。"

我想起花娘说的"死了一半"这句话。

"幸好你有着某种正气的东西，能让你死里逃生。我不是宿命论者，对星相学也没有多大兴趣，但是我感觉到，自从头部受伤以后，你的人生完全变成了一张白纸，因祸得福摆脱了所有的束缚，你在潜意识中知道这一点。为了不使自己寂寞或者空虚，你一直小心谨慎。你极其孤独。你的恋人是一个头脑很聪慧的人，人品也好，而且在一条相当近的线上挤压着你的孤独，但在你内心产生混乱的时候，他的存在不过是一种消遣。要达到真正的绝望是轻而易举的，不让自己绝望是你现在的一切。你已经死过一次，前世准备好的花朵和果实全都产生了变化。

"想必你母亲那边有着非常怪异的血脉，你弟弟也受到了影响。

"半夜里常常会惊醒，不知道自己是谁。

"那就是你。

"那是一种非常虚无的状态。

"分手，邂逅，只是过眼烟云，只能在一边观望。

"活着时，始终生活在彷徨之中，多半死了以后也是如此。为了不去留意这些，你的内心里正在发生极其惨烈的拼搏和混乱。

"我甚至感到很佩服你。"

"这就是我？"我说，"孤独，大家都是一样的。因为觉得自己很特别的人总是需要听众的。"

说着，真由的影子在我的脑海里轻轻掠过。

"我不愿意以那样的方式生活。"

"支撑着你的不是意志的力量，而是存在于你思想中的某种东西，某种美好的东西，好比出生后第一次露出笑容的婴儿，或使劲扛起重荷那一瞬间的人，或极其饥饿时闻到的面包香味之类的东西。你的外祖父也有这样的东西，你很自然地遗传了这种特质。你妹妹就没有，你弟弟有。那样的东西究竟是什么呢？"

"也许是一种秘诀吧。"我笑了。

"你的笑脸很美，散发着希望的气息。"他说。

我在他的眼中已经寂寞到无以复加的地步了。同样的夜晚，淡淡的星空，吹拂而过的风，大楼，桌子，沉重的铁制椅子的触感，端着好几个大酒杯懒洋洋地移动着的侍应生，从他的角度来看，显然都完全不同。

看透一切，是一件多么可怜的事啊。

我（即使不像他说的那样）不敢存入内心的一切，在他那双透明的瞳仁里都已经成了风景。

我平日不愿意去怜悯别人，现在居然完全听从他的摆布，我被这夜晚和这可悲的半生所征服，和弟弟、和宽面条一样。

病入膏肓，无药可救。体会颇深，无法搪塞过去。

虽然我与他笑脸道别，但我觉得自己已经被惆怅击垮了。我带着这样的心情回到龙一郎的住处。

"你回来啦。"他迎上前来，"这么晚了，我在拍照片玩，瞧，你看看。"

他自我解嘲地笑着递过来一张快照。

照片上是龙一郎身穿我的连衣裙微笑的令人不快的素颜形象。

"你穿的是什么？怎么回事？"我问。

于是他回答："衣服就挂在那里，本来我想穿着它等你

383

回来开个玩笑，可左等右等也不见你回来，我忽然觉得这副模样傻等着你很无聊，就拍了一张照片。"

"你的花样真多啊。"我说。

"去吃饭去吧！"他嚷道。这样的时候，和恋人在一起总是感觉特别好。

不过，对我来说，这样就已经足够了。

人生、角色之类的事情，是不能用语言说得明白的。

受到限制的信息是不能还原的。

只能顺其自然，悄悄地观望着。诸如此类的事情，那个人肯定知道。

然而，我是想说，我渴望交流。因为我寂寞，因为我生活在寂寞的布景当中。

龙一郎上洗手间的时候，我又拿起照片来看，龙一郎以矫揉造作的笑脸微笑着，与从前在照片里看到过的他的母亲非常相似，一想到他用这副模样在这里傻等着，我就忍俊不禁。

笑着笑着，我失去了自我，失去了我的思维，失去了我的脸，失去了一切，我整个儿地溶化在笑中。不用求助，没有孤独，一切都没有。我自己就成了笑。

只是短短的一瞬间。

我觉得自己已经体会到了那样的感觉，无论发生什么，结果都不会是灰暗的。

就好像我所拥有的宝石那样。

21. CRUEL^①

这天夜里，我发烧了。

我觉得好像不仅是因为在寒冷的屋顶啤酒花园待得时间太长才着了凉，是梅斯玛说的那番话给了我极大的冲击。

平时我并没有在意那些事，其实当时我也没有在意，然而一闭上眼睛，我就感到黑暗不停地旋转，怎么也睡不着，而且脑袋阵阵隐痛，某种强烈的情感接连汹涌而来，有一种奇怪的感觉，想哭，感到忧闷。

觉得不对劲的时候，人已经整个儿投入了发烧的世界，所以才没有察觉。半夜里曾起来过一次，摇摇晃晃地去洗手间，路也走不稳。

于是，我感到奇怪，便喊醒了龙一郎。

"我好像有些怪怪的。"

"什么怪怪的？"他吃惊地问我。

"脑袋很烫，脚下却冷得像冰一样。"

他摸了摸我的头和脚。

"真的。"于是，他起身取来体温计，"量量看。"

经过测试，体温有三十九度。

"哇！这么高！快要烧坏了。"他说着，用冰块做了个冰袋。

"这么一来，人世间就显得有趣起来了。"我说。尽管肉体上遭受苦难，但因为一切都显得鲜活而生动，我喜不自禁。

"感觉怎么样？要喝点什么？"

"喝些水吧……"

水喝下去，身体却不接受，差一点吐出来，过了一会儿总算平静下来，脚也变得暖和起来。冰块冷得手都要冻下来了，然而脸上却烫得灼人。

"像这样有着高潮和低落的世界也是蛮不错的。"

听我这么说，龙一郎回答："你是被烧糊涂了吧。"

尽管如此，我在与龙一郎对话的时候，梅斯玛的身影和他说的话一直不停地在我脑海里的画面上滚动。我被梅斯玛拿来描绘一番，这对我是一个很大很大的打击。但是，绝不是我不服输，一切都像他说的那样糟。发烧，脚冰冷得好像不是自己的脚，这同一个房间里的另一个人，他完全处在健康的状态里，丝毫也感觉不到我的惨状，这所有的一切，我都喜欢。我觉得很有趣。这样的感觉平时难得体验，非常珍稀。

---

① 英文，残酷。

"吃完药睡一会儿就会好的。"我说。

于是，他为我取来了阿司匹林。

阿司匹林在我那敏锐的感觉中顺畅地通过体内发挥着效用。

如此说来，那时候我即使和他们住在同一个房间里也依然不认识那些所谓的亲人，只觉得是素昧平生的陌生人——这样的时候，我也没有产生孤独的感觉。

我觉得就是那么回事，于是自然而然地化解了。

孩子不就是那样吗？

生于斯长于斯的家，不一定就是自己想居住的地方，不一定就是称心如意的室内装饰。喂奶的人不一定就是自己的母亲。

是贸然降临到别人的盒子里的。

我觉得我的心情不过就是这样。

大家都很喜欢我，相比之下自己却没有那么觉得，但这也没有什么不好。就连婴儿，不都是那样的？要说起来，就是这么回事吧。

如果把这认作是什么孤独，事后回想起来，不就是从灵魂深处涌现出来的情感吗？

我根本就不愿意回到以前。

只是，想象着没有当时的"记忆"作支撑的赤裸裸的自己，那轮廓便总是笼罩着一层淡淡的色彩，显得分外孤单。

不知为什么，内心总觉得很惆怅。

就好像一只小猫，不知道明天将被送往别的什么地方去。

牵动着我的，就是这一点。

尽管意识还在不停地旋转，但身体却开始有了往下沉的感觉，我坠入了梦乡。

早晨起来，心情非常愉快。

高烧已经完全退去，精神为之一振，就好像换了一个人生。

我的枕边放着一张龙一郎留下的纸条。

"我已经给你家打过电话。你好好睡吧。我出去了。傍晚回来。吃的东西都放在冰箱里。"

阳光很耀眼，空气非常清新。

呼吸也很顺畅，在天空和窗框上跳跃着的光比平时刺眼得多。

唯独身体还有些摇晃，感觉有些发软。我产生了一种错觉，觉得这世间的一切都很适合我。

看来幸好出了很多汗。

我躺在被窝里望着明朗的天空，想着今天要做些什么。

已经很久没有这样的感觉了，像这样一动不动地思索着，像这样尽情地、轻柔地感受一切。

要不要洗洗澡吃点什么，然后去喝咖啡？光这么想着，就感到很幸福。

自由。是啊，是极其自由的感觉。我能够体会到自己已经从滚烫的世界里解脱出来，体内充满喜悦。

我发自内心地喃语着："发发高烧也很好啊。像个傻子似的。"

我先喝了冰水，然后为梅斯玛的事试着给弟弟打电话。

弟弟处于非常清醒的状态。

"你感冒了？声音有些发涩。"弟弟接起电话劈头便问。

我说是啊，便向他说了梅斯玛的事，还转告了梅斯玛的意思，说他马上就要去国外，希望跟他和好。

"你见到那个人了？你没有感觉到很难受？"弟弟说，"我不愿意让你见他……他一定讲了令你感到很沉重的话吧。我见到他就会胡思乱想，很难受。现在已经静下心来，对我来说，我觉得很好。不过，他讲了许多不会有人对我讲的那种事。我觉得他的性格让我不堪忍受，或者说是才能？怎么说都行。"

"我知道你想说什么，我全都知道，尽管在与他见面之前，我并不知道你们是在害怕什么。"

"阿朔姐，我怕自己的事情知道得太多反而会受到伤害，所以我只是不想让你见他。既然已经见了，也就算了。宽面条也在后悔，我猜想她会去见他的。"

"那就去见一次吧。如果就这样让他去国外，她会不安心的。我会和宽面条说的。"我说。

"好的。我明白了。我真的不在乎。你说我害怕什么，我真的想去。有一点点想。"

"去加利福尼亚？"

"嗯。"

"如果你真的那么想，可以去啊……"

"也许有一天会去。不过，现在我只想回避。现在去，就好像不是凭着自己的意愿，而是被拉着去的，在那边也只能跟在他的身后，不知道自己想干什么。我不能和那样的人一起生活。"

"如果你这么想就算了。"

"我想是我太敏感了吧，但我和他交谈时，一听他说起什么加利福尼亚，还是觉得像在说一个极其遥远的星球，而那个星球上又充满着幸福，令人非常向往，无论如何也想去。我知道加利福尼亚，但那不是我感觉中的真正的外国，不能像高知和塞班岛那样会成为我清晰的回忆。但是，如果和他一起去的话，只要有他在，他说的那种外国，我能待吗？如果和他在一起，他的身后总是能像梦一样看见舒坦的大海啦，天空啦，朋友啦，因为在东京就有这样的感觉。他的身边有着一种让人受不了的空气，只要和他在一起，就能够在那里住下去。那样的话，就会有一种很没意思的感觉。但是，我一旦想去，就怎么也止不住那种想去的念头，甚至还觉得我只有那个地方可以去了。我怀疑是他的魔力才使我这样的，所以开始时我很不愿意，现在我明白了。是因为我想去，他的意念才会趁虚而入。"

想到弟弟那副克制自己的模样，我甚至有一种怜悯的感觉。

"不过，我觉得日本这个地方不值得你如此压抑着自己留下来，日本的教育也不一定对你有好处吧。如果你想去的话，也可以去试试。"我说。

"嗯。所以才想再见他一次。他太了解别人的心情，晚上睡觉时都会进到梦乡里来，开始的时候就是这样关系密切起来的，所以我非常犹豫，不知道该怎么办才好。"弟弟说，"所以，我想见见他。"

四个人的会面意外简单地做到了。

"好吧。就这么说定了，跑到远一些的地方去玩吧，反正开着车去。"

宽面条说得非常实在。不用说，她已经知道事情的原委了。

我觉得她只是不愿意退缩。

在一个十分酷热的下午，我们决定由宽面条开车去镰仓。

四个人约好在东京车站会合。那只能是一个送别的聚会，然而弟弟却提出要外出。

和弟弟一起去会合地点的时候，我心里怎么也平静不下来，总有着一种预感，似乎会有什么开心的事情在等着我们。夏天漫长而酷热的一天将要开始的时候，我们不可能想象到结局。阳光太炽烈了，绿色太浓郁了，使人不可能产生那样的心情。

站在银铃下的梅斯玛比上次见面时显得快乐了些，与宽面条只是相互打了一声招呼，"嘿"，"好久不见"，两人便交谈起来，好像芥蒂已经消失。

大家都如此了解自己，因此大家都非常明白，这次决定性的聚会就是分手，今后将分道扬镳。

可见，今天这一天会是一场梦，是一首浮在空中的诗。

出发以后，一路上大家有说有笑，我望着车窗外的蓝天，心里这么想着。

因为不是节假日，路上没有堵塞，交通很畅通，道路在大白天显得白晃晃的，我们在路上飞驶着。

我断断续续地回想起塞班岛上这样飞车疾驶的日子和这半年里遇见的人，以及发生的事情。

那些回忆的片断不像丧失记忆时的空间那样虚无，却像诗、像优美的短句一样，闪动着光芒在日本的青山绿水和夏日的海边舞动着。

"上次对不起你了。"梅斯玛说，"很冒昧地说了许多失礼的话。"

"我受到刺激还发了一次高烧呢，只能怪你那些话。"我笑了。

"真的？"

"真的。"

"对不起啊。"

"但是，这次发高烧很快乐，因为长大以后难得发一次厉害的高烧。"

"我是着急了，希望能让你尽快地了解我。那天如果弄僵的话，三个人就全都闹翻了，所以我一急就失态了。"他很诚恳地说。

"敏感的话题就是容易说过头。"宽面条若无其事地说。

她开车开得很棒，有着在国外获取驾照的人那种特有的大胆，对驾驶已经得心应手。

"梅斯玛太多虑了吧。不就是许多事情碰巧赶在一起了吗？"宽面条慢条斯理地说，"是碰巧呀。我们不是都没事吗？"

宽面条说这话，是因为看见梅斯玛不停地向我道歉，自责因为讲话过分直露才让我发了高烧。

"宽面条讲得没错，我也是太敏感了。"

"我也是。因为我们是姐弟啊。"

这不是安慰，而是谎话。

车上的人都知道这一点。

但是，如果现在这样说出来，就会像点石成金的国王故事那样，以前阴暗的东西全都暴露在这灿烂的阳光里，全都消失在波浪里。

好像讲出来会变得真实。

大家毫无顾忌地交谈着，尽管没有多大的意义，却不时地爆发出一阵哄笑。脑子有问题了。

怎么回事？我想。等到我回到神来，我们又是在这里。我和弟弟总是在这样的阳光下相聚。

在有太阳和大海的地方。

这样的时候，我总是面朝大海，感觉与时间脱离了。冷不丁回头一看，弟弟总是厮守在我的身边。

即使离得十分遥远，每次来这样的地方，站在这样热不可当的地方，头脑里便会一片空白，令人心旷神怡，还有海浪声和海滩上的海沙，遥远的大海，天空中飘动着的彩云，仿佛觉得自己也眼看就要融入泛着白光的空气里。在这样的大海边，整整一天眺望这样那样的生物时，总会相互感受到厮守在自己身边的人。

这样的聚会没有下个星期，或再下个星期，有的只是大海和天空，以及强烈的分手的预感。各自的道路如同从云层里泄下来的金黄色阳光的光线一样，令人怀恋地径直分开远去。

每当一阵欢笑后陷入沉默，大家都有这样的感觉。

不知不觉之中黄昏降临，四周弥漫着浓浓的蓝色和金色。

我们沿着海边久久地走着。

幽静的夜色渐渐浓厚起来，迎面走过的人和奔跑着回家的狗变成了模糊的剪影。

梅斯玛说起在加利福尼亚喂养的一条大狗。宽面条说："那条狗很可爱吧。"宽面条在与梅斯玛对话时，稍稍有些轻佻的感觉，非常迷人。

弟弟说他想吃烤的东西。

烤的东西？大家一时都没有明白过来。

"嘿，阿朔姐，上次与母亲一起去伊豆时不是吃过吗？就是把肉和贝类放在铁板上'嘶——'地发出声音的那种。"

"我明白了。就是需要有一块铁板，总之是另一种烧烤？"

我一问，弟弟便连连说是。

宽面条马上赞同，说："好吧，晚饭就吃那东西。"

橙色和金色的鲜艳条纹与旅馆窗户上反射的光毫不理睬大家挽留它的迫切心情，等它完全消失的时候，大家不约而同地发出叹息。

"我们在国外的时候，常常在海岸边像祈祷一样与一天道别。"宽面条感慨道。

"嗯。"梅斯玛溜达着点头道。

"因此啊，我不感到孤独，心想黑夜还长着呢，玩它一个晚上，玩得累了，倒头就睡，根本来不及感觉什么寂寞。但到了早晨，阳光非常灿烂，就要起床了呀！所以要和一天道别，只有这个时间，算是空隙吧，就好像换口气一样静悄悄的，一切都令人感到痛惜。"

"嗯。"

那家高级铁板烧店设在一家大宾馆里。

梅斯玛提出为答谢今天的聚会，由他来请客。

我们四人的鞋子上还湿漉漉地沾满海沙，没有打理就烧烤起各种食物来，"嘶——"的声音显得很古怪，说一句蛤蜊汁溢出来了，大家便大笑起来，把烧焦的大葱相互推来推去，大家也大笑起来，从旁人看来，我们也许是一群不学好的人。

最后梅斯玛说了一句："《铁甲威龙3》原来会飞起来的呀！"大家便毫无原由地哄笑起来，宽面条还打翻了酱油。

完全是毫无来由，就是感到快乐。

在回家的路上，坐在汽车里，大家不时陷入沉默。

弟弟坐在副驾驶席上。宽面条让弟弟睡一会儿，弟弟说很无聊，下次开车兜风时要买些咖啡喝。

我和梅斯玛坐在后座，听到他的话，心情变得很柔和。

我的心情已经很久没有变得这样柔和了。感到一种冲动，真想感谢大家使我的心情变得柔和。因此，当一辆车身上写着"流星"的高大卡车带着闪光的灯饰发出巨大的声响从旁边开过去时，我在心中暗暗地祈祷：但愿今天在这里的人以后每天都过得愉快。

黑夜毫不宽容地降临，东京那熟悉的景致因为霓虹灯广告而紧逼上来。

汽车没有放慢速度，在首都高速公路那复杂的弯道上飞快地奔驶着。

"你什么时候出发？"宽面条终于开口了。

"后天。"梅斯玛回答。

"把我甩了，我已经不怪你了。"宽面条笑道。

"不要胡说，是我被甩了。"

"谁也没有甩谁，是分开嘛。以后就是朋友了！"宽面条说。

"嗯。"梅斯玛说。

"只要是朋友，"宽面条以认真得令人感动的口吻说，"无论什么样的人，做过什么样的事，都没有关系。因为我防守的力量很强，无愧于朋友的意志都很强。"

"嗯。"

"今天很快乐，真的！"弟弟说。大家在涩谷的车站附近决定分手。

"令人不能忘怀啊，真不想回家了。"

"你随时都可以来，我在加利福尼亚等你。"梅斯玛对弟弟说，"到再长大一些时就犯不着硬待在日本了。"

"嗯。"

"大家也可以一起来玩。"他这么说着，消失在夜幕里。

他那羸弱的背影消失在高架桥的那边。我想，他才是在黑夜里彷徨着的饥寒交迫的灰姑娘。

宽面条用汽车把我们送到我们居住的街区，高高兴兴地与我们道别。

我和弟弟两人回到家里，母亲和干子还等着我们。在涩谷给家里打电话时，母亲说："我们在等着你们呀。点心之类的东西，干子买回来很多，所以你们什么也不用带。"

那时，寂寞的感觉和大海的回忆以同样的速度渐渐在消失。

然而，被太阳灼烧的臂膀还在发烫，鞋子里还满是那个美好的地方留下的海沙。

直到刚才，如果闭上眼睛，那些人的笑脸还会和海浪声一起在我的脑海里回响。

好像是孩子一般的心情。

好比到远方亲戚家去玩，因为玩疯了，所以在回家的电车里因不愿意回家而"哇"地大哭起来。

我回味着那样的心情。

在回味起这种心情的瞬间，当时经历过的所有记忆都让人感到心头发热。

梅斯玛离开日本的那天夜里，我住在龙一郎的房间里。

两人一起观看龙一郎心血来潮借来的《乱世佳人》的录像带。原来是当作背景音乐播放的，不料却看得入了迷，钻进被窝时已经四点多了。

说是钻进被窝里，其实是龙一郎睡在床上，我在床边的地板上铺了个被窝，所以两人之间是有落差的。

"很困啊。"

"真的很困。你为什么看得那么起劲啊？没看过？"

"不，已经看过三次了。"

"你还要看？"

"困得连做爱的情趣也没有。"

"这就是眼下盛行的无性情侣吧。"

"不是啊，是老夫老妻呀。"

"不是，只是感到很困。"

"但是，为什么偏偏要看《乱世佳人》呢？这部电影有那么好吗？"

"有名作的感觉吧。"

这样的对话已经处在说话含混不清的状态里，我们不知不觉睡着了。

我在一个阳光普照的旅馆大厅之类的地方。

巨大的竖井式天花板嵌着玻璃，能够清晰地看到蓝天。

太阳从那里毫无遗漏地照射着整个大厅，将在那里走动着的金发人士的皮肤照得透白。

我望着那幅情景，觉得真漂亮。

那跃动着金光的头发，四周像音乐一般飘来的英语，在感觉里都显得非常美好。

我穿着吊带裙，坐在藤制的桌子边，桌面是玻璃板，水晶玻璃的小花瓶里插着红色的花。

那边晃眼的东西是什么呢？

仔细望去，阳台被切成四方形似的朝着外面，阳台的对面是大海。

海面上闪着炽白的光，如果不是凝神注视，就看不出那闪光的是大海。

"多残酷啊。飘落在手中却又被人拿走。"我的胸口忽然掠过这样的情感。

不知为什么，这种感觉更适合这优雅凉爽的下午的情景。

我环顾四周。

一个被太阳晒得黝黑的人从前面走来，瘦高的个子，文静的举止。我认识的……我这么想着，他随即露出笑容，快步向这边走来。

是梅斯玛。

"梅斯玛，这里是什么地方？"我问。

"在你的头脑里，这里是机场和加利福尼亚以及国外的印象混在一起的地方呀！"他在我的面前坐下，笑着说。

"你看上去很精神啊，日本这个地方果然不适合你吧。"

"是啊，阳光不足吧。"梅斯玛微笑着说，"不过，那天很快乐，真的谢谢你了。"

穿着泳裤的孩子们走过我们面前，朝着大海跑去。

侍应生端着银制托盘走过我们身边。托盘上放着叫不上名字的外观漂亮的饮料。

我们久久地沉默着，以平静的心情望着大海。海面十分耀眼，像是银光，又像是金光，或像是光团。

"宽面条好吗?"我问，"要我转告什么吧?"

梅斯玛摇着头。

"很好。她很快乐。事情已经过去了，但我真的很喜欢她。我喜欢她的孩子气和她的细腻。

"即使她现在还属于我，但随着时间的流逝，每一刻都有每一刻的好事在等着她。如果什么时候她与别人一起过日子，哪怕那家伙看一眼她裙子上的裥，我都会心痛的。她是一朵花，是希望，是光芒。她是娇弱的，又是最强大的。但她很快就会成为另一个人的。所有的一切都要成为另一个人的，包括她的睡脸，她热乎乎的手掌。

"那一天早晚必然会到来，那是多么残酷啊。

"但是，我现在却觉得那样的残酷好像是一种福音，比任何东西都美丽，都温柔悦耳。这是时光的流逝带来的人生的美丽和残酷。放手以后，某种新的美好又占满我的手心。这世上已经不可能再有比这更美妙的构造了，那是我生活下去的力量，是我疗治伤痛的良药，是我忠实的朋友。"

"嗯。"我答应着，想起了宽面条。

印象中宽面条总是一副笑脸，穿着长裙待在那个房间里。

梅斯玛说："非常感谢你们，我很快乐。真的感谢。无论在哪里，我都非常喜欢你们。"

于是，我醒来了。

深夜，房间里一片漆黑。

我一想到梅斯玛原来是特地来我的梦里向我道别的，便感到很郁闷。我想写下刚才那个梦境的每一个细节，盖印封存起来，永远珍藏。

但是，不对。

不断地拿在手里，然后放手，如此反复，这也是一种美。不能捏得太紧。无论是那个大海，还是即将远去的朋友的笑脸，都不能用力地捏在手心里。

我无意识地抬头望了一眼龙一郎，不料他在床上正瞪大眼睛望着我。

"怎么啦？你不是睡得很熟吗？"我惊讶地问。

"没有。我忽然醒了。你刚才做了一个好梦吧。"

"嗯。你怎么知道的？我睡着时的脸很漂亮？"

我这么一说，他便说："不是。"

"哼，那么，我说梦话了？"

"没有。我觉得房间里充满光芒，就醒来了。醒来一看，你还在睡，我仔细看着，那情景好像是海边大宾馆里的豪华大厅。"

"你真了不起，有特异功能。"我说。

"不是的。我是作家，是你的恋人呀！"

"是啊。"我领会了。

于是，我完全醒了。喝了热咖啡，吃了咸饼干。

阳光透过窗帘射进屋子里的时候，睡意向我袭来，我又睡下了。

于是，这一次降临的是烂泥一样深沉的睡眠，梦没有露出身影。

22. THIS USED TO BE MY PLAYGROUND[①]

一天，我在龙一郎的房间里等他回来，因为闲得无聊，于是心血来潮，一边看电视，一边试着将最近发生的主要事情写下来。

- 妹妹的死
- 头部撞伤后做手术
- 记忆混乱
- 弟弟成为超能力者
- 和龙一郎关系密切
- 去高知
- 去塞班岛
- 打工的酒吧关门
- 新的工作
- 恢复记忆
- 弟弟去儿童福利院
- 纯子离家出走
- 与宽面条、梅斯玛交朋友

我将这些写成文字以后，望着它感到奇怪。

将这张纸放在桌上，于是它理所当然地就是桌上一块四方形的白色碎片，即使把它捏成一团扔了，或者被风刮走，都没有任何意义。

然而，我对那张纸却感到爱恋，它在桌上简直像微型胶卷一样，充溢着这几年来令人眼花缭乱的信息。这些信息不停晃动，渲染着整个空间。

心灵将白纸化成映象。

我在这映象中徘徊着，不知不觉走到了这里。

这里是恋人家的桌边。

但是，在人生旅途中，到了明天这里也许会变成仇人的家。这张纸上记录着我如此爱恋过的历史，到明天也许会被弃之脑后，忘得一干二净。

也许会在回家的路上被汽车撞倒，人生的帷幕就此落下，直到刚才还能轻易见面或交谈的人，也会永远地羽化了。

我不知道明年的现在自己将身处何方。

明知这些，大家却依然能够很好地生活，我想。

大家有的巧妙地掩饰或避开困难，有的正面相对，也有的或哭或笑或怨恨地蒙混着。

———————————

① 英文，这是我的旧游之地。

我不是想说人终有一死，我是希望不要因为对生活感受强烈而受到伤害。

我悄悄地裹在柔软的记忆垂纱里，只顾抬头眺望金色的阳光和伫立了几千年的老树。我沉醉于披着夕阳绵亘不绝的山脉和古人建造的高大的建筑物，将自己委身在这些景致的影子里，从中获得安宁。

明天也会在什么地方醒来吧。

一定会以一种崭新的心情在某一个幸福的地方活着，还会是睡下时拥有的灵魂。但愿在睡梦中不与那种真实的感触失之交臂。

那样的事情，既感到烦心得直想去死，又觉得有趣而想继续下去。

就好像漫画中自己内心里的天使与恶魔搏斗的场面一样，那种欲望以不分上下的力量相互牵拉着，把我束缚在这大地的引力里。

大家好。

我做了那种事，实在无颜再和你们联络，但我抑制不住对你们的思念，所以才拿起笔，鼓足勇气给你们写信。

现在我和女儿一起住在母亲那里。

我借你们的钱一定会还的。

和大家生活在一起的时候，我很快乐，但心里却常常感到迷惘，觉得与没有血缘关系的人住在一起都这么快活，如果与自己的亲生女儿在一起，那会多么快乐呀。

现在住在一起，却怎么也不像我理想中的那么和谐，女儿已经和我生疏，还没有消除隔阂，我非常怀恋阿由和阿朔，还有干子。

如果由纪子能替代我的丈夫，我当主妇，我能在那个家里永远住下去，那该多好啊！

我真想那样，但为了断绝那样的念头，我只能出此下策。即使你们不能理解，我也没有办法，我感到很愧疚。

但是，我希望与我的母亲和女儿创造出与你们那里一样快乐的生活。

祝你们幸福。

但愿什么时候能见面。

祝大家健康成长。

纯子

我从来不轻易当着别人的面流泪，何况我是母亲认定"哭就是吃亏"的那种人，然而唯独那个时候，我哭了。也许这就是过分溺爱孩子的糊涂父母的眼泪吧。

说"那个时候"，是指弟弟离开儿童福利院的那天。

那天早晨太阳光非常炽热，我和母亲去接弟弟。

在传达室，老师对我们说："像这样经常请假外出的孩子很少见啊。不过由男一走，我们会感到寂寞的。"正说着，弟弟右手提着小行李向这边走来。

一个小女孩牵着弟弟的手，脸上微微地笑着。

女教师说："那小女孩从不理人，只和由男一个人说话。"

然而，不仅是那个小女孩，许多孩子都从房间里飞奔出来，与弟弟道别。

孩子们有的不会讲话，有的已经长得很大却还在用尿布，有的眼神暴戾阴暗，有的骨瘦如柴，有的肥胖。那些孩子有的哭泣，有的默默地盯视着我们一言不发，有的紧紧捏着拳头，都竭尽所能地表现自己的孤单。弟弟被大家推搡着，不断地接过大家给他的信、绘画、手工小制作。

但是，弟弟没有哭，他只是很平常地回答着"我会写信给你的""我会来玩的""下次去钓鱼"。

母亲开玩笑说："嘿，简直像耶稣一样。"但是，看到弟弟他们如此缠绵个没完没了，即使老师在教室里喊"上课了"，大家也不愿与弟弟分开，母亲热泪盈眶了。

我深知自己是多么地喜欢弟弟。

于是，最近一段时间里发生的事情，不是以回忆的方式，而是成为一股气流，以惊人的速度涌向我的四周。它们全都充满和弟弟在一起时的空间所特有的光芒，比风景和事情的回忆要真切几万倍，令一切都苏醒过来。

正是这个令我流泪。

终于，弟弟也流泪了。大家抹着眼泪乘进电梯，弟弟的朋友们也都想永远地跟在弟弟后面。

"你在那里干什么了？你在搞宗教？"母亲哽咽着问。

"开始交朋友了呀，像在塞班岛的时候，像和宽面条在一起的时候那样，真的成为好朋友了。我在学校里从来没有交过朋友。"弟弟说，"我要永远和他们做好朋友。以后还要交更多的朋友。"

"是啊。"母亲说，"朋友也是很重要的。"

我和弟弟默默无言。

我至今仍然能够在头脑里像绘画一样用清晰的阴影描绘出纯子和母亲两人深夜在厨房里没完没了地谈论着的身影。

我起床去洗手间，睡眼惺忪地在走廊里走过时，她们总是像女高中生那样谈论着烦恼，或者欢笑着。

阿朔：

你好。

没想到会郑重其事地给你写信吧。

上次谢谢你了。

我非常快乐。

我真的快活极了，觉得活着真好。

说实话，因为自己有着超能力而去美国留学，我甚至感到自豪。

虽然很讨厌那种超能力，但内心里有一半是隐隐地

˙409˙

感到骄傲的。

我来到这里与梅斯玛分手以后，一直在考虑这个问题：那种超能力渐渐薄弱，在那里待不下去，与梅斯玛也相处得越来越不好（他是那个世界里一条道跑到黑的人），那么我的人生是什么呢？我到美国去是为了什么？不过，那天我们去看了大海。

面对着大海，天空蔚蓝，天气灼热，和以前的男友以及一伙新朋友过得极其快乐。我深深地觉得，无论什么事情，都会有平平淡淡的时候，只要好好地活着。

我是生平第一次有这样的感觉。

我觉得什么都没有搞错。

非常感谢。

就这样快快乐乐地被自己所喜欢的人围着，在幸福的街道上奔跑着。不过，说不定哪天猝然倒下就死了。

那样的事情……我这样写虽然太直露，但就是这么一回事。

不过，我觉得也很好。

那一天。

是我自出生以后第一次！

以后还请多多关照。

　　　　　　　　　　　　　　　　铃木加奈女

"我说怎么总觉得自己来过这里，现在想起来了。"

我说。

"怎么回事啊！你现在还会忘记吗？"龙一郎说。

我们两个人为买一个放在龙一郎房间里的书柜跑到很远的地方去，在回来的路上到一家咖啡厅休息，那家咖啡厅坐落在一幢温室结构的建筑物里。夏日强烈的阳光倾注在植物上，由于风很大，可以看到行人的衣裙和头发随风飘动，路边的街树在剧烈地摇晃。

弟弟就是在刮着如此大风的日子里离开家，收获了那么多朋友，充满自信回家的。我正这么说着，忽然一种感觉袭上心头：咦，我来过这家咖啡厅啊。

半露天、底下是混凝土、圆桌、和谁一起……是很久以前的事了。我喝着果汁，那人大白天却喝着啤酒……

我这么一说，龙一郎便露出索然无味的表情。

"是你前任男朋友？"

"可是，跑到这么远的地方来，不应该忘记那件事啊，在这车站下车，我记得是第一次……"

"也许是在杂志上看到过，觉得很眼熟？这家咖啡厅早就有了，好像常在杂志上介绍的。"

"我知道了！"

一个淡薄的记忆。我搜索枯肠，沿着这个记忆追溯着，那个在我面前喝啤酒的人的模糊映象渐渐地清晰起来，直至变成一张笑脸。

"我想起来了，是和我父亲一起来的。"

"你说的是那个去世的父亲？"

"是啊。我记得很清楚。"

"那么，是多大时的事情？"

"十岁左右吧……"

"是吗？"龙一郎眯着眼睛，仿佛在追寻十岁时的我。

没错，那时不知为什么，父亲和我撇下母亲和真由，两个人单独来到这里。

对了，我想起来了。

父亲是带着我来这附近的医院取定期体检结果的。

一定是血压太高，或过分劳累，检查中已经出现了某种死亡的阴影吧？或者仅仅是一个平静的下午，女儿只是一个小女孩，而自己是一位健康的父亲，想一起共度一段仿佛可以永远如此和睦的午后。

我无从知悉。

不过，父亲从那时起开始异常发胖，工作也很烦心，有时甚至住在公司里。

总之，他当时将大杯子里的金黄色啤酒喝干了。对了，我事后还以小孩子的心理在想：这啤酒，看来很好喝啊。

我记得是在这同一家咖啡厅里。而且……好像还能想起什么，想起某些重要的事情。

父亲说："这家咖啡厅里，来的全都是成双成对的。"

他还笑着说："我们也是成对的呀。"

我正值那样的年龄，因此还抗议说："讨厌啊！我是和父亲一起！"

"真不能想象啊。"

父亲眯着眼睛（正如龙一郎追寻十岁时的我那样，他仿佛在注视着已成大人的我）。

"想到你或者阿由成为那些情侣中的一个，举行婚礼，和男人一起生活，到那时，我更会觉得自己……该怎么说呢，看着这些情景会觉得很没趣的。"他这样喃语着。

他既像在梦境里，又显得很落魄，一副与平时截然不同的神情。

我会告诉你的。

我想说，却说不出口。

我不敢说，感到痛苦，不知为什么，胸口堵得慌，我不想哭，却眼看就要哭出来。

要到远处去的时候，要分离的时候，我会告诉你的呀。

父亲好像回答我似的说："到那时我也许已经不在这世上了。"

"讨厌，我不要听。嗯，我们到刚才那地方买个木偶回家吧。"我说。

其实我并不想要什么木偶，只是打了个岔，让他结束那个可怕的念头。

"真拿你没办法，"脸色红润的父亲站起来说，"给真由也买一个吧，否则她又要吵了。"

"我又要写小说了。"被一股怀恋之情紧紧压迫着的我提议请客喝啤酒，向服务员要了两份之后，龙一郎突然这么说。

"嗯？去国外采风？"我说，"如果那样，你把房间借给我吧。"

"你怎么这么着急？我不走啊！"

"在日本写？写什么样的小说？能卖出去吗？卖书的钱为我买什么？"我问。

"嗯，不知道会怎样。"龙一郎说。

和以前一样，装在大玻璃杯里的金黄色啤酒端上来，两人干杯。

阳光一视同仁地照射着店内和店外的街道以及紫藤，光线在椅子、玻璃杯、镜子、托盘上形成折射。

"我付模特儿费用啊。"

"付给我？"

"是啊。我写的是一个丧失记忆后又恢复记忆的女孩的故事。"

"那肯定卖不掉的。"

"我不会全写你的，只是看见你才想起来的。上次你来我房间，把一张纸条忘在桌子上了吧？上面记着近几年来发生的事。看着这张纸条，我深有感慨。写下来的话不算多，但里面却包含着许许多多事。一想到这些，我就感到很惊讶，心想能不能写一写。"

"书名呢？感觉是《一个美女的故事》？"我说。

龙一郎没有理睬我的调侃，回答说："书名就叫《甘露》。"

"这肯定卖不掉啊。"我说。

"是吗？"

"我是开玩笑的。这'甘露'是什么意思？"

"意思就是上帝饮用的水。人们常常说起'甘露'这个词吧？就是那个。我无意中想起，要生存下去，就要大口大口地喝水。不知为什么，我就想到了这个词。这是个好题目吧，也许写出来的小说卖不了钱。"

"万不得已，我就到面包房打工去。"

大口大口地喝水……我好像在哪里听人说起过这句话。

什么时候，一张美丽而天然的笑脸，一副甜美的嗓音，在微亮的空间告诉我这句话。她在一切事情的源头，现在已经不在人世，我非常爱她，想见她。

那个女孩。

朔美：

你好吗？我花娘很好。

很久没有和你联络，上次你好不容易打来电话，却只是说起有人恶作剧寄给你磁带的事。

我和古清感到很遗憾，说也要给你寄去一盘古怪的磁带，两人在家里翻箱倒柜，翻遍家里所有的唱片，将

CD 全都听了一遍，不知为什么，两人不知不觉像在开一个专听老歌的音乐会。

你说这可怎么办？

结果还是没有找到适合送给你的磁带。我们两人听着那些令人怀念的歌曲，又唱又跳，一直闹到天亮，一夜没睡。

黎明，我们在海边散步。

海面一片苍茫，天空是紫色，远处是粉红色。耀眼的光芒不久将从那边照到这里。这时，一天就会开始。昨日已经过去了。你们两人在塞班岛的时候，对了，还有你那位瘦小的弟弟，大家常常这样玩个通宵。真想见到你们啊。

我想见见阿朔，想见见龙一郎。

你们回国时，我很想留住你们，真的，希望你们住在这里，大家一起玩。

因为太快乐了。

只要和你在一起，每天都会充满希望，生活也会增加色彩。

我甚至希望听到你亲口说要永远住在这里。哪怕这是哄我。

但是，你们还太年轻，不能像我们这样出自内心地选择长住在这里，因为我们已经历尽沧桑，年龄过大。

在这里，没有时间，像生活在梦境里一样。

已经没有任何东西会追逼我和古清，使我们难以生存了。

时间、空间、幽灵、活着的人和死去的人、最近死去的人和以前死去的人、日本人、外国人，这里全都有。大海、城镇、卡拉OK、山峦、歌谣、三明治，这里遍地都是。这是在做梦。在梦里，你想到要吃蛋糕，蛋糕"啪"的一下就出来了，想要见母亲的话，马上就能见到。就是这样的生活。

我们经历得太多，因为我们比别人年龄大很多，所以选择在这里休息，在这里漂泊。我们在这里。随时迎接你们来玩。我们永远欢迎你们。

要说我为什么会想起写这封信……

今天早晨，我在海边看到一个美若天仙的女孩在捡贝壳。

那是一个陌生的女孩，因此我和古清默默地边走边望着她。

女孩垂着两条细辫子，非常清纯，非常漂亮，皮肤白得透明，眼睛很大，直视着我们笑。

我们也报以微笑，从她身边走过去。再回头时，披着朝霞的海滩上已经不见了她的影子。

在塞班岛上，这样的事屡见不鲜。

古清告诉我，那女孩是朔美的妹妹。

因为我们一边散步，一边惦记着朔美，所以她就跑来显现了一下。

也许吧，我想。

且不说好坏，这里就是这样一个地方，距离人称"来世"的地方很近。

所谓的"朔美"，到底是什么？

我总是在这样想。

是生存本身？还是活着的生物？

她现在在思考什么？感觉怎么样？一想到这些我就兴奋。她究竟如何行动？如何放松？如何发火？这些都难以预测，但我总是有所察知，所以她还活着！我有着这样的感觉。

或许朔美的存在本身就是一个梦……我独自午睡时，常常这样想。

醒来时窗帘在摇动，窗外看得见大海，充满阳光。

与朔美共度的那段时光，真的是在做梦吗？

黑夜，我们在大海边相互拥抱着哈哈大笑。

或是下午并肩躺在沙滩上呼呼入睡。

这难道都是真的？

抑或是一场梦？

我这么想。

这是一场最最美妙的好梦啊。

我这么想。

我闭上眼睛，回想着朔美的笑脸。

那张排除一切障碍、命很硬的笑脸。

洁白的虎牙，月牙形眉毛，发亮的褐色瞳仁、睫毛，挺拔修长的腿，粗壮的手，粗粗的戒指，那只已经磨损的皮包，有些严厉的面容和挺直的背脊。

你的形象历历在目。

我很想见见你。

每一个瞬间都像溢出的水滴那么贵重，道出了许许多多事情。

你告诉过我："今天"只有一次，过而不返。此时此刻，阳光、水、所有的一切都毫不吝惜地充溢着。

哪怕只是在徒步行走。

这也算是恋情？

只是表示感谢吧。

尽管平日常听硬摇滚，其实我并不喜欢，后来我熬夜找到一首非常怀旧的老歌，现在将我最喜欢的这首歌录下来随信一起寄给你，就此搁笔，准备就寝。

因为我怎么也无法将自己的整个心意用言语表达出来。

花娘

一个晴朗的傍晚，我在生了锈的信箱里发现一封航空信。

信封里装着一封美好的信和一盘磁带。

信封里飘荡出某个房间洒满阳光的气息，这令我倍感凄苦。放上录音带，房间里回荡着优美的音乐。

歌词这样唱着：

> 你离得非常遥远，又离得非常近。
> 我永远能够感受到你的目光。
> 我将我的梦装进信封，
> 我的话语要在天空中飞翔七天。
> 我从彼岸呼唤着你。
> 我呼唤着，寄给你来自远东的爱。
> 给我的心装上翅膀。

这时，时间悄悄停止了脚步，以强烈的速度和气势将我带往塞班岛的黄昏。我的世界里唯有花娘的嗓音、举止和背靠夕阳亭亭玉立的纤细身影，这些都以无限细微的光辉随着歌声一起倾注。

活在人世间的瞬间的恩宠，充满光辉的太阳雨——慈雨。

这样的感觉以前有过，以后一定也还会有。

那不是记忆或者未来，而是遗传因子所见到的遥远的梦。

就是这样……永远有着随处可见却又很少接触到的辉煌。

我能感觉到它时时笼罩着我。

从右到左，从那时到现在，如流水一般充溢着取之不竭、越用越多的清新的氧气。

如传说中能随手从空中获取宝石的圣者那样，我时刻感觉到自己体内确实具备着获取这种养分的方法。

头部撞伤，未必是厄运。

我敢这样断言。

什么也没有变

"事到如今回想起来，我在失控的时候……"

上次母亲出去约会不在家的那天晚上，我和弟弟两人在家里吃饭。我们已经很久没有单独在一起了。我弄了两份味噌汤面条，吃完以后，我们一边喝着茶，一边"咔嚓咔嚓"地嚼薯片。

这时，弟弟突然说："和阿朔姐一起去高知、去塞班岛的时候，我总觉得很幸福。"

"我可不想从你的嘴里听到这话啊。"

我为你操碎了心。我这么说道，其实我觉得自己非常清楚弟弟想要说的话。

现在回想起来，那时接二连三发生各种事情，觉得时间过得飞快，却没有忙忙碌碌的感觉。那时结识的人们，一起生活的人们，去过的地方，一切都非常紧凑，我甚至觉得，也许这才应该称为迟到（对弟弟来说是来得太早）的青春。

"我是那么想的嘛。每天都过得有滋有味。"弟弟说。

"现在过得怎样啊？"我问。

弟弟读中学时，不知怎么搞的，对桌球颇有悟性，打进校队以后，超能力的感觉渐渐薄弱，体魄也发生了变化，有一种搞体育的感觉，我嘲笑他"靠体育得到升华，简直就像体育保健教科书里写的那种头脑简单四肢发达的家伙"。但是，人的构造一般来说就是靠着那样的单纯才形成的。我觉得复杂的只是心灵失控的时候，心灵和身体互不相干地活动，那样的时候，人类会发现某种间隙。那间隙里既隐匿着世上最美丽的东西，又沉淀着可怕的黑暗，可怕得令人不敢回头。看见过那种间隙的体验，既不是幸福，也算不上倒霉，但那种回忆却大多是一种幸福的感觉。

"现在不会那样用脑了。说起那个时候，头脑总是发热。"弟弟说。

我在另一种意义上说也头脑发热，所以深有体会。那是在竭尽全力地保护自己，所以非常累人，但现在一想象起人们那时的模样，就感觉无比地快乐。

感觉就像是看着在寒冷冬夜里的年轻人，他们在暖炉前烤红了面颊，播放着音乐，吃着甜食喝着酒，哈哈大笑，或一副深沉的表情像要坦言什么。

如此喧闹一番以后，大家各奔东西，以后回想起那样的情景也是一种安慰。

我辞去了面包屋的活，但因为法国老板非常喜欢我，我辞工后还常常去那里帮忙，或去那里买面包。他还邀请我去过一次尼斯的别墅。

尼斯美极了。田园风光，非常雅致，大海就像在电影里看见过的那种欧洲大海。天空的颜色和街道的色彩都颇有生气。有很多狗，很多老年夫妇，法国画家马蒂斯的美术馆就坐落在尼斯附近，非常普通，非常空闲。

极其美好的东西却非常空闲，这件事本身如果发生在日本就匪夷所思了。我眺望着弥漫在恬静的空间里的色彩，甚至感到在心灵和身体里都永远地映照着马蒂斯的内心碎片。

贝里兹的老板回来了，他放弃了老地方，在另一个地方开了一家雷鬼贝里兹。那家店不像以前那样根据老板自己的心情不断地调换音乐，而是一直播放雷鬼摇滚乐。他的兴趣爱好一改变，一切都会发生变化，这是令人没有想到的。我作为外聘人员，从店内装修到菜肴都为之操心。雷鬼摇滚乐之类的音乐，我压根儿就不喜欢，何况也没有去过牙买加，却无师自通了。我自己暗暗思忖：这么能学也是很了不起的。但是，酒店里充塞着假冒的牙买加大叔和年轻人，其中有据称很了不起的人和不那么了不起的人，他们都吵吵嚷嚷地操着一口听不懂的话，吃竹筒饭的季节却烹制南美料理。每天都面对这样的情景，我感到腻味，还曾想不干了。

但是，也会遇上有趣的事情，在那样的日子里，坐上出租车，司机一身制服打扮，上穿衬衫，下着灰色长裤，怎么看也像是一位大叔，头发梳理成三七开，脸是日本人式的。

"我最骄傲的事情是我曾经载过阿斯旺德①。"他对我讲起雷鬼摇滚乐。

　　我没想到他还能遇上明星，便说："大叔，你居然能够分辨得出阿斯旺德和长得像阿斯旺德的外国人。"

　　他接着说："因为我知道那时他正和珍妮特·凯一起到'Reggae Sunsplash'艺术节来。"

　　他知道得非常详细。接着又满腔热情地讲述了自己是多么地喜欢鲍勃·马利②和雷鬼摇滚乐，那是多么的美好。我非常单纯，下车时，灰心气馁的心情竟然一扫而光。

　　我甚至觉得，他也许是雷鬼摇滚乐的上帝派来的天使。

　　我和龙一郎还在交往，几乎已经住到一起。他的小说又卖掉了一些，我们有时会用卖小说的钱去塞班岛。那对隐居在塞班岛上的年轻夫妇也很健康，脸上渗出在国外生活的人特有的疲惫。我把那样的脸庞当作是极度的妩媚，虽然我不知道那种感觉是海风和阳光塑造的，还是那里的景色雕刻的，或是夜里的黑暗浓缩的，但我觉得他们一定是用另一种脑子生活在与日本截然不同的另一段时光里。

　　龙一郎有二心是大约一年之前的事吧。我说他这次去国

---

① Aswad（1975—　），著名雷鬼乐队阿斯旺德乐队的创建人之一。
② Bob Marley（1945—1981），牙买加歌手，雷鬼音乐的鼻祖。

外怎么时间待得这么长，原来他在西班牙，住在西班牙当地的女人那里。那个女人打来电话，我才知道此事。

龙一郎来电话时，我告诉他那个西班牙女人打过电话，龙一郎便默默地挂上了电话。

此后一个星期，他回国了。

我知道他会回来，有一种不祥的预感，便把自己的东西从他房间里搬走。正在最忙碌的时候，他回到家里，吓了我一跳。

"你为什么这么快就放弃了？"龙一郎也非常惊讶。

他不知所措地争辩着说："比起你这种爱刁难人的面相，我比较喜欢那种天使般的脸庞。"这令我想起真由，使我几乎心如死灰。他还说："和你这样猜不透的人在一起是很有趣的，所以我生怕你会不高兴，就马上回来了。"

我也有我的个性，我觉得他那种耿直的地方很有趣，可作为男性却难以讨我的欢心。但我觉得他这个人不让人感到厌烦，便决定重归于好。

当时就这样解决了，然而不可思议的是，事情并没有因此而结束。两个星期后，我在车站前拥挤的人流中走着时，发现一家小小的花店。那里排列着许多扎成小束的进口鲜花。傍晚，这里的药店、蔬菜店、肉店都被购物的主妇们挤得水泄不通，高中生三五成群，店里的灯光将外面的路面照得通亮。

在这样的傍晚，在所有人都有回家之处的人群里，以轻松的心情买一小束鲜花，去龙一郎家，把它插在花瓶里观赏着，吃着什么香甜的食物，悠闲地看着电视，温馨地交谈着类似小束鲜花那样的琐事，那是多么美好的享受啊。我一想到不知道要努力多久才能够恢复到再次出现那样的情景，心里便陡感悲伤，我第一次哭了。

人类在内心深处一定会有弱小的什么在颤瑟着，偶尔一边哭一边给予关怀，一定会是很好的。

我把这样的感受告诉龙一郎，他反省着，一言不发。

然而那时，我望着窗外黑暗的道路，心想自己兴许也指望着什么时候与某人一起在这夜路上永远走下去。这是能够实现的，所以他根本用不着反省什么的。我心中暗暗地这么想着，但他还在反省，甚至还为我洗东西，所以我默然了。

就是这样，无论发生什么，我的生活也不会有任何变化，只是时间在流淌，永不停滞。

单行本后记

　　这是一部稚拙的小说，但并不让人嫌弃。

　　在写这部小说的过程中，我得到过许多朋友有形无形的帮助。

　　在写这篇后记的时候，出于私心，我还是要借此向对我的创作给予过特别关照的下列朋友表示感谢。

　　长谷川洋子女士。陪同我游览高知的公文家一家人、公文结子女士。向我提供轶闻的小田中志帆先生、村上佳子女士、柴田溶子女士。

　　在塑造"宽面条"这个人物形象中帮助过我的窪目美香女士、富田道代女士。

　　原封不动地将部分给他们的信件供我使用的井泽成彦先生和原增美女士。

　　协助我采访的理查德先生和埃科顿先生，VOICE 的喜多见龙一先生，以及其他朋友。大阪市立儿童福利院的全体师生。大神神社的朋友们。

　　一口答应我引用他的小说的笠井洁先生。

　　还有我事务所的同仁田出宽子女士和金岛阳子女士。

将这部小说设计得很漂亮、负责装帧的增子由美女士，以及福武书店的根本昌夫先生。

在创作这部小说期间，为我提供各种灵感的所有的朋友们。

在创作小说这一漫长的时期内，在构思上帮助过我却因距离上的原因或错过机会以至没有见过面的朋友，还有许许多多，我借此机会向大家表示由衷的感谢。

非常感激大家。

这部小说写的是亲人之间的亲情故事。

小说中没有出现的另一位主人公"真由"这个名字，是我对现在很少露面却是我心仪的漫画家佐藤真由女士表示的敬意。在我以前颇为艰辛的时候，她给了我许多鼓励，因此我以这样的形式向她表示感谢。

我把这部小说献给与我年龄相差很多的姐姐。她告诉我姐妹情谊的美好，尽管形式与小说截然不同。

我最最应该感谢的，是读这部小说的读者们。我祈愿能够在这里把我的所思所想尽可能地传递给大家。

1993 年晚秋

文库本后记

　　暂且不谈我现在是否已经成熟，我觉得很惭愧，甚至不敢相信拙作竟是自己写的，但我喜欢小说中的人物。

　　因此，我在后记中再补充一点。

　　非常感谢角川书店的根本昌夫先生，当时我耍孩子脾气说"不想再出版了"，是他满腔热忱、不厌其烦地劝说我。感谢设计出漂亮封面的增子由美女士和我事务所的同仁鸭下亚纪子女士。如果没有这三个人，这部小说就不可能成为文库本。

　　还要感谢所有与这部小说有关的人和读者们。

吉本芭娜娜

1997 年 1 月

AMURITA by Banana YOSHIMOTO

Copyright © 1997 by Banana Yoshimoto

All rights reserved

Japanese original edition published by Kadokawa Shoten Publishing
Co., Ltd., Japan

Simplified Chinese translation rights arranged with Banana
Yoshimoto through ZIPANGO, S.L.

图字：09-2001-001 号

图书在版编目（CIP）数据

甘露 /（日）吉本芭娜娜著；李重民译. -- 上海：
上海译文出版社，2024. 11. -- ISBN 978-7-5327-9534
-5

Ⅰ. I313.45

中国国家版本馆 CIP 数据核字第 2024UA5414 号

甘露	[日]吉本芭娜娜　著	出版统筹　赵武平
アムリタ	李重民　译	责任编辑　董申琪　许明珠
		装帧设计　尚燕平

上海译文出版社有限公司出版、发行
网址：www.yiwen.com.cn
201101　上海市闵行区号景路 159 弄 B 座
江阴市机关印刷服务有限公司印刷

开本 787×1092　1/32　印张 13.75　插页 5　字数 178,000
2024 年 11 月第 1 版　2024 年 11 月第 1 次印刷

ISBN 978-7-5327-9534-5
定价：68.00 元

本书版权归本社独家所有，非经本社同意不得转载、摘编或复制
如有质量问题，请与承印厂质量科联系。T: 0510-86688678